귀신 보는 변호사2

귀신 보는 변호사 2

김주영(탄막) 장편소설

도서출판 디자인21

차례

1화. 웅녀가 혜영에게 온 까닭은?

민혁이 혜영과의 데이트를 마치고 혼자 사는 오피스텔로 돌아와 메시지를 남겼다.

- 요즘 제일 잘 나가는 변호사님, 바쁜데 시간 내서 백수 놀아줘서 고마워요. 저는 집에 잘 왔어요.

그리고 곧이어 여자친구 혜영의 답장이 도착했다.

- 저보다 몇 배는 많이 벌면서 놀리지 말아요. K 시큐리티 대주주님. 잘 자고 다음 주 주말에 또 봐요.

그러고서 휴대폰을 침대 위에 내려놓고 옷을 갈아입으려 했을 때까지만 해도 평소와 크게 다를 것 없는 행복한 주말의 마무리라고 생각했다. 지이잉, 지잉, 지잉-. 그런데 민혁의 휴대폰이 한 번 더 울렸다. 진동음을 들어보니 전화가 걸려 온 것 같았다.

끄응-. 민혁이 얼굴에 걸려 있던 셔츠를 얼른 벗고서 화면을 내려다보니 익숙하지 않은 발신자 표시가 찍혀 있었다.

- 국제발신전화입니다

해외에서 자신에게 전화할 사람이 누굴지, 딱히 짚이는 바가 없었다. 호기심 반, 어쩌면 재밌는 일이 생길지도 모른다는 기대감 반으로 전화를 받았을 때, 들려온 목소리는 의외로 반가웠다.

- 민혁아.

어머니는 달라도 혈육 중에 유일하게 편하게 대화할 수 있는 둘째 형이자, 이제는 어엿하게 성모그룹의 회장 직함을 달게 된 구양범이었다.

“응. 형. 제과 쪽 사업 해외 확장하러 일본 간다는 소식은 뉴스 통해서 전해 주더니, 이 밤에 웬 전화야? 일본도 지금 밤이잖아.”

- 그건 그런데, 통화 오래 못 할지도 모르니까 빨리 말할게.

친근한 둘째 형의 목소리도, 위엄 있는 국내 재계 서열 순위 5위, 성모그룹 회장님의 위엄 있는 말투도 아니었다. 감당할 수 없는 위협을 받아 잔뜩 움츠러들어 있는 초조함이 고스란히 전해지고 있었다.

“왜 그래, 형?”

- 만약에 내가 귀국 못 했다는 기사 나오면, 저번에 내가 준 본사 회장실 카드키 갖고 있지? 그거 들고...

“그게 무슨 말이야? 사업하러 해외 출장 가 놓고 귀국을 왜 못 해?”

터덕-. 삡-. 휴대폰이 바닥에 떨어지고 누군가 일부러 통화 종료를 누른 것 같은, 그 소리를 끝으로 양범의 목소리는 더 이어지지 않았다.

"형!"

* * *

다음 날 아침, 혜영과 식탁에 마주 앉은 어머니가 물었다.

"일요일에 일하러 가는 것도 안쓰러운데, 그것만 먹고 가도 괜찮겠어? 냉동실에 얼려둔 불고기라도 구울까?"

"아니야. 나 어제 고기 엄청 많이 먹었어. 그것도 소고기로."

"우리 딸 요즘 돈 많이 벌더니 살짝 달라졌다?"

그 말에 혜영이 손사래 치며 웃어 보였다.

"에이, 내 돈으로 먹은 거 아니야."

"그러면? 민혁이가 사 줬어?"

"응. 나름 재벌 2세라고, 내가 돈 못 내게 하네. 고기 정도는 내가 사도 되는데."

"어디 가서 그런 얘기 하지 말어. 잘난 척한다고 미움 살라."

"알았어. 별걸 다 걱정한다."

그러더니 혜영의 어머니가 이게 본격적인 질문이라는 듯 식탁에 의자를 당겨 앉았다.

"그런데 혜영아, 엄마 계속 궁금한 게 있었는데."

"응. 뭔데? 법률 관련 이슈야?"

"아니. 네 전공 말고, 내 전문 분야."

혜영이 젓가락을 입에 문 채 눈을 동그랗게 뜨고 물었다.

"엄마 전문 분야면, 무속? 엄마가 나한테 물어볼 게 있어?"

"당연히 있지. 네가 얼마나 큰일을 저질렀는데. 요즘도 웅녀님이랑 얘기하지?"

"그렇지. 자주는 아니고. 저번에 저승 귀족 회의 갔다 오시고 나서 한 번? 아니다, 두 번 뵀지. 그게 그렇게 큰일이야?"

이번에 손사래 친 쪽은 어머니였다.

"그때는 누가 죽어 나간다고 하지, 성모그룹이 망하네 마네 뉴스에 하루가 멀다하고 터지지 해서 내가 경황이 없었는데, 다른 무당들한테도 물어보니까 근 70년 내에 초월격 귀신이랑 계약한 산 사람은 네가 처음이란다."

"내가 엄마 전문 분야는 잘 모르는데, 나도 그거 조금 이상하다고 생각은 하고 있었다? 원래 귀신들이 인간 무당이랑 계약하는 게, 허가받은 체류 기간이랑 상관 없이 계속 이승에 머무르려고 하는 거라며? 그런데 웅녀님은 저승 귀족이라 그런 거 상관없으시잖아."

"그래. 그게 내가 너한테 물어보려는 거였어. 웅녀님은 왜 너랑 계약을 하신 거라니? 네 영력 출중한 거야, 이제 나도 부정 못 하겠는데, 처음부터 그럴 필요가 없으신 분이잖아."

혜영이 이번에는 숟가락을 입에서 못 뗀 채로 고개를 갸웃해 보였다.

“그걸, 한국 탑 클래스 무당 소리 듣는 엄마가 모르는데 내가 어떻게 알아?”

“얘가 아직도 뭘 모르네.”

“내가 뭘?”

“요즘 전국 최고 무당 소리 듣는 사람은 너야. 뒷배에 웅녀님이 계시는데, 내가 어디 비비기나 하겠니?”

“엄마 질투해?”

이제는 숟가락과 젓가락을 다 내려놓고 방긋 웃어 보이는 딸의 도발에 대무당 아랑 선녀도 같이 웃지 않을 수 없었다.

“그래. 나도 웅녀님 아니면 환웅님이랑 같이 있었으면 좋겠다. 그럼 내가 전국 굿판을 다 쓸어 담을 텐데.”

“에이, 엄마 나 점괘나 굿이나 이런 거 하나도 모르잖아. 작두도 못 타고. 무당으로 치면 엄마가 엄마 무당, 내가 애기 무당. 그러고 웅녀님한테 굿 도와달라고 하는 것도 이상하지 않아? 차마 그런 부탁은 못 드리겠던데.”

“네 말이 맞네. 아무리 생각해도 일반적인 무당이랑 귀신의 계약은 아니고, 뭔가 있으신 것 같단 말이지. 이 고민은 엄마가 더 해볼 테니까, 딸은 법률 사건 열심히 처리해요?”

요즘 부쩍 일이 많아져 일요일에도 일하러 가는 혜영이 출근길에 고민에 잠겼다. 어머니의 말씀이 맞았다. 웅녀는 혜영과 계약할 이유가 없었다. 그러다가 문득 계속 생각나는 숫자가 있었다.

'근 70년 내에 초월격 귀신이랑 계약한 산 사람은 네가 처음이란다.'

50도, 100도 아닌 70년? 무속 분야에서 혜영이 소송액 계산하듯 엄밀하게 숫자를 사용하지는 않는다고 해도, 저러면 적어도 100년 전에는 초월격 귀신과 계약한 사람이 있었다는 뜻 아닐까? 100년 전이면 일제강점기였다.

답 없는 고민을 뒤로한 채 혜영이 법률사무소에 도착했는데, 안에서 벌써 불이 켜져 있었다. 비밀번호를 누르려던 손으로 문을 열고 들어가 보니 석원이 혜영을 맞았다.

"변호사님, 일찍 나오셨네요?"

"저야 오늘 검토할 서류가 많아서 어쩔 수 없이 나왔는데, 석원 씨는 일요일에 왜 여기 계세요?"

"저도 많거든요."

그러면서 석원이 혜영을 향해 손바닥 두께는 되어 보이는 서류 뭉치를 내밀어 보였다. 그걸 본 혜영이 놀라서 물었다.

"그게 다 뭐예요?"

"사무소 인원 한 명 더 뽑으라고 하셨잖아요. 이력서가 이렇게 많이 들어왔어요. 어제까지는 저도 제 할 일 해야 돼서 오늘 읽어 보려고 나왔어요. 변호사님 뉴스에 자주 나오시더니 진짜 유명해지셨나 봐요."

"들어오는 사건 하나 없어서 다음 달 월급 못 드릴 수도 있을 때부터 같이해 주신 석원 씨 덕분이에요. 고마워요."

그 화기애애한 분위기를 석원이 농담으로 받아쳤다.

"제가 그때 사건 처리하다가 칼도 맞고 병원에도 들어가면서까지 열심히 해서 이렇게 된 건 맞죠. 저희 이러다가 대형 로펌으로 급상승하는 건 아니죠?"

"그렇게 되면 석원 씨가 총괄 사무장 하세요. 지분도 나눠드릴게요!"

"감사합니다. 유혜영 대표 변호사님. 로펌에 충성을 다하겠습니다!"

장난기 섞인 석원과의 대화를 마치고 자신의 사무실로 들어온 혜영이 턱까지 올라올 정도로 쌓여 있던 서류를 하나씩 처리해 갔다. 읽고, 쓰고, 또 읽고, 점심 먹고 와서 또 쓰고. 그러면서 오늘 목표로 한 일은 거의 다 했다는 뿌듯함이 느껴질 때였다.

똑똑-. 혜영의 사무실 문에 노크하고 들어온 석원이 조심스럽게 물었다.

"변호사님, 상담하러 오신 분 계시는데요, 평일에 예약하고 오시라고 하는 게 좋겠죠?"

혜영이 잠시 고민했다. 석원이 말한 대로 일요일에 예약 없이 불쑥 찾아오는 의뢰인에게는 평일 중 상담 예약을 잡아 주는 게 보통이다. 그래서 내일 만날까 하다가, 마음을 바꿨다. 의뢰인이라고 해서 이게 실례되는 일인 줄 모르지도 않을 텐데, 급한 사정이 있으리라.

“아니에요. 저 마침 소장 작성 하나 딱 끝내던 차였어요. 들어오라고 해 주세요.”

“저녁 드실 시간인데 괜찮으시겠어요?”

“아까 같이 점심 든든히 먹었잖아요. 상담 중에라도 석원 씨 일 다 끝나시면 먼저 퇴근하세요.”

의뢰인은 물론 직원까지 세심히 챙기는 혜영의 모습에 석원이 웃음을 짓고 간 뒤, 상반된 모습으로 잔뜩 긴장한 의뢰인이 사무실로 들어왔다.

중년을 이제 막 지나 초로(初老)에 접어들었을 것 같은 여자가 안내받은 자리에 앉으며, 말까지 더듬거리며 물었다.

“유, 혜영 변호사님 맞으시죠?”

“네. 제가 유혜영입니다. 어떤 일로 찾아오셨을까요?”

“법무법인 엑시스 아시죠?”

오랜만에 듣는 반가운 이름에 혜영이 살짝 웃으며 고개를 끄덕였다.

“그럼요. 제가 예전에 일했던 곳인 걸요.”

“거기 상담 갔다가 제 사건은 거기서 못 하겠다고, 유혜영 변호사님한테 가 보라고 해서 이렇게 찾아왔어요. 마음이 너무 급해 놔서 내일 날 밝을 때까지 혼자 앓으려니까 죽겠더라고요. 제 말씀 좀 들어 주실 수 있을까요?”

역시 급한 사정이 있는 의뢰인이었다. 상담을 미루지 않길 잘했다는 생각이 들면서도, 혜영의 마음 한편에는 찝찝한 구석이 남아 있었다. 엑시스는 우리 나라 법무법인 중 그 규모로 치면 열 손가락 안에 드는, 혜영의 개인 법률사무소와는 비교도 안 되게 큰 곳이다.

혜영이 로스쿨을 갓 졸업한 새내기 변호사일 때 일했던 곳이기도 하다. 혜영 개인에게는 선배님을 넘어서, 선생님 뻘 되는 변호사들이 수십 명이나 있는 회사이기도 하다. 그런 곳에서 사건을 혜영에게 보냈다니?

다른 직역에 비유하자면, 대학 병원에서 못 고치는 환자를 동네 개인 의원으로 보낸 것 같은 상황이었다. 어쩌면 이 사건이 법률적인 문제 말고도, 혜영이 해결할 수 있는 다른 측면이 있으리라고 생각하며 의뢰인에게 대답했다.

"네. 물론이죠. 힘든 일 들어드리고 법률적으로 어떻게 도울 수 있을지 방법을 찾는 게 제 직업인 걸요."

"감사합니다. 제가 또 상담료도 내고 할 거니까, 이 사진 먼저 좀 봐 주세요."

의뢰인이 꽉 쥐고 있던 휴대폰에 띄워 준 사진에는 다소 이국적으로 느껴지는 젊은 여성의 모습이 담겨 있었다.

"어머, 예쁘시네요. 따님 되실까요?"

지나가는 인사 정도로 생각할 수도 있는 혜영의 반응에 의뢰인이 거세게 고개를 저었다.

"예쁘긴요? 딱 바다 건너 왜년처럼 생겼지. 딸은 절대 아니고요, 내가 미쳐, 며느리 삼을 뻔했던 애예요."

여기까지만 들었을 때는 흔한 혼전 고부갈등 정도의 아주 쉬운 사건일 줄 알았다. 아직 결혼을 한 것도 아니라니, 서로 간의 감정만 잘 정리되면 소송까지 갈 가능성도 작아 보였다. 하지만 혜영의 예상은 완전히 빗나가고 말았다.

2화. 며느리기에게서 악마를 보았다 (1)

혜영이 최대한 감정을 건드리지 않으려 조심스럽게 물었다.

"아드님이랑 결혼까지 생각하셨다가 안 좋게 헤어지신 분일까요?"

"어휴, 제가 아무리 이제는 옛날 사람이 다 됐다고 해도요, 남녀간에 만나고 헤어지는 일 갖고 이렇게 변호사님 씩이나 찾아올 정도로 꽉 막히진 않았어요. 일본 유학 보내 논 아들이 거기 여자랑 결혼한다고 했을 때도, 둘이 좋으면 저도 좋은 줄만 알았어요. 그런데 이것 좀 보세요."

의뢰인은 차마 자기가 다시 볼 용기는 나지 않는다는 듯, 휴대폰 화면에 영상 하나를 띄우고서 고개를 돌렸다. 그 안에는 폐창고로 보이는 곳에 의자에 묶인 한 남자가 울부짖고 있었다.

- 엄마, 나야. 제발 세이라가 하는 얘기 그대로 해 줘. 이러다가 나 정말 한국 못 돌아갈 것 같아. 나랑 세이라 결혼 자금이라고 모아 놓은 돈 있댔잖아. 그것만 주면 나 풀어줄 거래. 나 일본에서 학교도 그만 다니고 싶고, 그냥 다시 한국에만 갔으면 좋겠어. 부탁해, 엄마.

영상을 본 혜영의 입이 다물어지지 않았다. 고부갈등이 아니라, 납치 후 거액의 금전을 요구하는 강력 사건이었다. 화질이 좋지 않아서 자세히 들여다보니, 이미 구타까지 당했는지 의자에 묶인 남자의 얼굴에는 여러 색깔의 멍까지 들어 있었다.

“여기 영상 속에 나오신 분이 아드님이시죠? 이걸 보내신 분이 아드님과 결혼할 뻔하셨다던, 여기 세이라라고 이름 언급되는 분이시고요?”

혜영의 물음에 목소리만 듣고도 마음이 아려온 의뢰인이 눈물을 찍어 닦으며 대답했다.

“네. 다 맞아요. 얘가 우리 정씨 가문 준성이입니다. 저 꼴이 돼서도 뭐가 좋다고 이름을 불러대는지, 네. 까닥 잘못했다가 며느리 삼을 뻔했던 여자애 이름이 코하루 세이라예요.”

“이거 말고 더 받으신 건 없나요?”

“있죠. 일본어로 이런 메시지를 보냈는데, 여기 번역도 다 해 뒀어요.”

혜영이 다시 받은 의뢰인의 휴대폰에는 글씨체만 정자이지, 섬뜩한 글귀가 띄워져 있었다.

- 어머니, 안녕하세요. 저번에 한국까지 찾아뵙고 인사드렸던 세이라입니다. 아쉽게도 다시 뵐 일은 없겠어요. 준성이가 저한테 하지 말아야 될 짓을 저질렀거든요. 다른 여자랑 양다리라니. 어머니 아들의 못남을 탓하시고, 준성이 살아 있는 채로 다시 보고 싶으시다면 딱 3천만 엔 아래 계좌로 입금해 주시면 되겠습니다.

형사 피고인도 종종 법률 대리를 맡는 혜영으로서도 반드시 피하고 싶은 부류였다. 이렇게 자신이 저지른 범죄의 원인을 피해자에게서 찾는 사람들은 도저히 말이 안 통한다. 저 양다리 이야기가 사실인지도 모르겠거니와, 맞다고 쳐도 납치와 살해 협박의 이유는 절대 될 수 없다.

이럴 때 법은 강력해야 한다고 믿는 혜영이 단호하게 판단을 내렸다.

"이 사건은 변호사보다는 경찰한테 먼저 알리셔야 해요. 이 정도 규모면 인터폴 곧장 가동될 거예요."

"저도 그 생각을 못 한 건 아닌데요, 조금더 읽어 보셔요. 그 독사 같은 년이 혓바닥인지 손가락인지를 더 놀려 놨어요."

그리고 아주 조금 스크롤을 더 내려 세이라의 이어진 메시지를 보는 순간, 혜영은 왜 혜영은 의뢰인이 이렇게까지 표현했는지 이해하고 말았다.

- 지금쯤 경시청에 전화하겠다는 생각을 하고 계시겠죠? 이 큰일을 저 혼자 하고 있다고 생각하지 마세요. 한국 경시청에도 다 저희한테 정보 주는 사람들이 있고요, 신고 접수된 거 확인되는 그때부터 한 시간에 하나씩, 준성이 손가락을 자를 거예요. 11시간이 지나면요? 손목이 되겠죠? 목은 몇 시간 뒤에 잘릴지 계산해 봐도 재밌겠네요.

세이라라는 저 여자, 그래도 한때는 사랑했던 사람을 두고 어떻게 저렇게까지 말할 수 있는지, 머리가 아파올 지경이었다. 이제는 의뢰인을 감정적으로도 이해할 수 있게 된 혜영이 다시 물었다.

"경찰에 신고는 안 하고 싶으시겠어요."

"안 하는 게 아니라, 못 하죠. 살아도 손가락 몇 개 없는 애로 돌려보낸다는데, 부모 마음이 그런 걸 어떻게 견뎌요? 경찰 말고 다른 쪽 통해서 법적으로 처리할 수 있는 길이 있는지 좀 알아봐 주세요."

글쎄? 이걸 굳이 법률적으로 진행한다고 하면 세이라가 요구하는 3천만 엔을 일단 송금해서 정준성 군이 귀국하게 한 다음, 일본 법원에 소송을 제기해서 그 돈을 부당이득금으로 받아내는 정도가 떠올랐다.

그렇다고 이걸 의뢰인한테 해결책이랍시고 권할 수 있느냐? 절대 아니었다. 돈을 보낸다고 정준성 군이 살아 돌아오리라는 보장도 없었고, 해외 소송까지 진행하는 무리수를 둬야 한다. 그 고통스러운 기간이 5년이 될지, 10년이 걸릴지도 장담할 수 없었다.

고개를 가로저은 혜영이 의뢰인에게 휴대폰을 돌려주었다.

"한국 변호사로서 이 일에 제가 할 수 있는 게 많지 않습니다."

"엑시스에서도 똑같이 말씀하시던데, 역시나인가 보네요. 그래도 어려운 얘기 들어주셔서 감사해요."

"그래서 정식 사건 수임은 어렵습니다만, 세이라 씨가 보냈다는 영상이랑 메시지들 저한테도 공유해 주실 수 있을까요? 제가 도움 될 게 있는지 생각해 볼게요."

"아이고, 이렇게 착하셔라. 이래서 엑시스에서 여기로 가 보라고 했는가 보다 싶기도 하네요."

"제가 생각하는 동안 어머님도 경찰 신고 꼭 다시 고려해 봐 주세요. 무슨 첩자가 있는 것처럼 이야기하는데, 한국 경찰이 그렇게 허술한 조직은 아니거든요. 비밀, 지켜질 거라고 저는 믿어요."

세이라라는 독사에 물려 중독된 것처럼 의뢰인이 고개를 떨어뜨렸다. 아무래도 경찰이라는 말 자체에서 아들 손가락이 잘리는 장면이 떠오르는 것 같았다.

의뢰인이 돌아가고 나서, 여전히 이 사건이 왜 자기에게 왔는지 의문을 떨칠 수 없던 혜영이 전화 한 통을 걸었다.

- 어, 혜영아, 오랜만이다?

전화를 받은 쪽은 법무법인 엑시스에 현직으로 있는 선배, 한석진 변호사였다. 초년 변호사였던 혜영에게 '기본에 충실하라'는 원칙을 알려준 사수이기도 했다. 그리고 지금은 혜영에게 세이라 사건을 보낸 장본인이었다.

"네. 선배님. 잘 지내셨죠?"

- 그럼. 나야 뭐, 법무법인에서 하는 일이 매일 똑같지. 아참, 내가 너한테 가 보라고 소개해 준 의뢰인 한 명 있었는데, 이미 만났으려나?

"일본 유학 가신 아드님이 납치된 사건이요? 방금 상담 끝냈어요. 저도 그거 여쭤보려고 전화 드렸어요. 이걸 엑시스보다 제가 더 잘 처리할 수 있다고 생각하신 이유를 아직 모르겠어요."

정말이었다. 일본에 국제 소송을 제기하든, 어딘가에 숨겨 놨다는 '첩자'한테 안 걸리고 경찰을 움직이든, 혜영보다는 대형 로펌인 엑시스에서 훨씬 더 잘할 수 있는 것들이었다.

- 에이, 우리 변호사들인데 일이야 다 잘하지. 솔직히 말하면 지금 내가 사건 더 받을 여유가 안 되고, 너 저번에 사건 안 들어온다고, 정 안 되겠으면 엑시스에서 서류 작성 알바라도 한다고 했던 거 생각나서 보냈어. 들어보니까 3억 짜리인데, 꽤 크잖아? 맡기로 했어?

한석진이 말한 3억 원이 어떻게 나왔는지는 금방 알 수 있었다. 세이라가 아들의 목숨 값으로 요구했다던 3천만 엔이 원화로 환산하면 대략 저 금액이다.

이것 말고는 뭔가 놓치고 넘어가려는 듯한, 석연치 않은 설명이었다. 혜영이 지난번 성모그룹 후계 사건을 처리하고 나서 엄청나게 유명세를 탔다는 것쯤이야 뉴스에도 많이 보도되지 않았던가? 그렇다고 옛정이 있는 사람이 호의로 한 행동이라는데, 더 따지기도 곤란했다.

"감사해요. 일단은 제가 조금 더 궁리해 보기로 했고요, 경찰에 꼭 알리시는 게 좋겠다고 말씀드리고 상담 마무리했어요."

- 그래. 이제 너한테 갔으니까 네 판단대로 처리하는 거지. 네가 더 이상 내 어쏘도 아니잖아.

"선배님이 하셨던 판단은 뭐였어요? 제가 감이 안 잡혀서, 참고라도 하고 싶어요."

- 별건 없었어. 아무리 한국인이 피해자라고는 해도 일본에서 현재 진행 중인 사건이니까, 그쪽 사람한테 도움을 받자는 것 정도?

"일본 쪽 사람이면 누구요?"

지금부터가 본 용건이라는 듯, 한석진이 한 박자 쉬었다가 톤을 낮춰 대답했다.

- 그렇지 않아도 네가 그 사건 상담하기 전에 미리 소개해 주려고 한 사람이 있었어. 도쿄에서 활동하는 사설 탐정인데, 꽤 유능한가 봐. 이름이 우헤이 신야래.

"그럼 일본 사람 아니에요? 제가 일본어는 따로 안 배웠고, 통역까지 쓰기에는 사실 부담돼요."

- 아니야, 아니야. 이 사람 한국 이름도 있어. 김승규라고. 고등학교까지 한국에서 졸업하고 일본으로 가서 거기서 법대 졸업하고 사법고시까지 패스했다나 봐.

"사시 합격했는데, 변호사를 안 하고 탐정 일을 해요?"

- 그치? 나도 그게 신기했어. 잘 생각해 보니까, 부럽기도 하더라? 우리 변호사들이 하는 일이 늘상 종이만 들여다보고 있는 거잖아. 그런데 법 제대로 공부한 사람이 현장에서 뛰면 일도 더 잘 처리될 것 같고, 뭔가 멋있지 않나?

한때는 하늘같이 여겼던 사수 한석진의 아이 같은 모습에 혜영이 작게 웃음을 지었다.

"선배도 엑시스 나와서 탐정 하세요. 변호사 자격증은 이미 있잖아요."

- 에이, 우리나라는 사설 탐정 법제화가 잘 안 돼 있잖아. 불륜 사진이나 찍으러 다닌다는 이미지도 있고. 이건 별로야.

“일본 사법고시부터 공부하셔야겠네요?”

- 그건 못 하겠다. 그냥 하던 거 열심히 하련다. 그래서 우헤이 신야는 소개해 줘, 말아?

혜영이 잠시 고민하다가 고개를 끄덕였다. 기왕 더 고민해 보기로 한 사건이니, 현지에서 도와줄 사람이 있다면 사건 해결의 실마리가 보일 것도 같았다.

“소개해 주세요.”

- 알았어. 네 번호 신야 사무실에 줄 테니까, 전화 가면 잘 받아.

“네. 이번에도 감사해요.”

한석진과의 통화를 끊고 나서도 여전히 마음 한구석이 찝찝했다. 도쿄에서 활동하면서 한국어가 가능한 탐정까지 미리 알고 있었으면서, 한석진은 왜 3억 원이나 되는 이 큰 사건을 혜영에게 넘겼는가?

* * *

어쨌든 사건은 해결하고 봐야겠다는 생각에, 혜영은 그날 석원이 퇴근한 뒤로도 늦게까지 사무실에 남아 있었다. 피해자가 주고 간 영상과 메시지들을 수십 번 반복해서 보아도 뾰족한 방법은 떠오르지 않았다.

혹시 우헤이 신야라는 탐정에게서 전화가 걸려오지 않을까 기대하며, 휴대폰 화면을 바라보고 있을 때였다. 지이잉, 지잉, 지잉-. 진동이 울리며 화면이 켜졌다. 우헤이 신야는 아니었고, 조금 전 상담을 마쳤던 의뢰인이 걸어 온 전화였다.

"네. 잘 들어가셨어요?"

혜영의 차분한 인사와는 다르게 의뢰인의 목소리는 떨리고 있었다.

- 변호사님, 이걸 어쩌면 좋아요. 세이라 그년이 또 뭘 보냈는데요, 이것도 좀 같이 봐 주시면 안 될까요?

"네. 보내 주시면 바로 확인할게요."

지잉, 지잉, 지잉-. 메신저 앱의 진동이 세 번 울리며, 사진과 텍스트, 음성 파일이 차례로 전송되었다.

3화. 며느리에게서 악마를 보았다 (2)

첫 번째로 도착한 사진에는 평범하지 않은 새끼손가락 찍혀 있었다. 손가락이 손과 연결되어야 할 부위가 잘려있었으니까. 그 아래로는 일부러 보는 사람에게 주는 충격을 배가시키려는 듯, 흐르는 피까지 고스란히 담겨 있었다.

이 손가락이 누구 것인지는 공들여 추측할 필요도 없었다. 번역기를 돌리는 것으로 충분했다. 바로 이어진 일본어로 된 메시지에서 세이라가 친절하기라도 한 척, 직접 설명해 놓고 있었으니까.

- 어머님, 결정이 늦으시네요. 아직도 3천만 엔이 입금되지 않았어요. 112 또는 110에 연락하려고 생각 중이신 건 아니시죠? 잘못된 선택을 하실까 봐 제가 빈말을 한 게 아니라는 걸 보여드려요. 준성이 새끼손가락 하나 미리 잘라 봤어요. 유감스럽게도 목 잘릴 날도 하루 앞당겨졌네요. 현명한 결정 서두르세요.

마지막으로 도착한 음성메시지에 담긴 건 절규에 찬 정준성의 목소리였다.

- 엄마! 그 돈 그냥 줘 버려. 세이라가 예쁘장하게 생겼다고 만만하

게 볼 상황이 아니야. 얘 혼자 하는 일이 아니야. 뒤에 야쿠자가 붙었어. 히나시겐즈라고 도쿄에서는 만나면 안 되는 사람들이야. 나 지금 그 사람들한테 감금돼 있어. 그아아악! 손가락!

혜영이 받은 메시지 세 개를 다 읽을 때쯤, 의뢰인의 메시지가 한 통 더 왔다.

- 변호사님 저 어떡해요? 경찰에는 도저히 전화 못 하겠어요, 일단 돈을 보낼까요? 3천만 엔 다는 아니어도 천만 엔, 아니면 반인 천오백만 엔이라도? 그러면 나머지 받을 생각에 죽이지는 않지 않을까요?

목소리도 표정도 없는 텍스트였지만, 어수선한 말투에서 불안감이 고스란히 전달되고 있었다. 비록 지금 혜영이 쌓아 온 법률 지식이 도움 되지 않을지라도, 이 시점에서 변호사로서 해야 할 일이 떠올랐다. 의뢰인이 감정에 휩싸여 있을 때도 변호인은 냉정함을 유지해야 한다.

- 돈을 보내는 건 좋은 생각이 아니에요. 해외로 한 번 송금되고 나면 회수하기가 너무 어려워져요. 그보다 힘드시겠지만, 세이라 씨가 보낸 사진 한 번만 더 봐 주실 수 있을까요? 저게 아드님 손가락이 맞나요?

- 네, 우리 아들 거 맞아요. 새끼손가락 시작하는 마디에 점 있는 것까지, 일본서 공부하느라 아무리 오래 못 봤어도 그건 똑똑히 기억해요. 돈 정말 보내지 마요? 그러다가 우리 아들 어떻게 되면요? 흉악한 놈들도 같이 있나 본데요?

- 너무 고통스러우실 거 알아서 이런 말씀 죄송스러운데요, 당장은

아무 대응하지 마시고, 저한테 한 시간만 주실 수 있으세요? 뭔가 짚이는 게 있는데 금방 확인해서 말씀드릴게요.

- 한 시간이요? 지금 일각이 삼추 같은데, 그래도 꾹 참고 버텨 볼게요.

- 감사합니다. 그때까지 혹시 세이라 씨가 다시 연락해서 흔들려고 할 수도 있으니까 핸드폰은 꺼 두시는 게 좋겠어요.

한 발 떨어진 자리에서 사건 전체를 조망하려는 혜영의 냉철함이 빛을 발하고 있었다. 의뢰인이 보내준 자료들, 뭔가 어색했다. 조금 전 들었던 음성 파일을 다시 재생해 보았다. 역시 찝찝한 느낌이 가시지 않았다.

언어학자가 아니라 정확히 어디가 틀렸는지 딱 찍어 말할 수는 없었어도, '보통 한국인이 한국말을 저렇게 하나?'라는 의문이 들었다. 일본 유학 경험 때문에 한국어가 조금 어눌해졌을지도 모른다고 접근해 봐도, 흔히 들을 수 있는 교포 발음이랑은 더 달랐다.

본격적으로 가닥을 잡은 혜영이 오후에 받았던 영상도 주의 깊게 들여다보았다. 역시 정준성의 외침에서 똑같은 어색함이 느껴졌다. 그리고 처음 볼 때는 잘 몰랐지만, 의자에 묶여 있는 저 모습이 상당이 부자연스러워 보였다.

비단 화질이 떨어진다는 것만 문제가 아니었다. 혜영이 자신이 의자에 묶여 있는 상황을 상상해 보았다. 도저히 저런 이상한 자세를 취하지는 않을 것 같았다. 한쪽 다리만 축 늘어진 채로 발목이 바닥에 닿아 꺾여 있다고? 한 가지 더, 이것도 딱 부러지게 말은 못 하겠지만, 배경과 인물이 갈라져 있는 것 같은 느낌이었다.

이 정도면 확인은 해 봐야겠다고 생각한 혜영이 당장 부를 수 있는 전문가에게 전화를 걸었다.

"민혁 씨, 밤늦게 미안해요."

- 에이, 왜 우리 사이에 밤낮이 따로 있는 것처럼 그래요? 섭섭하게. 보고 싶으면 언제든지 전화해요. 못 받으면 자고 있는 거니까, 그랬다고 삐치지만 말고요.

여전히 능글거리지만, 처음 봤을 때의 스산함은 말끔히 지워진 밝은 모습의 민혁에 혜영이 잠시 웃음 지었다.

"보고 싶은데요, 저 보러 오는 김에 다른 것도 하나 같이 봐주면 안 돼요?"

- 우리 유 변호사님 너무 아름다우셔서 다른 게 눈에 들어오려나요? 뭔데요? 법률 서류야 내가 본다고 이해할 리가 없고, 컴퓨터 관련된 거예요?

"맞아요. 의뢰인이 주고 간 자료가, 제가 보기에는 아무래도 조작된 것 같거든요? 그런데 저 혼자 판단으로 이게 가짜니까 믿지 말라는 말씀을 못 드리겠어요."

- 그거야 누구나 그렇죠. 정밀 분석하기 전까지는 눈으로만 보고 조작이라고 판단하기 힘들어요. 특히 요즘 AI다 뭐다, 조작 기술이 워낙 발달하기도 했고요. 그래도 파일들 보내 봐요. 한번 볼게요.

민혁의 흔쾌한 수락에도 혜영이 잠시 머뭇거렸다.

"저 안 보고 싶어요?"

- 보고 싶죠?

"그러면 내 얼굴도 볼 겸 사무실 와서 내 컴퓨터 화면으로 확인하면 안 돼요? 비밀 유지 의무가 있어서 의뢰인한테 받은 파일 함부로 온라인 전송하기가 곤란해요. 못 믿는 건 진짜 아니고요."

- 알겠어요. 지금 사무실로 갈게요. 얼마 안 걸려요. 변호사님, 내 얼굴은 안 보고 싶고 눈만 필요하신가 보네.

"그건 아니에요!"

잠시 후, 혜영의 사무실에 도착한 민혁이 잠깐의 여자친구 놀리기를 마친 뒤 훨씬 더 전문적인 분석을 내놓았다.

"이거 조작 정도가 아니라 처음부터 새로 만들었는데요?"

"영상을 만들어요? 그럼 여기 이 사람이 정준성 씨가 아니라 배우예요?"

"아뇨. 딥페이크(Deep-fake) 영상일 거예요. 이거 보낸 세이라라는 그 여자가 여기 묶여 있는 사람이랑 오래 만난 연인이었댔죠? 그러면 둘이 찍은 사진이나 동영상 같은 거 많이 있을 거잖아요. 그걸 컴퓨터한테 학습시켜서 진짜 정준성 씨인 것처럼 영상을 새로 만든 거예요."

"그걸 어떻게 알았어요?"

"인공지능이 만든 영상들 몇 가지 특징이 있는데, 여기 보면 사람이랑 의자랑 나머지 배경이랑, 꼭 그림 그릴 때 선 따로 딴 것처럼, 분리돼 있는 거 보이죠? 그리고 정준성 씨가 고개 내미는 이 장면에서 전체 화질은 그대로인데 배경이랑 얼굴 사이 경계가 엄청 흐트러지잖아요. 진짜 영상이 아니라서 그래요."

아는 만큼 보이나는 말이 맞나 보다 하며 혜영이 고개를 끄덕였다.

"진짜 그렇네요? 이상한 거 또 있어요?"

"이 발이요. 인공지능 기술자들이 이것 때문에 골머리가 아프다던데, 아직 손끝이나 발끝 같은 좁은 경계면을 깔끔하게 처리를 못한대요. 그래서 이렇게 이상하게 꺾인 것처럼 뭉뚱그려져 있을 거예요."

"이 사람 하는 말도 이상하죠?"

"저도 그렇게 들었어요. 글자 하나하나는 꽤 정확하게 발음하는데, 문장과 문장이 이어질 때, 특히 한 문장 안에 두 문장 이상이 들어 있을 때 그 이음새가 되게 사람이 하는 말 같지가 않잖아요? 이게 아직 딥페이크 기술이 완전하지는 못해서 그래요."

자신의 의심이 틀리지 않았다는 것을 민혁에게 보증받은 혜영이 안도의 한숨을 내쉬었다.

"휴. 그러면 저 이제 의뢰인한테 이거 가짜 영상이랑 음성이니까 안심하시라고 말해 드려도 될까요?"

"그것까지는 조금 무리인데요? 제 의견이 그렇다는 거고, 정확히는 전문 프로그램 써서 하나하나 뜯어 봐야 확실히 알 수 있어요."

혜영이 의뢰인에게 1시간만 달라고 했던 걸 생각하며 초조하게 물었다.

"당장은 힘들겠죠?"

"급해요?"

"그냥, 제 마음이요."

틱틱대던 민혁이 그런 혜영을 위로라도 하듯 웃음을 지어 보였다.

"우리 유 변호사님 마음이 급하면 제 마음도 급한 거죠. 당장 해볼게요."

"어떻게요?"

"저 요즘 코스닥에서 제일 잘나가는 회사 K시큐리티 대주주잖아요. AI 팀에 당직인 직원 있을 거예요. 부르면 오겠죠?"

"진짜요? 민혁 씨, 진짜 고마워요. 진짜, 진짜."

손을 모으고 있는 혜영을 바라보던 민혁이 진지한 척, 짓고 있던 웃음을 지웠다.

"그렇게 고마워한다고 돈 안 받는 거 아니거든요? 파일 보내주면 간단한 걸, 여기까지 와서 분석해야 하니까 출장비도 내셔야 해요."

"칫. 알았어요. 그래도 비밀 유지 서약서는 써 주시겠죠? 민혁 씨도?"

"그게 마음에 걸렸어요? 주세요. 지금 사인할게요. 이거야 뭐, 저희도 너무 자주 쓰는 서류라 익숙하네요."

곧이어 도착한 K시큐리티의 직원이 영상과 음성 파일의 분석에 들어갔다. 정밀 작업이어서인지, 시간은 꽤 오래 걸렸고 그러는 사이 혜영이 의뢰인과 약속했던 한 시간이 다 지났다. 지이잉, 지잉, 지잉-. 혜영이 조심스럽게 걸려오는 전화를 받았다.

- 변호사님, 어, 어떻게 되셨나요? 저는 정말 경찰에도 전화 안 하고, 세이라한테서 뭐라도 올까봐서 핸드폰도 딱 꺼놓고 있었어요.

"아직 전문가분이 정밀 분석 중이긴 한데요."

- 어휴, 변호사님, 제가 애간장이 다 타 들어가서 그러는데요, 뭐라고 말씀 좀 해 주세요. 아까 짚이는 게 있다고 하셨잖아요. 아니어도 좋으니까, 그게 뭔지만 이라도요.

이렇게까지 이야기하는데 아직 불확실하다고 해서 계속 감추고만 있을 수도 없는 노릇이었다.

"세이라 씨가 보냈다던 정준성 씨 영상이랑 음성 녹음이요, 아무래도 가짜인 것 같아요."

- 가짜라고 하시면, 그게 무슨 말씀이신가요?

혜영은 민혁에게 듣고 눈으로도 봤던 딥페이크 생성 기술에 대해 간략히 설명해 주었다. 그러자 의뢰인이 더욱 혼란에 빠진 목소리로 이어 물었다.

- 아직 결과가 안 나왔다고 하시니까, 만약에, 만에 하나 맞다고 치고 말씀드리면요, 그 동영상에서 울고 있던 애가 준성이가 아니라 뭔 허깨비 같은 거라고 하면요, 진짜 준성이는 지금 어디에 가 있

는 건가요?

그때, 스피커폰으로 이루어지던 통화를 듣고 있던 K시큐리티 직원이 혜영을 향해 손을 들어 보였다.

"저기, 변호사님?"

"잠시만요, 네."

"맞다고 치고 말씀 나누실 필요는 없겠네요. 딥페이크 조작 맞습니다. 사용된 프로그램까지 다 나오네요. 이 묶여 있는 동영상이랑, 아쿠자 어쩌고 하는 이 음성메시지, 그리고 잘린 손가락 사진까지 싹 다 가짜예요. 자세한 내용은 보고서로 설명 드려도 될까요?"

마찬가지로 스피커폰을 통해 그 대화를 듣던 의뢰인이 결국 울음을 터뜨리고 말았다.

- 아이고, 변호사님, 그러면 우리 준성이는 도대체가 어디에 가 있는 겁니까? 연락 안 된 지도 벌써 일주일이란 말입니다. 아무리 다른 나라에 나가 있었어도 이삼 일에 한 번씩 꼬박꼬박 전화, 안 될 때는 문자라도 했어요. 메시지 보내면 답장 안 하는 법이 없었고요. 요즘은 읽었다고도 표시가 안 됩니다.

4화. 죽은 신랑을 파는 여자 (1)

혜영도 먹먹해지기는 마찬가지였다. 쉽게 말을 잇지 못하는 여자 친구의 모습을 본 민혁이 K시큐리티 직원과 함께 조용히 자리를 비켜주었다.

"네. 세부적인 사항은 저한테 말씀해 주시면 되고요, 회사 같이 들어가시죠. 비용은 제 개인 카드로 결제하겠습니다."

민혁에게 눈으로 감사의 뜻을 보낸 뒤, 사무실에 혼자 남은 혜영이 고민에 잠겼다. 조작을 밝혀 내서 사건이 한 걸음 크게 진척됐는데도 의문점은 오히려 늘어나 버렸다. 의뢰인 입장에서 보면 이제 아들의 생사마저 불분명해졌다는 것도 충분히 이해됐다.

생각을 마친 혜영이 스피커폰에 대고 다시 입을 열었다.

- "이번에는 제가 부탁드릴 게 있는데요, 내일 세이라 씨한테 먼저 연락 한번 해 주실 수 있을까요?"

- 그년한테요? 찢어 죽여도 시원찮을 년한테 제가 무슨 할 말이 있다고요?

"받으신 협박 자료는 다 거짓인 게 드러났어요, 정준성 씨 신병(身柄)이 세이라 씨한테 있지 않다는 걸 확실히 하고 넘어갔으면 해서요. 그래서 돈 보내기 전에 아드님이랑 통화하고 싶다고 먼저 말씀 꺼내 보시면 어떨까요?"

- 그렇게 해서 만약에 통화가 되면요?

"그때는 최대한 아드님이랑 두 분만 아는 이야기로 진행해 주세요. 되도록 정준성 씨가 일본에 가기 전에 있었던 일로요."

다행히 의뢰인의 목소리에서 울음기가 잦아들며 혜영의 전략을 이해했다.

- 처음부터 통화를 거절하면 세이라 그년이 있지도 않은 제 아들 팔아서 돈 벌려고 한 거네요.

"그렇죠. 음성메시지를 녹음하실 수 있는 분이 전화 통화를 못 한다는 건 말이 안 되니까요. 그때는 확실히 정준성 씨가 납치가 아니고, 실종되셨다고 생각하고 이후 사건 진행하겠습니다."

- 지금 이런 말씀 드리는 게 멋쩍지만서도, 준성이가 세이라 같은 년이 아니라 변호사님 같은 참한 분을 데려왔으면 얼마나 좋았을 뻔했나 싶네요. 제가 변호사님 앞에서 못 보일 눈물까지 보여서 죄송해요.

"아니에요. 정말 죄송하다는 말씀 안 하셔도 돼요. 상담하다 보면 너무 힘든 상황에 처해 계시다 보니까 우시는 분들 의외로 많아요. 저는 오히려 의뢰인 분들 감정까지 더 잘 알 수 있게 돼서 좋더라고요. 어머님이 어떤 심정이실지도 와닿았어요."

아직 해결은 안 됐어도 사건을 마음으로 이해하고 있다는 말이 위로가 되었을까? 휴대폰 넘어로 의뢰인이 자게 웃으며 대답했다.

- 감사합니다. 내일 세이라한테 메시지 보내 보고 다시 연락드릴게요.

* * *

다음 날 아침 일찍 출근한 혜영은 좀처럼 일을 손에 잡지 못 하고 몇 번이나 휴대폰을 들었다가 놓길 반복했다. 가짜 납치 사건 의뢰인에게 전화해 볼까 말까 망설이다가 그만두길 거듭하는 중이었다. 그 모습이 석원의 눈에도 꽤 초조해 보였나 보다.

"변호사님, 전화하고 싶은 사람 있으세요? 남자친구랑 싸우고 먼저 연락할지 말지 고민 중이시면 그냥 지금 해요."

"그런 거 아니에요. 여자예요."

"아! 여자친구라도 바로 해요. 할까 말까 고민되는 지금이 제일 좋은 타이밍!"

"의뢰인이에요! 어제 오후에 상담하러 오셔서 석원 씨도 같이 봤던 그 분이요. 휴우."

그 뒤로 이렇게라도 하면 답답한 마음이 조금은 풀릴까 하여 혜영이 어제 진행되었던 일을 석원에게 이야기해 주었다. 그러자 석원이 자신의 시선에서 사건을 다시 정리해 주었다.

"그러니까 곧 의뢰인이 세이라라는 그 짝퉁 납치범한테 연락을 할 건데, 아드님이랑 통화가 안 되면 제일 좋은 거네요?"

"어째서 그렇게 돼요?"

"봐 봐요. 아드님이랑 통화가 됐다고 가정하면 1번, 세이라라는 여자가 통화까지 조작하려고 한 거면, 저희는 그걸 한 번 더 간파해야 하죠? 2번, 통화가 된 아드님이 진짜면, 받은 자료가 딥페이크였던 뭐든, 어쨌든 아드님은 세이라한테 잡혀 있는 거잖아요."

석원의 말을 듣고 나니 정신이 번쩍 들었다. 휴대폰을 집었다 놨다 하면서 무심결에 했던 생각이 있었다. 의뢰인이 정준성과 최대한 빨리 통화가 돼서 잘 있다는 소식을 들을 수 있기를, 그저 무작정 바라고만 있었다.

하지만 이미 연락이 끊긴 지 일주일이 넘은 사람이 갑자기 오늘 아침에 멀쩡하다는 소식을 전해 올 가능성은 너무 낮았다. 심지어 그 연락이 가짜 납치 사건을 만들어 돈을 뜯어내려던 세이라를 통해 이루어질 가능성은? 없다고 보는 게 매우 합리적이었다.

삐걱-. 정말 머리에서 이런 소리라도 나는 것처럼 생각이 잘 굴러가지 않던 혜영이 나머지 정리도 석원에게 부탁했다.

"정준성 씨랑 통화가 안 됐다고 가정하면 1번, 2번이 어떻게 돼요?"

"그때는 1번, 2번 따질 게 없죠? 그냥 실종이잖아요. 그때는 신고 접수하면 일본 경찰이 찾아주지 않을까요? 저야 한국 경찰이었지만, 그 나라 친구들도 기본은 하겠죠? 제 생각엔 정준성이 세이라한테서 벗어나 있는 이 경우가 베스트예요."

"그렇네요. 정준성 씨가 전화를 못 받아야 하네요."

혜영이 자칫 사건에 감정적으로 휘말려들어갈 뻔한 자신을 붙들어 준 석원에게 감사의 웃음을 지어 보였다. 그리고 가짜 납치 사건 의뢰인의 전화를 기다리는 동안 할 일들을 차근차근 해 나갔다. 오늘은 다행히 출석할 재판이 없고, 맡은 사건의 준비 서면 2건의 작성을 마칠 수 있으면 뿌듯한 오전이 될 것 같았다.

시계의 짧은 바늘이 세 바퀴나 돌아 점심시간이 가까워졌고, 혜영은 계획한 오전 업무를 거의 다 끝내가려던 차였다. 가짜 납치 사건의 의뢰인으로부터 메시지가 도착했는데, 그 내용은 혜영과 석원이 이야기했던 최선의 경우가 아니었다.

- 제가 목소리가 떨려서 말을 제대로 못 할 지경이라, 메시지로 말씀드려요. 어제 말씀하신 대로 세이라한테 연락해서 준성이랑 통화했어요. 그런데 말씀하신 그대로예요. 말 소리도 딱딱 끊어지는 게 아주 이상하더니, 준성이 일본 가기 전 얘기를 꺼내니까 영 딴 소리를 하더라고요. 제가 다 적지는 못하겠고요, 통화 녹음한 거 그대로 보내요.

이어서 받은 음성 파일을 들어 보니 의뢰인이 어떤 지점을 말하고 있는지는 명확히 알 수 있었다.

- 준성아, 네가 일본 만화 좋아해서 그거 보러 일본 간다고 할 때 엄마가 말렸잖아. 기억나? 그래도 네가 부득불 좋아하는 거 더 가까이서 보면서 살고 싶다고 해서 엄마가 보내줬잖아.

- 맞아. 엄마. 그때는 고마웠어. 그런데 내가 일본에 와서 이렇게 못

난 모습이 돼서 미안해.

- 야! 너 준성이 아니지? 네가 언제 좋아하는 거 보러 간다고 했어? 그랬으면 나랑 네 아빠가 너 거기 보내지도 않았어. 일본어 전공은 일본에서 하는 게 더 인정받는다고 해서, 그래서 간 거잖아!

- 그랬나?

- 내 아들 바꿔. 진짜 내 아들 바꾸라고! 일본 가서는 만화 안 보겠다고 한 내 아들!

전문 탐정이었다면 상대가 정준성이 아니라는 걸 간파한 다음에도 여전히 속는 척 연기해서 더 많은 정보를 캐낼 수 있었을지도 모른다. 그래도 전문가가 아닌, 아들의 생사를 확인할 길이 없는 엄마로서는 저게 당연한 반응이리라.

자신들의 계략이 들통난 게 분명해진 직후, 저 통화는 일본 쪽에서 먼저 끊어졌다. 의뢰인이 세이라에게 다시 메시지를 보냈을 때부터는 정준성과 마찬가지로 아예 읽음 처리가 되지 않고 있었다. 계략이 들통나자 숨었다. 이제 승기가 넘어왔다.

작성 중이던 준비 서면의 마지막 단락을 금세 마무리한 혜영이 아침에 석원과 이야기한 대로 이제는 일본 경찰에 이 사건을 넘기려고 할 때였다. 징, 징, 징, 지잉-. 익숙하지 않은 진동음과 함께, 평소에는 잘 쓰지 않는 메신저 앱, 마인을 통해 전화가 걸려왔다.

“네. 유혜영입니다.”

한국보다는 일본에서 많이 쓴다는 이 앱을 설치해 둔 보람이 있었다. 이 사람은 이렇게 연락해 올 것 같았으니까.

- 네! 제가 맞게 전화드렸네요. 엑시스의 한석진 변호사님한테 소개 받은, 제 이름은 우헤이 신야라고 합니다. 탐정이죠.

이 사람도 정준성 못지않게 일본 만화 참 많이 보면서 자랐겠다 싶은 생각에 혜영이 잠시 웃음을 터뜨리고서 대답했다.

"한국 이름으로는 김승규 씨라고 들었는데, 이렇게 불러도 괜찮으실까요?"

우헤이 신야의 현재 국적이 정확히 어떻게 되는지까지는 아직 파악하지 못하고 있었지만, 한국에서 태어난 사람 둘이 한국어로 대화하는 중이었다. 혜영으로서는 이 편이 훨씬 더 자연스럽다고 생각해서 한 제안이었는데, 의외로 신야 쪽에서는 잠시 뜸을 들였다.

- 음, 그쪽이 편하시면 어쩔 수 없죠. 김승규 탐정이라고 불러 주셔도 괜찮습니다.

일본인 하면 흔히 떠올리는, 자신이 원치 않아도 상대의 편의에 맞춰주겠다는 듯한 인상이 강하게 남았다. 자신의 한국 이름이 싫은 걸까, 아니면 고등학생까지 있었다는 한국이 싫은 걸까? 둘 다 아니라면 한국인이었던 자신의 정체성이?

앞으로 신야를 대할 때 이 점은 염두에 두기로 하고, 혜영이 아무 일 없었던 듯, 그저 새롭게 만나게 된 사람이 반가운 것처럼 살짝 목소리 톤을 올려 대답했다.

"네. 승규 씨. 현재 일본에 유학 중이신 정준성이라는 분 관련해서, 제가 사건 하나를 맡게 돼서요. 일본 현지에서 도움받을 일이 있을까 하여 저희 선배님 통해서 소개받게 됐어요."

- 네, 네. 사건 관련자 이름1 정준성. 일본 이름은 따로 모르시고요?

"그건 금방 파악해서 말씀드릴게요."

- 네. 좋습니다. 그래서 무슨 사건인가요?

숨을 한 번 크게 들이쉬었다가 더 크게 내쉰 혜영이 어제부터 조금 전까지 폭풍처럼 진행되었던 가짜 납치 사건의 개요를 설명했다. 그러고서 의뢰인만큼이나 지푸라기라도 잡아보려는 심정으로 물었다.

"그래서 이분 살아 계신 지 아닌지 정도만 빨리 알아봐 주실 수 있을까요?"

그런데 신야는 석원과는 또 다른 관점에서 이 사건을 정리하고 의문점을 제기했다.

- 오호, 이거 흥미롭네요. 어쨌든 누군가 가족과 연락이 닿지 않는 처지에 처했는데, 그 실종자가 납치됐다고 가족을 속여서 금전을 받아내려고 했단 말이죠. 그게 현재로서는 야쿠자 조직으로 보이고요. 요즘 이정도로 활동할 수 있는 조직은 히나시겐즈 하나밖에 없는데.

"네? 히나시겐즈요?"

- 아아, 아까 변호사님께서 무슨 조폭이 뒤에 있는 것 같다고 말씀하셨잖습니까? 도쿄에 있는 탐정으로서는, 이렇게 해외까지 손 뻗칠 인간들이 그 조직 하나밖에 안 보여요.

혜영으로서는 머리가 아파 왔다. 실종자 한 명을 찾으면 되는 게 아니라, 현재 맹활약 중인 일본 수도의 야쿠자 조직을 상대해야 한다는 걸까? 혜영이 겨우 첫 번째 단추를 꿴 이 사건이 다시 저 알 수 없는 곳으로 달아나지는 않았으면 좋겠다는 바람을 담아 물었다.

"일단 정준성 씨 생사 여부나 소재 파악만 해 주실 수 있을까요?"

- 잠시만요. 이름이 뭐라고 했죠?

"정, 준, 성, 이요."

- 죄송합니다. 죄송합니다. 아까 처음 말씀해 주셨을 때 제가 잘 들었어야 했는데, 일본 이름 안 알아봐 주셔도 되고요, 생사 여부 파악도 따로 필요 없습니다.

"잠시만요! 지금 누군가는 생사를 달리할 수도 있고, 가족들은 애가 타는데 그게 하실 말씀이세요?"

- 파악할 필요가 없다는 말씀입니다. 제가 이미 알고 있으니까요. 정준성 씨 살아는 계십니다.

5화. 죽은 신랑을 파는 여자 (2)

조사 하나에 말뜻은 물론 한 사람의 인생을 뒤바꿀 법원 판결이 뒤집어지는 걸 숱하게 보아 온 혜영으로서는 결코 놓칠 수 없는 한 마디였다. 정준성 씨가 살아'는' 있다. 지금 이 순간 생명이 유지되고 있다는 것 외에는 아무것도 확실하게 보장할 수 없다고 암시하는 한 글자였다.

"살아는 있다고 하시면, 혹시 어딘가에 감금돼 있는 걸까요?"

- 감금이라고는 할 수 없고요, 거동이 자유롭지 않냐고 물으신 거면, 그건 맞습니다.

이건 또 무슨 말일까? 신야와 스무고개 놀이를 하고 있을 때가 아니라고 판단한 혜영이 단도직입적으로 물었다.

"정확히 어떤 상태이신가요?"

탐정에게 사건 관련 정보를 묻는 게 실례가 될지도 모른다는 걱정이 들었지만, 다행히 신야는 그런 건 게의치 않는다는 듯 자신이 아는 대로 즉답해 주었다.

- 지금 병원에 누워 계십니다. 얼마 전에 도쿄 근교에서 교통사고가 났어요. 날짜는 정확히 확인해 봐야 되는데, 제 기억으로는 일주일 전쯤일 거예요. 큰 사고였다기보다는 상황이 너무 충격적이어서 이목을 끌었어요.

"그 사고 희생자 중에 정준성 씨가 있었나요?"

- 네. 크게 다친 분이 그분 한 명이어서 지역 한인 신문에서 꽤 크게 다뤘어요. 저도 거기에서 그 이름 봤던 기억이 나서 이렇게 말씀드리네요. 사고 경위 간단하게라도 알려드릴까요? 듣기 불편하실 수는 있어요.

거듭된 경고였다. 중상자가 1명밖에 나오지 않은 상대적으로 작은 규모의 교통사고의 내용이 어떻길래 이렇게 조심하는 걸까? 그래도 혜영이 조금 전 감정적으로 빠져들다가 사건을 그르칠 뻔했던 걸 떠올리며 마음을 다잡았다. 의뢰인이 어떤 일을 겪었는지 변호사로서 알아야 한다.

"네. 마음의 준비 됐어요. 말씀해 주세요."

- 일단 그 사고의 사실상 유일한 피해자라고 할 수 있는 정준성 군은 배달 알바를 하려고 오토바이를 운전 중이었어요. 신호 때문에 잠깐 멈춰 있다가 뒤에서 따라오던 차에 들이받혔어요.

"네? 정차 중일 때 난 교통사고는 보통 경미하게 끝나지 않나요? 그런데 왜 정준성 씨는 일주일째 부모님 연락도 못 받고 계실까요?"

- 저러고 말았으면 제가 알고 있지도 못했을 거예요. 아무리 탐정이라도 도쿄에서 일어나는 교통사고 하나하나까지 파고드는 건 아니

니까. 일단, 뒤에서 들이받은 차가 음주 운전 중이었어요. 가속 페달이랑 브레이크를 헷갈릴 정도로요.

“설마 앞에 있는 정준성 씨 오토바이를 보고 멈춰야 한다고 생각하면서 가속했나요?”

휴대폰 너머의 신야가 자기도 이번 사건은 너무 어이가 없다는 듯 한숨을 쉰 뒤에야 대답했다.

- 맞아요. 그것도 꽤 먼 거리에서요. 유혜영 변호사님은 교통사고 많이 다뤄 보셨나요? 저는 신문에서 여기까지만 읽고도 소름이 쫙 끼치던데.

“꼭 사건 수임 경험 때문은 아닌데요, 오토바이가 주행 중인 사륜차랑 부딪히면 운전자가 어떻게 되는지는 들었어요.”

- 지금 상상하시는 그 일이 그대로 일어났어요. 그 운전자, 그니까 정준성 군이 타고 있던 오토바이에서 튕겨서 공중으로 붕 떴어요.

- “그대로 바닥으로 추락했으면 지금 병원에서 못 깨어나신 게 이해되네요.”

- 아뇨. 그 정도만 됐어도 지금처럼 심각한 부상을 입지는 않았을 거예요. 날아간 방향이 하필이면 반대편 차선이었어요. 그 차선에는 급하게 달려오던 트럭이 있었고요. 이번에는 오토바이도 없이 맨몸으로 차에 정면으로 들이받히셨어요.

끄으응-. 참을 수 없는 신음과 함께 마음의 준비가 끝났다고 너무 호언장담하지 말았어야 한다는 후회가 몰려왔다. 조금 더 조심스럽게 접근했더라면 신야가 이렇게까지 잔인한 장면이 떠오르게 이야기해 주지는 않았을지도 모르겠다. 대략 정준성에게 무슨 일이 일어났는지 파악한 혜영이 겨우 이 사실을 알려준 사람에게 해야 할 말로 돌아갔다.

"알려주셔서 감사해요. 이 내용 정준성 씨 어머니께 전해드려도 될까요? 일본 유학 가신 아드님이 도대체 어떻게 되신 건지 많이 궁금해하고 계세요."

아무래도 신야는 대문자 T였나 보다.

- 네, 네. 원하면 누구든 보라고 신문에까지 난 기사를 다른 분한테 말씀드리는 건 전혀 문제될 게 없고요, 이건 변호사님이 더 잘 아시지 않나요? 여기까지만 전해 주시면 정보가 충분하지 않을 수도 있어요.

"네?"

- 반대편 차선에서 정준성 군을 친 트럭이 속도를 못 줄였어요. 8t 트럭이라고만 신문에 나왔는데, 제 사건 경험으로 봐서는 아마 짐이 가득 실려 있었을 거예요. 그래서 정준성 군은 자기를 친 트럭에 깔리기까지 하셨다고 적혀 있어요.

띠잉-. 혜영의 머릿속에서는 정말 이런 소리가 울리는 것만 같았다. 배달 아르바이트를 하던 대학생이 음주운전 차량에 치이고, 그것도 모자라 거대한 화물 트럭에 또 치이고 짓이겨지기까지 하는 일은 도저히 일어나서는 안 될 것만 같았다. 그게 한국에서 일본으로 간 유학생이든, 그 반대든, 전 세계 어디에서든.

"저로서는 이 내용 파악하기가 어려워서 어제오늘 많이 헤맸는데

도움 주셔서 감사합니다.”

- 에이, 그냥 기사 요약해 드린 것 갖고 감사하실 것까지는 없고요, 이제부터가 이 사건 돕기로 한 제 할 일이겠죠? 당장은 정준성 군이 입원해 계신 병원부터 찾아가서 의료적으로 어떤 상태이신지 아는 게 급선무이겠고, 제가 제일 마음에 걸리는 건 아드님이 이렇게 심한 사고를 당했는데 한국으로 연락이 안 갔다는 거거든요?

“저도 들으면서 말씀하신 딱 그 지점이 말이 안 된다고 생각했어요. 어제까지만 해도 정준성 씨 어머니께서는 아들이 납치당했다고 믿고 계셨거든요.”

- 탐정 촉으로 보건대 이건 큰 사고에 잡범들이 붙은 냄새가 너무 나거든요? 새로 알게 되는 거 있으면 유혜영 변호사님께도 바로 공유하겠습니다.

이미 읽었던 기사의 내용을 말해 주는 것까지야 호의로 할 수 있는 일이라고 쳐도, 방금 혜영이 들은 건 본격적인 탐정의 업무였다.

“잠깐만요, 김승규님!”

- 네?

“제 의뢰인 분을 위해서 발벗고 나서주시는 건 정말 감사한데요, 그래도 엄연히 직업으로 하시는 일이니까 해 주시는 일에 저나 제 의뢰인이 어떻게 보수를 드릴지 정도는 말씀을 나누시고 착수하시는 게 좋지 않을까요?”

최소한 한국 변호사 업계에서는 이게 상식이었다. 사건의 규모에 따른 착수금을 먼저 받고, 최종 결과에 따라 성공 보수를 정한 뒤에 움직인다. 그런데 신야는 이걸 가볍게 웃음거리로 만들어 버렸다.

- 보수? 돈이요? 됐어요. 제가 돈이 부족했으면 변호사를 하고 있지 탐정 하고 있겠어요? 요즘 도쿄도에 사건 많아서 변호사들 거둬들이는 수입이 얼만데. 재밌어 보이고, 제가 해야 할 일이기도 하네요. 저는 이 일 진행합니다.

* * *

그러고서는 혜영이 차마 가부를 대답할 수도 없을 순간에 전화가 끊어졌다. 다시 전화를 걸어 볼까 생각하며 휴대폰을 만지작거리던 중, 한 남자가 사무실 안으로 들어왔다.

"민혁 씨 오셨어요? 미안해요. 어젯밤에 경황이 없어서 인사도 제대로 못하고 가시게 했네요."

민혁이 손사래 치며 손에 들고 온 서류 뭉치 하나를 내밀었다.

"에이, 괜찮아요. 충분히 그럴 만한 상황이었잖아요. 그리고 이거."

"이게 뭐예요?"

"어제 작업한 거 분석 보고서요. 들으신 거랑 크게 차이는 없는데 훨씬 자세하게 적어 놨더라고요."

"어머, 이거 갖다주러 여기까지 오셨어요? 고마워요."

"꼭 배달만 하러 온 건 아니고요."

배달 말고 민혁이 올 이유가 뭔지 고민하며 혜영이 잠시 눈을 깜박였다.

"아! 돈 내야 한다고 하셨죠? 출장비까지. 결제 어떻게 해요? 카드 단말기를 가져오시진 않았을 거고, 회사 계좌로 이체해 드릴까요?"

푸흣-. 여자친구의 그런 모습이 귀여웠는지 민혁이 작게 웃음을 터뜨렸다.

"결제 제가 이미 했어요. 그러니까 이 보고서가 저한테 있죠."

"제가 냈어야 하는 돈인데, 어떡해요? 민혁 씨 계좌로 바로 보내드릴까요?"

"얼마 안 돼요. 신경 쓰지 말고 점심이나 사 주세요. 사무소도 지금이 점심시간 맞죠?"

"네. 알겠어요. 뭐 먹을래요?"

"저번에 혜영 씨 초밥 먹고 싶다고 하지 않았어요? 나가지 말고 배달시켜서 여기서 먹어도 되죠?"

안 될 건 없었지만, 혜영으로서는 고개를 갸웃할 수밖에 없었다. 배달 음식은 민혁의 평소 식사 취향과는 거리가 멀었으니까. 원래 식당에서 먹으라고 만든 음식을 멀리서 받아먹으면 요리한 사람의 의도가 망가진다나? 그래도 뭔가 이유가 있겠거니 하고 고개를 끄덕였다.

"그래요."

잠시 후, 초밥이 도착했고 젓가락을 든 채 보고서를 훑어보는 혜영에게 민혁이 물었다.

"보고서 잘 썼죠?"

"제가 IT 쪽 보고서는 볼 일이 많이 없어서 뭐가 잘 쓴 보고서인지는 잘 모르겠는데, 엄청 빨리 나와서 놀랐어요. 제가 알고 싶었던 것들도 안 빠지고 다 들어 있네요."

"저희 회사 직원들이 일을 빠릿빠릿하게 해요."

혜영이 보고서를 내려놓고 민혁을 바라보았다.

"칫. 웬 영업이래요? 그건 그렇고, 빨리 말해 봐요. 왜 왔는데요? 보고서 배달하러 온 건 아니랬고, 배달 초밥 먹으러 온 건 더 아니잖아요?"

"그냥 여자친구 보고 싶어서 왔다고 생각해 주면 안 되나?"

"평소에 그런 적이 있어야 그렇게 생각하죠. 알았어요. 보고 싶어서 왔다, 1번. 2번은요?"

"예전에는 이런 말 들으면 얼굴 빨개지더니 우리 유 변호사님 많이 당돌해지셨다. 맞아요. 2번도 있어요."

"뭔데요?"

민혁이 생각을 정리할 시간이 필요한 듯 입안에 있던 초밥을 삼키고 젓가락을 내려놓고서야 대답했다.

"어제 이야기했던 정준성 씨 말고도요, 일본 갔다가 실종된 사람이 한 명 더 있는 것 같아요."

"민혁 씨 답지 않게 왜 이렇게 자신이 없어요? 실종된 사람이 누군데요?"

"혜영 씨도 아는 사람인데요, 양범이 형이 일본 출장 갔다가 못 돌아오고 있을 수도 있어요."

익숙한 이름에 낯선 호칭을 들은 혜영이 잠시 갸웃했다.

"저도 아는 양범이 형이면, 성모그룹 강양범 회장님이요?"

"네. 혜영 씨 덕분에 회장 된 그분이요."

"에이, 저 때문이라기보단 사필귀정이었죠. 아무튼 강양범 회장님이 일본에서 실종되셨다는 게 무슨 말인데요? 저도 제과 사업 확장 차 일본 출장가셨다는 뉴스까지는 봤어요. 그게 한 달 전쯤이었는데, 아직도 일본에 계시다고요?"

민혁이 고개를 끄덕였다.

"제 추측이 맞다면요. 출장 가고 보름쯤 지났을 때였나? 양범이 형이 전화를 했는데, 내용이 심상치 않았어요. 자기가 못 돌아오면 저더러 본사 회장실로 가라고 했어요."

"갑자기요? 일본에서 무슨 일이 일어날 걸 알고 있기라도 하셨던 것처럼 들리는데요."

"제 말이요. 그러고 나서 지금까지도 양범이 형이랑은 연락이 안 돼요. 정확히는, 여기 오면서도 전화해 봤는데 꺼져 있다는 메시지만 나와요."

6화. 죽은 신랑을 파는 여자 (3)

민혁의 이야기를 듣던 혜영이 보고 있던 휴대폰 화면을 내밀었다.

“이거 봐요. 너무 걱정할 필요 없겠는데요?”

혜영이 보여준 기사 제목은 이러했다.

- 강양범 회장 일본 출장 후 귀국. 향후 日 헤이토라사와의 협력 주목

딱 봐도 성모그룹에서 기업 홍보 차 내보낸 기사라는 게 뻔히 보였지만, 그렇다고 기자가 없는 일을 지어내서 쓰지는 않았으리라. 그런데도 민혁의 표정은 풀리지 않았고, 오히려 고개를 가로저었다.

“이건 저도 봤죠.”

“그런데 왜 못 돌아오셨다고 생각해요?”

“고객님의 전화기가 꺼져 있다고 자꾸 ‘삐’ 소리를 들려주잖아요.”

“회사 쪽에는 알아봤어요?”

“회사요? 성모그룹? 거기 저 못 잡아먹어서 안달 난 사람들이 층

마다 한 트럭인 거 알잖아요. 고객센터 말고는 제 전화도 안 받을걸요?"

그 말에 혜영이 고개를 끄덕였다. 아무리 민혁이 그룹 경영권에 관심이 없다고 한들, 선대 강의정 회장의 사생아를 회사에서 곱게 볼 리가 없다.

"너무 걱정되면요, 경찰에 실종 신고해 봐요. 직계 가족이니까 받아줄 거예요."

"사실 온 이유 2번이 그거였어요. 제가 실종 신고해도 괜히 형 이름 뉴스에 오르내리거나 하지는 않을까요?"

"에이, 괜한 걱정이에요. 경찰은 당연히 비밀 지켜요."

"그래요? 그러면 이거 다 먹고 해 주면 안 돼요? 변호사잖아요."

푸흡-. 웃음이 터진 혜영이 하마터면 집었던 초밥을 간장에 빠뜨릴 뻔했다. 형이 연락이 되지 않아 불안한 마음은 이해하면서도, 모든 일에 자신감이 넘치던 평소와는 너무나 다른 민혁의 모습이었다.

"뭘요? 실종신고를요?"

"네."

"그거 하는데 무슨 변호사를 불러요? 수임료로 얼마를 내시려고? 그냥 신분증이랑 가족관계 증명서 가지고 경찰서 민원실 가면 접수해 줘요."

"쉬워요?"

"네. 엄청. 이거 먹고 같이 가 줘요?"

민혁이 여전히 심각한 얼굴로 고개를 끄덕였고, 혜영은 기어이 집었던 초밥을 입에 넣지 못한 채 탁자에 떨어뜨리고 말았다.

* * *

혜영이 민혁과 같이 경찰서에 갔다가 별일 없을 거라고 불안감까지 달래주고 사무실로 돌아와서 의자를 당겨 앉았다. 실종신고가 탁구공이라면 지금부터 해야 할 일은 볼링공보다 마음이 무거웠다.

뚜르릉-. 통화 연결음이라도 오래 가길 바랐지만, 딱 한 번이 지나가기 전에 상대가 전화를 받았다.

- 네. 변호사님.

'안녕하세요'라는 가장 흔한 인사말이 먼저 떠올랐지만, 아들의 생사가 불분명한 정준성의 어머니에게 안녕한지 묻는 것조차 이상하게 느껴졌다.

"잘 주무셨어요?"

- 잘은 아니고요, 새벽에 한 시간 잠깐 눈만 붙였어요. 그보다는, 저희 준성이 어떻게 됐는지 새로 알게 되신 게 있을까요?

"네. 도쿄에 계신 분한테 들은 이야기가 있어요."

혜영의 답변에 정준성의 어머니가 반색했다.

- 그래요? 뭐라고 하시던가요? 저는 저희 준성이 손가락 발가락 열 개씩 멀쩡하게 살아만 있어도 더 바랄 게 없습니다.

그저 아들의 안녕을 바란다는 뜻이었겠지만, 듣는 혜영으로서는 많은 게 느껴졌다. 아기가 태어났을 때 부모님들이 가장 먼저 확인하는 게 손가락, 발가락 개수라고 하던가? 그 소중한 손가락을 잘랐노라고 세이라가 협박했었다.

저 소망에 좋은 소식을 전할 수 없는 혜영의 목소리가 한 층 더 내려앉았다.

"혹시 정준성 씨가 배달 아르바이트를 하고 있었던 건 알고 계셨나요?"

- 네? 준성이가 왜요? 학비랑 생활비 다 집에서 보내 주고 있었는데, 돈이 더 필요했을까요? 오토바이 타는 게 그렇게 위험하다는데, 아르바이트하다가 무슨 일이 있었나요?

"네. 일하는 중에 교통사고가 났다고 합니다."

- 사고요? 어디를 얼마나 다쳤는데요? 의식은 돌아왔다고 하나요?

"아뇨. 지금 의식 불명 상태로 병원에서 치료받고 있다고 해요. 세이라 씨는 이제 연락 없죠?"

뚝. 잠시 대화가 끊겼다가 돌아온 건 혜영의 물음에 대한 직답은 아니었다. 그 대신 정준성의 어머니가 상황에 대한 완벽한 이해를 보여주었다.

- 그러니까 세이라 그 찢어 죽일 년이 사고 나서 사경을 헤매는 저희 아들을 갖고 그 장난을 쳐서 저한테 돈을 받아내려고 한 거네요?

"저도 그렇게 파악하고 있어요."

- 아이고, 그러길래 왜 내가 걔를 일본엘 보내 갖고선. 한국에도 일어과가 차고 넘치더만. 이게 도대체 무슨 하늘이 무너지는 일이랍니까? 변호사님, 통화 중에 죄송한데요, 제가 나중에 연락드리겠습니다.

"네? 급한 일이 생기셨나 봐요."

- 이게 급한 일이 아니면 뭐가 급하겠어요? 여권부터 찾고, 도쿄 가서 전화드릴게요. 애가 정신을 못 차리고 누워 있다는데, 수술 동의든 뭐든 제가 옆에 있어야죠. 비행기표는 공항 가서 제일 빠른 거 달라고 해도 줄까요?

심정이야 충분히 이해되면서도, 현실적으로 이렇게 다짜고짜 출국부터 해서 될 일은 아니었다. 당장 정준성이 도쿄의 어느 병원에 입원해 있는지도 모르지 않는가? 또 통역은 어떻게 할 것인가?

혜영이 도쿄 현지에서 이 모든 것들을 가장 빠르게 도와줄 수 있는 사람을 떠올렸다.

"제가 정준성 씨 사고 말씀해 주신 분한테 먼저 연락해 볼게요. 도쿄에 도착하셔서 어디로 가셔야 하는지 그분이 알려주실 수 있을 거예요."

- 그렇게까지 해 주시면야 제가 너무너무 감사드리죠.

"잠깐만, 너무 서두르지 마시고 그분이 연락할 때까지 기다려 주세요."

정준성의 어머니와 통화를 마친 혜영이 곧장 우헤이 신야에게 전화를 걸었다.

"안녕하세요. 부탁드릴 일이 생겼어요."

- 정준성 군 사건 말고, 추가로 해 드릴 일이 있나요?

"아뇨. 그 사건이에요. 정준성 씨 어머니께서 소식 들으시고 지금 도쿄로 가겠다고 하셨어요. 현지에서 도와줄 사람이 한 분 정도는 있으면 좋겠다는 생각이 들어서요."

부탁하는 쪽은 혜영이었는데, 오히려 부탁을 받는 입장인 신야가 더 반색했다.

- 정준성 군 어머니요? 지금 저한테 정말 필요한 분이세요. 제가 가족이 아니라고, 병원에서 말해 주는 게 거의 없거든요.

"벌써 병원까지 가셨어요? 정준성 씨 현재 상태라든가, 회복 가능성이라든가 대략적으로라도 들으신 게 있을까요?"

- 말씀드린 그대로예요. 직계 가족이 아닌 사람한테 환자의 의료 정보를 알려줄 수가 없대요. 중환자실에서 몸에 온갖 호스 꽂고 계신 것만 봤어요. 제가 의료인은 아니지만, 소생은 안 될 것 같은 모습이었어요.

아무리 정준성의 상태가 나빠 보여도 자기가 사망 선고를 내려야 하는 의사가 아닐진데, 조금은 희망차게 말해 줄 수 있지 않나 하는 생각이 들었다. 옆에 있었으면 혓바닥에 딱밤이라도 때리고 싶을 지경이랄까? 그리고 뒤이어 의문점 하나가 떠올랐다.

"그러면 지금까지는 보호자도 없이 어떻게 치료받고 계셨대요? 사고 난 지 일주일이나 지났다고 하셨잖아요."

- 저도 이거 듣고 나서 너무 어이가 없었는데요, AI로 가짜 납치 사

건 만들어서 협박했다고 한, 그 정준성 군 여자친구 있잖습니까? 세이라 씨. 그분이 자기가 아내라고 속여서 보호자 노릇하고 있었대요. 응급 수술 동의서에 사인도 했다고 합니다.

"네? 그게 말이 돼요?"

- 처음에는 안 믿겼는데, 같이 찍은 사진들 보여주면서 공식 혼인 신고는 한국에만 돼 있다고, 의료진한테 교묘하게 거짓말을 했더라고요. 그랬던 여자가 갑자기 사라졌으니까 병원에서도 난리가 난 거죠. 그래서 정준성 씨 의료 정보 단속 더 철저히 하고 있기도 하고요. 되려 제가 탐정이라고 밝히고 나니까 세이라 씨 찾아달라고까지 하고 있습니다.

사람이 사람한테 어떻게 저럴 수 있을까 하는 환멸감이 몰려왔다. 외나무다리에서 만난 원수한테도 못 할 짓인데, 심지어 세이라한테 정준성은 사고 직전까지 사랑하던 사람이었다.

"그래서 찾으셨어요?"

- 아무리 탐정이라도, 작정하고 숨은 사람 찾기가 몇 시간 만에 되는 일은 아니에요. 경시청에서도 찾고 있다고 하니까, 지금은 그쪽 기다려 보려고요. 하던 얘기로 돌아가서요, 정준성 군 어머니가 직접 도쿄로 오신다고요?

"네. 당장 인천공항 가셔서 가장 빠른 비행기표 사시려던 걸 간신히 말렸어요. 두 분 미리 연락하시고, 현지에서 신야 씨가 안내해 주실 수 있을까요?"

- 그럼요. 전화번호 주세요.

"번호 문자로 보냈고요, 한 가지만 더 부탁드려요. 사건이랑 직접 관련은 없어도, 정준성 씨 어머니 뵙게 되면 식사라든가 숙소라든가 이런 편의도 신경 써 주세요. 아드님 일이 너무 다급하시니까, 아예 생각을 안 하고 계시는 것 같아요. 비용은 제가 얼마간이라도 선입금할게요."

혜영의 말에 신야가 콧방귀를 뀌었다.

- 돈은 됐어요. 말씀드렸잖아요. 정준성 군 어머니 지금 저한테도 필요한 분이라고. 그런 분 모시는데 식사랑 잠자리 정도는 제가 책임져도 괜찮습니다.

"감사합니다."

통화를 마친 혜영이 생각에 잠겼다. 신야가 돈을 거절한 건 정준성 사건을 진행하기 전에 보수를 먼저 책장하자고 했을 때에 이어 벌써 두 번째였다. 이걸 민혁이 데이트할 때마다 밥값 자기가 내는 것과 같은 선상에서 생각해도 될까? 둘은 느낌이 전혀 달랐다.

민혁은 진짜로 돈이 많기도 하거니와, 약간의 허세로 혜영에게 잘 보이고 싶어 하는, 매우 남자친구다운 의도가 읽혔다. 반면에, 신야가 저러는 이유는 도통 그 내막을 짐작할 수가 없었다. '돈을 거절하는 사람은 돈 말고 다른 걸 원한다'라는 오래된 격언이 떠올랐다.

* * *

그리고 이틀 뒤, 정준성의 어머니가 다시 한번 혜영의 법률 사무소를 찾아왔다. 손에는 유골함이 들려 있었다. 이미 정준성이 병원에서 회복하지 못하고 끝내 사망했다는 소식을 들었기에 누구 것인지는 묻지 않았다. 자식 잃은 상처를 후벼파는 일이 될 게 분명했다.

그리고 정준성의 어머니도 처음 왔을 때와는 다르게 많은 말을 하지는 않았다. 그저 감사 인사와 함께 사례비가 담긴 봉투를 탁자에 내려놓았다. 혜영은 액수를 확인하지도, 거절하지도 않았다. 그저 감사하다는 인사와 함께 봉투를 받았다.

사무실에 혼자 남은 혜영이 닫힌 문 쪽을 바라보며 물었다.

"오랜만에 뵙네요. 소장님. 무슨 일로 오셨어요?"

멀찍이 떨어져 있던 귀신들의 흥신소 소장이 혜영에게 다가왔다.

<혜영이 자네 만나고 싶어 하는 귀신이 한 위 있어서 말이야. 그렇다고 내가 자네 만나게 해 달라고 하는 귀신들을 매번 데려오는 건 아닌데, 이 친구는 들어보니까 사정이 너무 딱해. 죽은 자들 사연 숱하게 들어온 내가 봐도, 이렇게 끔찍한 객사는 처음이야.>

"객사요?"

<그래. 외지 나갔다가 가족도 없는 곳에서 혼자 죽은 친구들 말이야. 소개는 직접 하겠나?>

그러자 귀신 한 위 추가로 혜영에게 모습을 드러냈다.

<안녕하세요. 정준성이라고 합니다.>

7화. 야쿠자 손으로 코 풀기 (1)

그 이름에 꼬리가 축 처져 있던 혜영의 눈이 번쩍 뜨였다.

"정준성 씨라고요? 그저께 일본에서 억울하게 돌아가신 그 분이요?"

이번 사망 사건에서 정준성의 어머니보다 더 분개해야 할 유일한 자의 반응이 혜영의 예상을 비켜 갔다.

<억울한 건 아니었고요. 누구한테나 일어날 수 있는 교통사고였잖아요. 그 일이 저한테 일어났다고 해서 특별히 누굴 원망하지는 않아요.>

"맞은편 차선에서 온 트럭은 잘못이 없다고 쳐도, 정준성 씨가 타고 계셨던 오토바이 처음으로 들이받은 차량은 음주 운전 중이었어요."

<그분도 저를 치려고 술을 마시진 않았을 거예요. 앞으로 큰 처벌도 받으실 거잖아요. 저까지 미워하면서 힘들어하고 싶지 않아요.>

저걸 맞는 말이라고 해야 할까? 그 음주 운전자가 받게 될 형량은 일본 현행법상 최고 징역 15년에 달한다. 어쩌면 이번 사건 때문에 정준성 다음으로 인생이 크게 망가졌다고도 할 수 있다. 그렇다고 이걸 심정적으로 받아들일 수 있을까?

혜영이 답을 찾지 못한 채 고개를 끄덕였다.

"피해자분 생각이 그러시다면 존중해요. 그런데 저를 찾아오신 이유는 어떻게 되실까요? 복수를 의뢰하려고 오셨을 거라고 생각했는데, 말씀 들어 보니 그건 아니신 것 같아서요."

<복수요? 그런 비싸고 오래 걸리는 일에 관심 없어요. 사실은 제가 이렇게 되고 나서 어머니랑 우헤이 신야라는 탐정이랑 유혜영 변호사님 이야기하시는 걸 들었어요.>

"맞아요. 어머니께서 저한테 사건 의뢰해 주셨고, 신야라는 그 탐정도 제가 소개해 드렸어요,"

<그리고 여기 소장님께 변호사님이 영력이 강하셔서 살아 있는 사람들 법률 사건 말고, 저 같은 귀신들 일도 잘 처리해 주신다는 말씀도 들었어요.>

"네. 따로 공부하지는 않았는데, 물려받은 힘이 있나 봐요. 어머니가 무당이시거든요."

정준성이 본론으로 넘어가기 전 잠시 뜸을 들였다.

<그래서 꼭 뵙고 싶다고 부탁드렸어요. 아시겠지만, 제가 너무 갑작스럽게 사고를 당하는 바람에 유서 같은 것도 못 남겼거든요. 어머니한테 제 유언을 전해 주실 수 있으실까요?>

"그럼요. 하고 싶은 말씀 저한테 남겨 주시면 어머니께 말씀드릴 게요. 형식은 어떻게 하는 게 편하시겠어요? 그냥 말로 전해 드릴 수도 있고, 하시는 말씀 제가 옮겨 적어서 유서로 드릴 수도 있어요."

망자의 마지막 부탁이라고 하기에는 들어주기 너무 쉬운 일이라 흔쾌히 한 허락이었다. 그런데 정준성이 한 발 더 나간 요구를 해 왔다.

<저기, 변호사님이 허락해 주신다는 가정 하에요, 제가 직접 어머니께 말씀드릴 수는 없을까요? 몸을 잠깐만이라도 빌려주시면, 목소리는 어쩔 수 없겠지만, 제 말투로 어머니께 말씀드릴 수 있을 것 같아서요.>

혜영이 대답하기도 전에 흥신소 소장이 끼어들었다.

<잠깐만, 지금 빙의를 하겠다는 소리인가? 그런 말 할 줄 알았으면 데려오지도 않았어.>

귀신이 된 정준성을 당장이라도 소멸시켜 버릴 기세의 소장을 혜영이 손을 내밀어 제지했다.

"잠깐만요, 소장님. 꼭 정준성 씨 부탁이어서가 아니라, 어머니 생각해서라도 제가 해 드리고 싶어요. 맡은 사건 진행하던 중에 의뢰인이 돌아가신 게, 벌써 두 번째 겪는 너무 큰 상처라, 그렇게 해 드리는 게 저한테도 위로가 될 것 같아요."

흥신소 소장은 여전히 탐탁지 않은 얼굴이었지만, 정준성이 이 틈을 타 얼른 빙의 허락을 확정 지었다.

<감사합니다, 변호사님. 시간이랑 장소는 변호사님 편하시게 제가 맞출게요. 제가 이승에 오래 머무를 생각은 없어서, 너무 오래 걸리지만 않았으면 해요.>

“제가 알기로, 지금 정준성 씨 장례식 치르고 계실 거예요. 오늘은 첫날이라 너무 바쁘실 것 같아서 내일 제가 따로 찾아뵈려고 생각 중이었거든요. 그때 정준성 씨도 같이 가셔서 어머니랑 말씀 나누시면 딱 맞겠어요.”

<그런데 제가 변호사님 몸을 빌리려면 어떻게 해야 하는지 잘 모르는데, 이걸 여쭤볼 분이 계실까요?>

혜영이 이 자리에서 그걸 가장 잘 알려줄 수 있는 흥신소 소장을 바라보았지만, 여전히 이 빙의 자체에 반대한다는 듯 딴 곳을 보며 콧방귀를 뀔 뿐이었다.

“저도 빙의를 어떻게 해야 하는지는 모르는데요, 아까 잠깐 저희 어머니 말씀드렸잖아요, 유명한 무당이시거든요. 이따가 저 퇴근할 때 같이 가셔서 여쭤보면 어떨까요? 그 정도는 아실 거예요.”

<그렇게까지 해 주셔도 괜찮으실까요?>

“그럼요. 너무 부담 갖지 마세요. 변호사로서 맡은 일 충실하게 마무리하고 싶은 마음도 있고, 개인적인 상처도 있어서요.”

<감사합니다. 이따가 퇴근 시간 무렵에 다시 한번 찾아뵙겠습니다.>

정준성이 돌아가고 나서도 흥신소 소장은 불만스러운 표정으로 혜영의 사무실에 남아 있었다.

"소장님, 빙의 허락하지 말라고 하신 이유가요, 혹시 저승 규칙 위반이에요?"

<하, 변호사인 자네가 규칙 넘나들면서 지내는 나한테 그런 걸 물어보니까 퍽이나 이상하게 들림세. 엄밀하게 말해서 빙의 자체는 규칙 위반이 아니야.>

"해도 되는 빙의랑 안 되는 빙의가 따로 있어요?"

<그렇지. 산 사람 의지와는 무관하게 강제로 들어가는 건 위반이고, 지금처럼 허락을 먼저 구한 경우에는 따로 규제하지는 않아.>

"그러시면 아까는 왜 그렇게 반대하신 거예요? 저까지 덩달아서 무서웠어요."

흥신소 소장이 이건 정말 심각한 일이라는 듯, 고개를 가로저었다.

<그게 산 사람한테 너무 위험한 일이거든. 들어갔다가 안 나가겠다고 하고 거기서 버티면 어쩔 텐가? 그때 가서는 또 자네 어머니 아랑선녀한테 가서 퇴마라도 해 달라고 할 건가?>

"에이, 정준성 씨가 그렇게 강짜 부릴 성격은 아니신 것 같던데요? 이승에 미련도 크게 없어 보이고요."

<알아. 저 친구 선해 보이는 거랑, 이번에도 허수지 때랑 똑같이 사건 진행 중에 의뢰인이 죽어 버려서 혜영이 자네가 도저히 거절 못 할 마음이었다는 것도.>

결국 그 이름이 나왔다. 허수지. 마음이 무겁다고 해서 마냥 피해만 갈 수도 없었다.

"제가 부탁드린 건 아직이시죠?"

<부탁한 거? 허수지 영혼 찾아달라고 했던 거 말인가?>

"네. 구치소에 계시다가 억울하게 돌아가신 지 벌써 일년도 넘었네요. 얼마 전이 기일이었으니까. 법원에서는 허수지 씨 무죄 인정도 됐는데, 이걸 전해 드릴 길이 막막해요."

<솔직히 말하겠네. 내 능력으로 눈에 불을 켜고 이렇게 열심히 찾았는데 안 보이는 거면, 없는 거야.>

너무나 단정적인 단어에 혜영의 눈이 동그랗게 떠졌다.

"네? 없다니요? 육신은 죽었어도 영혼은 어딘가 있어야 하잖아요. 그게 저승이 됐든, 환생을 하셨든지요. 없다고 하신 건, 허수지 씨 영혼이 귀신도 못 되고 소멸됐다는 말씀이세요?"

흥신소 소장이 고개를 저으며 생각을 정리한 뒤 대답을 이어갔다.

<저승으로 갔든 소멸됐든, 그런 일을 겪었으면 내가 이미 알았을 걸세. 그런데 아무 흔적이 없어. 지금으로서는 기묘사가 봉인해 둔 그 상태로 계속 내 눈도 안 닿는 어딘가에 갇혀 있다고 보는 게 맞을 걸세.>

"기묘사는 뭘 하려고 허수지 씨를 아직 데리고 있는 걸까요?"

<허수지만 데리고 있는 건 아닌 것 같더군. 그때 그 사건에서 같이 사망했던 자들 영혼들도 허수지랑 똑같은 실종 상태야. 게중

에는 여중생도 있음세.>

"다른 사람 영혼을 갖고 뭘 할 수 있는데요?"

<글세. 예전에 영혼을 납치해서 후손들한테 이승의 돈을 어디로 옮기라고 한 경우는 내가 본 적이 있네만, 1년이 넘게 그저 데리고만 있으니 나로서도 짐작이 어렵네. 그 파면된 저승 대법관이 귀신 아홉 위를 모아서 하려고 했던 일의 연장선상이 아닐까, 정도의 추측만 하고 있어.>

흥신소 소장의 답답한 마음이 혜영에게도 전달되었다. 그러다가 잠시 후, 혜영이 다른 방향에서의 해결책을 생각해 냈다.

"그렇다면요, 이승에서 기묘사를 잡아서 해결할 수도 있겠네요?"

<그렇겠지? 경찰 나리들은 뭐라고 하던가? 잡을 수 있겠대?>

"아뇨. 이미 수사 중지 처분 나왔어요. 기묘사가 발견되면 체포해서 수사를 이어가겠지만, 경찰이 열심히 찾지는 않을 거라는 뜻이에요."

이번에는 흥신소 소장이 한숨을 내쉬었다. 양쪽 어느 곳으로도 쉽게 풀릴 문제가 아니어 보였다. 어쩌면 풀리지 않고 더 큰 문제로 터져 나올지도 모른다는 불길한 예감마저 들었다.

* * *

다음 날 아침 일찍, 혜영은 다른 조문객들이 많이 오지 않을 시간에 정준성의 장례식장으로 향했다. 귀신이 된 정준성 본인을 뒤에 두고 분향과 절을 하고, 그 힘들다는 자식 상주 역할을 하고 있는 정준성의 어머니와 인사를 나누었다.

그러고서 슬쩍 뒤를 돌아본 혜영이 조심스럽게 물었다.

“어머니, 잠시만 사람들 없는 빈 방에서 따로 뵐 수 있을까요?”

“일본에서 소식이 왔나요? 세이라 그 년이 잡혔나요?”

역시 정준성의 어머니는 여전히 세이라가 엄정하게 처벌받길 바라고 있었다. 우헤이 신야가 전해 준 이야기에 따르면, 세이라는 완전히 잠적해서 현지 경찰도 그 소재 파악에 어려움을 겪고 있다고 한다.

“그건 아직입니다. 어머니를 뵈고 싶어하는 분이 계세요.”

“저를, 누가요? 굳이 변호사님하고 저하고 셋이서만, 빈 방에서요?”

“네. 다른 사람들 오가는 곳에서는 말씀 나누시는 모습 보이는 게 곤란해서요. 아드님이 지금 같이 와 계십니다.”

“네? 준성이가요? 어디요? 어디?”

혜영이 뒤를 가리켜 보이려다가 행동을 멈췄다. 영력이 없는 정준성의 어머니에게 아들의 모습이 보일 리 없었다.

“오가는 사람들 없는 곳에 가서 바로 소개해 드릴게요.”

설득은 성공했고, 장례식장의 옆방으로 들어온 혜영과 정준성의 어머니가 마주 앉았다. 그리고 어젯밤 아랑선녀에게 배운 대로 정준성이 혜영과 최대한 비슷한 자세를 취한 채로 몸과 영혼을 겹

쳤다.

잠시 뜨거운 기운이 가슴에서 온몸으로 퍼지는 느낌이 들었다. 어제 들은 빙의가 잘 되었다는 증거였다. 혜영이 자신의 입을 정준성에게 양보했다.

<엄마, 저예요. 준성이. 감사드려요. 키워 주신 거, 일본 유학 보내 주신 거, 전부 다요. 그리고 제 마지막 시간에 같이 있어 주신 것도요. 병원에 누워 있는 동안 혼자 떠나는 게 너무 무서워서 일주일을 꾹 참고 버텼어요. 그랬더니 엄마가 와 주셨어요.>

자기 말투로 이야기하고 싶다는 정준성의 생각이 통했는지, 어머니가 아들을 알아보는 건 그리 오래 걸리지 않았다.

"그래, 준성아. 내 아들아. 이제 아프지는 않지?"

<이제 다 괜찮아요. 몸도, 마음도, 다요. 그리고 엄마도 그만 아팠으면 좋겠어요.>

"내가 아무리 아픈들, 차에 두 번이나 치이고 바퀴에 짓이겨진 너만 할 수가 있겠니? 다음 제삿날 오기 전에는 내가 세이라 그년을 꼭 잡아서 한 풀어줄 거야. 걱정하지 마. 여기 유 변호사님도 계시고 일본에서 도와주는 탐정분도 있어."

<엄마, 그렇게 아파하지 말라고, 이 말씀 드리려고 변호사님 몸 잠시 빌렸어요. 이제 세이라 같은 애 신경 쓰지 말고 편하게 지내세요>

8화. 야쿠자 손으로 코 풀기 (2)

콜록-. 정준성의 말끝에는 마침표 대신 어색한 기침 소리가 찍혔다. 세이라는 그냥 놓아 주라는 말을 듣고 놀란 혜영이 보인 반응이었다. 그러자 혜영보다 훨씬 더 심하게 놀란 정준성의 어머니가 눈을 휘둥그렇게 뜨고 물었다.

"아들아, 그게 무슨 말이니? 찢어 죽이고 싶은 걸 감옥에 넣는 거로 화 삭이는 중인데, 그년을 용서하라고?"

여기에는 혜영도 동의할 수 없었다. 어제 정준성에게 고개를 끄덕였을 때와는 이야기가 달랐다. 음주운전 교통사고의 피해자는 정준성이었지만, 세이라가 저지른 공갈은 엄연히 어머니를 대상으로 삼고 있었다. 혜영이 위로 올라가 입의 통제권을 가져오고 싶은 마음을 꾹 누르고 모자의 이야기를 이어 들었다.

<죽고 나서 이렇게 귀신이 되고 난 다음에 어머니랑 우혜이 신야상이 나누시는 말씀 들었어요. 세이라가 너무 큰 잘못을 했더라고요. 제가 세이라 편을 들려고 하는 게 아니에요. 용서도 하지 마시고, 그냥 잊어버려요.>

"왜, 왜 그랬으면 좋겠어? 엄마는 잘못한 사람이 처벌받아야 한다고 생각하는데, 아들은 아니야? 혹시 세이라를 아직도 사랑하니?"

<그럴 리가 없잖아요. 제가 지금 가장 사랑하는 사람은 엄마예요. 사랑하지 않는 세이라 때문에 사랑하는 엄마가 힘들지 않았으면 좋겠어요. 누가 잘못을 했고, 처벌을 받고, 이런 것보다 제가 겪은 일 때문에 엄마가 더 아프지 않았으면 해요.>

"준성아, 그러면 만약에 세이라가 꼭 처벌받게 해야 엄마가 덜 아프고 더 편해질 것 같으면, 그래도 가만히 있을까?"

이 물음에도 자기 주장을 내세우기는 어려웠는지, 정준성이 머뭇거리는 게 같은 몸을 공유하는 혜영에게도 고스란히 전달되었다. 그러다가 결국 정준성에게 빌려준 혜영의 입이 다시 열렸다.

<만약에 저한테 생겼던 이 불행한 일을 도저히 못 잊겠으면, 엄마 말대로 해도 저는 괜찮아요. 그래도 그거 하려고 너무 많이 돈 쓰고 마음 태우지는 말아요. 일본이라는 나라가, 제가 살아보니까, 옛날에 머물러 있는 것 같아도 일 되게 꼼꼼하게 잘 하더라고요. 경시청도 그럴 거예요.>

"엄마가 노력 안 해도 일본 경찰이 알아서 찾아내서 처벌도 받게 할 거란 말이지? 알았어. 아들이 이렇게 말하니까 어떻게 할지 더 생각해 볼게."

<알겠어요. 무슨 결정을 하든, 엄마가 말한 대로 덜 아프고 더 편한 길로 가 줘요. 그게 내가 마지막으로 하고 싶은 말이었어요.

들어줘서 고마워요.>

그러고서 정준성이 혜영의 몸에서 나가려고 했는지 들어왔던 뜨거운 기운이 나가며 혜영의 몸에 살짝 한기가 돌았다. 그때, 정준성의 어머니가 급하게 혜영의 몸을 향해 손을 뻗었다.

“저기, 준성아! 앞으로의 일은 엄마가 잘해 볼게. 그런데 이제는 지나간 일이라 어쩔 수 없는 거 아는데도, 꼭 물어보고 싶은 게 있었어.”

<계속 제 얘기만 하다가 가 버릴 뻔했네요. 궁금한 게 뭐예요?>

“그, 배달 아르바이트를 꼭 해야 했어? 집에서 등록금이랑 생활비 다 보내 주고 있었잖아. 그거 말고 돈이 더 필요한 일이 있었어? 왜 말을 안 해 줬어? 통화 자주 했잖아.”

정준성의 머뭇거림이 이번에는 더 길어졌다. 자기주장을 한 발 물리는 것보다 훨씬 더 말하기 어려운 아르바이트를 해야 했던 이유가 혜영도 궁금해졌다.

<이 이야기까지 해 드리면 엄마가 세이라 더 싫어할 것 같은데요.>

“그래도 꼭 듣고 싶어. 그 어린 나이에 돈이 필요해서 일하다가 그 끔찍한 일을 당했다고 생각하니까, 엄마가 부모 노릇 제대로 못 한 것 같고, 마음이 너무 아프다.”

<아니에요. 그렇게 생각하지 마요. 집에서 보내 주는 돈은 등록금 내고 나 혼자 생활비 쓰기에 충분했어요. 그런데 저도 올해 지나면 졸업이었잖아요. 학교 나오고 나서 세이라랑 약혼하고 같

이 살고 싶었어요. 그 돈까지 다 집에 대 달라고 하기가 죄송했어요.>

"너 결혼할 때 보태주려고 모아 놓은 돈 있다고 했잖아. 이번에 세이라가 달라고 한 것도 그 돈이었어."

<어떻게 그걸 다 받아요. 저 말고도 돈 들어갈 데 많잖아요.>

들을수록 심하게 비교되었다. 부모님께 부담 덜 드리려고 학업과 일을 병행했던 아들과, 그 아들을 죽이겠다고 협박해서 돈을 뜯으려고 했던 예비 며느리. 어떻게 불공평하게도 저런 남녀가 만나서 결혼까지 갈 뻔했는지, 정준성이 너무 안타까웠다.

정준성의 어머니도 같은 생각이었는지 허망한 얼굴로 눈물을 왈칵 쏟으며 혜영의 몸을 빌린 아들과 포옹했다. 한참이 지나고, 혜영이 잠시 혼자 있게 해 달라는 정준성의 어머니를 뒤로한 채 방에서 나왔다.

주위를 둘러보니 아직 새벽에 가까운 이른 아침이었기에 장례식장에 오가는 사람은 없었다. 혼잣말을 해도 괜찮겠다는 걸 확인하고서 자신의 귀를 통해 안에 있는 정준성이 들을 수 있게 물었다.

"이제 어떻게 하실 생각이세요?"

<네? 제가 드린 부탁 들어주셔서 감사해요. 이제 이 몸에서 나가서 저도 제가 가야할 곳으로 떠나야죠.>

"바로 저승으로 가실 생각이세요? 어머니 곁에 더 있고 싶으시다거나, 세이라 씨가 어떻게 처벌되는지 기다렸다가 보고 가실 마음

은 없으세요?"

같은 목소리였지만, 이어지는 정준성의 대답에는 강한 확신히 담겨 있었다.

<방금 결정했어요. 제가 어머니 곁에 더 오래 있으면 안 되겠다고요. 제가 이승에 남아 있다는 걸 아시면 눈치 보면서 해야겠다고 생각하신 일을 못 하실 것 같아요. 그리고 결정적으로, 꼭 어머니 때문 아니어도, 이승에 더 남아 있을 수가 없어요.>

"네? 왜요? 성품 너무 좋으셔서 이승 체류 기간도 많이 받으셨을 것 같은데요?"

<아, 그거 저승사자님이 찾아오셔서 설명해 주시긴 했어요. 앞으로 21년 동안 귀신으로나마 이승에 더 머무를 수 있다고요. 좋은 일 많이 하면서 산 건 맞는데, 공덕을 쌓을 기간이 너무 짧았다고도 하시던데요?>

"그러니까요. 21년 더 계셔도 되잖아요."

<그거 처음에 변호사님한테 저 데려다주신 흥신소 운영하는 분께 3일만 남겨 놓고 다 드렸어요. 그게 귀신들 사이에서는 돈 같은 거라고 하시던데요? 오늘이 마지막 날이에요.>

그 말에 혜영이 속으로 분통을 터뜨렸다. 정준성이 너무 불쌍하게 죽어서 동정심 때문에 호의를 베풀었던 것처럼 말하더니, 바가지도 저런 바가지가 있나? 고작 혜영한테 데려다 주는 대가로 21년이라니?

* * *

정준성이 떠나갔고, 두 사람이 혜영에게 다가왔다. 한 명은 빈방에서 스스로를 추스르고 나온 정준성의 어머니였으니 이상할 게 없었다. 그런데 다른 한 사람은 처음 보는 얼굴이었다. 기름까지 발라 뒤로 쓸어 넘긴 머리에 정장을 빼입은 건장한 남성이었다.

"혹시 유혜영 변호사님 되시나요?"

혜영이 고개를 끄덕이는 동안, 정준성의 어머니가 그 남자의 정체를 밝혔다.

"신야 탐정님, 일찍 오셨네요."

"장례식이라는 게 사람 손이 많이 필요하잖아요. 제 클라이언트가 돌아가셨는데, 할 일 있으면 찾아서 하는 게 도리겠죠."

두 사람의 대화에 놀란 건 혜영이었다.

"우헤이 신야 탐정님이세요? 한국에는 어떻게 오셨어요?"

"일본은 외국이니까 비행기 타고 왔죠?"

신야의 농담에 정준성의 어머니가 내용을 채워 주었다.

"일본에서부터 정말 많이 도와주셨어요. 준성이 병원비 납부부터 화장터 알아봐 주시는 것까지요. 제가 도저히 유골함 들고 혼자 입국할 자신이 없었는데, 같이 와 주신다고 하셔서 너무 감사했지, 뭐예요."

"정말 이 일 때문에 한국까지 오신 거예요?"

혜영의 물음에 신야가 웃음과 함께 대답했다.

“꼭 이거 하나 때문은 아니고요. 원래 올 일이 있었는데, 일정만 살짝 바꿨어요. 저도 10대 때까지 있었던 나라니까 추억 여행도 조금 하다가 돌아갈 생각이에요.”

“제가 부탁드린 분들 잘 챙겨 주셔서 감사들요. 김승규님. 이렇게 뵙게 된 김에 하나 여쭤봐도 괜찮을까요?”

“네. 그러세요.”

“오시기 전까지 여기 계신 어머니랑 세이라 씨 이야기 하고 있었거든요. 일본 경찰에서 신병 확보 성공했을까요?”

“시간이 오래 걸리지는 않을 것 같은데요, 그 시간을 더 줄일 방법도 있습니다.”

신야의 대답에 혜영보다 정준성의 어머니가 더욱 반색했다.

“줄일 방법이라는 게 뭘까요?”

“이 사건 이야기 들을 때마다 계속 귀에 걸리는 단어가 있었어요. 세이라라는 그 당돌한 학생이 히나시겐즈를 사칭했다면서요? 그 딥페이크 영상도 고스란히 갖고 있고요.”

신야를 향해 정준성의 어머니와 혜영이 차례로 대답했다.

“맞아요. 제 핸드폰에 지금도 저장돼 있어요.”

“그게 딥페이크 조작 영상이라는 보고서 사무실에서 바로 가져올 수 있어요.”

"딱 좋습니다. 방금 말씀 들은 그 두 개를 예쁘게 모아서 히나시겐즈에 보내면 어떻게 될까요? 2020년대 들어서 도쿄도 지역 암흑세계 통일한 무서운 야쿠자 형님들이시거든요?"

여기까지만 듣고도 혜영이 앞으로 전개될 일을 예측했다. 이렇게만 되면 남의 손을 넘어서 남의 나라 야쿠자 손으로 코 풀기가 가능하다. 다만, 한 가지 마음에 걸리는 점도 있었다.

"히나시겐즈라는 그분들이랑 승준님 통해서 연락할 방법이 있을까요? 공식 웹사이트 같은 게 있지는 않을 것 같아서요."

"당연하죠. 일본에서 탐정이랑 야쿠자는 싸울 일이 많고, 협력할 일은 더 많은 사이에요. 저는 변호사 자격증도 있으니까 그 형님들한테 법률 자문도 가끔 드려요. 연락은 당장이라도 할 수 있습니다."

앞으로 세이라와 몇 년이든 싸울 작정이었던 정준성의 어머니가 신야의 손을 꼭 잡았다.

"아이고, 탐정님, 그러면 하나시인가 하는 그분들한테 연락드려서 세이라라는 년이 그분들 이름 팔아서 무슨 짓을 했는지 꼭 좀 전해 주셔요. 변호사님, 이러면 제가 돈도 시간도 많이 안 들이고 해결하는 셈이니까 준성이도 괜찮다고 하겠죠?"

혜영과 신야가 동시에 고개를 끄덕였다. 그 뒤로 자료 취합은 한 시간도 되지 않아 일사천리로 진행되었고, 신야는 바로 도쿄에 있는 무서운 형님들한테 연락을 넣었다.

그리고 며칠 뒤 정준성의 삼일장이 끝난 다음 날, 사무실에 있는 혜영에게 신야가 전화를 걸어왔다.

- 변호사님, 명함에 있는 주소로 제가 이메일 한 통 드렸는데 확인해 보실래요? 급하게 보셔야 할 건 아닌데 이 소식 기다리고 계셨을 것 같아서요.

“네. 지금 바로 열어볼게요. 정준성 씨 관련된 일인가요?”

- 그럼요. 어떻게 처리됐는지 바로 확인하실 수 있으실 거예요.

혜영이 웹 브라우저를 켜며 신야에게 물었다.

“이렇게 빨리요? 야쿠자한테 연락한다고 하시더니, 그쪽이 확실히 법보다는 속도감이 있네요. 승준님은 일본에 잘 돌아가셨나요? 정말 감사해서 공항 나가서 배웅이라도 해 드렸어야 하는데, 제가 언제 출국하시는지를 몰랐네요.”

- 아니요. 저 아직 서울에 있습니다. 말씀드렸잖아요. 원래 할 일이 있어서 온 거라고. 그건 그렇고, 이메일부터 확인해 보세요. 제가 정준성 군 소식 처음 접했던 그 도쿄 한인 신문 디지털판입니다.

9화. 야쿠자 손으로 코 풀기 (3)

따각, 따각-. 신야가 말한 대로 받은메일함에 들어가 보니 이메일이 와 있었다. 첨부파일을 눌러 보니 신야가 스크랩해 놓은 도쿄 X코리아 타임즈라는 신문의 오늘 자 기사 두 개가 들어 있었다.

- [부고] 정준성 씨 산코이 병원에서 끝내 사망

- [단독] 경찰서에 나타난 손가락 없는 자수범, 정준성 씨 사건의 가해자로 밝혀져

첫 번째 기사는 어떤 경로로 몇 번을 들어도 안타까움이 몰려오는, 혜영도 이미 잘 알고 있는 소식이었다. 그 내용을 읽는 대신 두 번째 기사로 바로 넘어갔다.

- 한 젊은 여성이 양손의 검지와 엄지가 잘린 채로 경찰서에 찾아가 자신의 범죄를 자백했다는 충격적인 소식입니다. 현재 경시청은 이 여성이 전문학교에 재학 중인 23세라는 것만 공식 발표한 상황입니다. 이에 본지는 이 여성의 정체를 알려온 분과 단독으로 인터뷰를 진행했습니다.

- 기자: 이 여성이 근자간에 떠들썩했던 정준성 씨 사망 사건과 관

련이 있다고요?

- 제보자: 네. 그렇습니다. 정준성 씨가 병원에 누워 있는 동안 현지에서 어떤 사람이 정준성을 납치했다며 한국에 있는 부모님에게 금전을 요구했습니다. 이 공갈범이 경찰서를 찾은 그 여성입니다.

- 기: 충격적인 사실인데요, 제보자분께서는 인터뷰 전에 이것이 사실임을 입증하는 자료도 본지에 전해 주셨습니다. 손가락이 잘린 것도 이 여성의 범행과 관련이 있다고 보시나요?

- 제: 네. 그렇습니다. 이 여성은 범행 중 자신이 한 야쿠자 조직의 일원이라고 피해자를 속였습니다. 그 사실을 알게 된 조직에서 용서할 수 없다고 판단한 것으로 보입니다.

익명으로 처리되어 있어도 이 기사에서 말하는 여성의 정체를 아는 건 어렵지 않았다. 정준성의 한 손 새끼손가락을 잘랐노라 하고 거짓말을 치던 세이라는 가장 중요한 검지와 엄지가 모두 잘려 나가고 말았다. 그것도 양손 모두.

전화를 끊지 않은 채로 기사를 읽던 혜영이 이름을 짐작할 수 있는 사람은 한 명 더 있었다.

"보내 주신 두 번째 기사에 나오는 제보자, 승준님 본인 맞죠?"

- 네. 저예요. 코하루 세이라 상이 한 짓은 그 교통사고보다 더 끔찍해서 알려야겠다고 생각했거든요.

"언론 대응도 변호사인 제가 했어야 하는 업무인데, 이렇게 또 신세를 지네요. 이 두 번째 기사 정준성 씨 어머니께 공유해도 괜찮죠?"

- 제가 이미 보내드렸습니다. 최소 5년에서 최고 10년까지 형량 예상된다고 같이 말씀드리니까, 그때서야 조금 안심하시는 눈치였어요. 제가 변호사님 일을 너무 뺏나요?

"그렇게 생각하지 않아요. 이렇게 마무리까지 확실히 도와주셔서 정말 감사했습니다."

이제 정준성 사건은 끝났다고 생각하고 한 인사였다. 작별의 의미가 있었던 것도 맞다. 신야가 한국에서 할 일이 뭔지는 몰라도, 일본 사설 탐정과 혜영이 앞으로 같은 사건에서 만날 거라고는 생각하기 어려웠으니까. 그런데 신야의 반응이 의외였다.

- 에이, 유혜영 변호사님, 왜 다시 안 볼 것처럼 그러세요? 저도 감사했습니다.

* * *

앞으로 신야와 무슨 일이든 더 생길 것 같다는 느낌을 받으며 혜영이 전화를 끊었을 때였다. 똑똑-. 노크 소리와 함께 혜영의 사무실로 언제나 반가운 사람이 들어왔다.

"어? 민혁 씨 왔어요? 이 사간에 웬 일이에요? 얼굴도 안 좋아 보이는데, 안 좋은 일 있어요?"

"백수가 돌아다니는 시간이 따로 있나요? 저번에 혜영 씨가 같이 가서 해 주셨던 저희 형 실종 신고 있잖아요, 별거 아닌 일로 저 혼자 너무 걱정하는 걸 수도 있는데, 변호사 의견이 필요해졌어요. 시간 괜찮아요?"

"네. 방금 사건 하나 떴어요. 민혁 씨도 도와줬던 정준성 씨 사망 사건, 잘 끝났네요. 앉아서 얘기해요. 실종 신고하면 보통 금방 찾았다고 연락 오는데, 아니었어요? 벌써 며칠 지났잖아요."

"그 며칠 동안 담당 수사관님이랑 통화는 계속했어요. 그러다가 방금 다시 전화 받았는데, 이 사건 더 안 맡으시게 됐대요."

민혁이 느끼고 있던 불길한 느낌이 혜영에게로 전이되어 왔다. 실종 사건은 대부분 경찰력이 동원되어 24시간 안에 해결되고, 시간이 지날수록 심각한 사건이 될 가능성이 커진다. 이미 며칠이 지난 데다가, 구양범 같은 유명인을 경찰이 못 찾고 있는 거라면 이제는 정말 보통 일이 아니다.

"담당 수사관이 사건을 더 안 맡는다는 건 무슨 말이에요? 회장님을 찾아서 사건이 종결된 것 같지는 않은데요?"

"오히려 반대예요. 일선 경찰서에서 다룰 만한 사건이 아니라고 서울청으로 이송 결정했대요. 그래서 담당자도 바뀐다고 하더라고요."

"이러면 진짜 큰 문제잖아요. 시간 순서대로 차근차근 얘기해 줘요."

며칠 동안 많은 이야기가 오갔는지 민혁이 기억을 되짚으려 잠시 머리를 짚었다가 대답을 이어갔다.

"알겠어요. 실종 신고한 당일은 성모그룹에 알아봤다고 전화가 왔어요. 일단 회사에서는 정상 근무 중이라고 확인해 줬대요. 그런데 딱 거기까지였고, 형이랑 통화도 안 되고 하다못해 출퇴근하는 모습 찍힌 CCTV라도 확인하겠다고 했다가 다 거절당했대요."

"이유는요? 아무리 단순 협조 요청이었어도, 경찰이 하는 이야기를 사기업에서 막무가내로 무시하기는 힘들 텐데요?"

"막무가내, 딱 그거였어요. 성모그룹 회장님이랑 아무나 통화할 수 있는 줄 아느냐, 회장님 동선 하나하나가 회사 기밀인데, 그걸 어떻게 외부에 넘기느냐, 이러면서 도리어 수사관님한테 윽박질렀대요."

그 말을 하는 민혁의 입가에 쓴웃음이 지어졌다. 그 대단한 성모그룹의 종수 일가에 속하는 사람으로서, 꼭대기에 있는 사람들의 속 모습을 숱하게 봤던 사람이 던지는 비웃음이었다. 혜영 역시 비슷한 생각을 하면서도, 조금 다른 각도에서 바라보았다.

"그거 되게 강양범 회장님 성격이랑 안 맞는 태도 아니에요? 강준범이면 모를까?"

"듣고 보니까 그 말이 맞네요. 이러면 양범이 형이 회사에 없다는 게 더 확실해지는 건가요?"

"경찰서에서 회사에 전화만 해 보고 사건을 서울지방경찰청으로 넘기지는 않았을 텐데요? 그다음에 추가로 이루어진 수사는 없어요?"

"저는 이거 듣고 양범이 형이 실종된 게 맞다는 확신이 들었는데요, 저랑 통화하던 그 개인 번호로 개통된 휴대폰이 로밍 서비스 사용 중이었는데, 마지막으로 위치 잡힌 곳이 일본 도쿄래요."

"이러면 민혁 씨가 구양범 회장님이랑 마지막으로 했다는 통화 이후로 꺼진 거 아니에요?"

민혁이 격하게 고개를 끄덕였다.

"그러니까요, 제 말이. 시간도 물어봐서 제 휴대폰에 남은 통화기록이랑 비교해 봤는데, 딱 맞았어요."

"이러면 구양범 회장님은, 일본에서 실종되셔서 귀국 못 하셨다고 보는 게 맞겠네요. 가장 확실한 출입국 기록은 어떻게 돼 있대요?"

"그것 때문에 서울청으로 이송하는 거래요. 법무부에 공식 협조 요청해야 하는데, 이게 일선 경찰서에서는 어렵다고요. 이건 기다리면 결과가 나오겠죠?"

휴-. 혜영이 작은 한숨과 함께 사건을 시간 순으로 다시 나열해 보던 중, 민혁이 해 줬던 말 하나가 떠올랐다.

"강양범 회장님이랑 했던 마지막 통화에서요, 이런 일이 벌어지면 카드키를 갖고 회장실에 가 보라고 하셨다면서요. 그건 해 봤어요?"

"당연히 실종 신고하기도 전에 가 봤죠. 그런데 경찰 요청도 무시하는 사람들이, 저라고 들여보내 줄 리가 없었어요. 카드키 들고 간 게 민망하게, 회장실 있는 사옥 꼭대기 층은커녕 로비도 못 통과하고 쫓겨났어요."

"이것도 참, 강양범 회장님이 계셨으면 상상도 못 할 일이네요."

"역시, 형이 있었으면 전화하고 바로 올라갔겠죠?"

구양범의 실종이 확정적 사실로 받아들여지자, 혜영은 정준성 사건을 처음 의뢰받았을 때의 그 당혹스러움에 다시 빠지고 말았다.

"아까 변호사 의견 필요해서 왔다고 했는데, 미안해요. 법률적으로 어떻게 접근해야 할지 도저히 감이 안 잡혀요."

한 가지 당장 시도할 만한 게 있다면, 마침맞게 구양범이 실종된 지역에서 활동하는 탐정 우헤이 신야에게 사건 조사를 의뢰해 본다는 것 정도가 떠올랐다. 하지만 혜영은 곧 그 생각을 선택지에서 지웠다.

신야한테 의뢰하려고 해도 최소한의 단서가 될 만한 정보조차 없었다. 그저 구양범이라는 사람이 도쿄에 있는 것 같으니 찾아달라고 해서는, 아무리 유능한 탐정이라고 한들 해변에 흘린 바늘 하나를 찾아달라고 하는 꼴이었다.

게다가 아직 신야가 어떤 사람인지, 무엇을 목적으로 한국에 들어와서 계속 체류 중인지도 몰랐다. 성모그룹 회장의 실종이라는, 국익이 걸렸다고 해도 좋을 정도의 이 큰 사건에서 신야가 한국과 일본 중 어느 편을 들지도 확신할 수 없었다.

민혁이 고민에 빠져 있는 혜영을 향해 처음 들어왔을 때에 비해 한결 풀어진 표정으로 웃음을 지어 보였다.

"아니에요. 미안은 무슨. 저 혼자 과대망상 하고 있는 건지 고민 진짜 많이 했는데, 객관적으로 봐도 양범이 형이 실종된 게 맞다고 해 주시니까 한결 마음 놓여요. 변호사 말고 여자친구로서 큰 도움 됐어요."

"다행이에요. 저도 이게 어떻게 된 건지 더 알고 싶은데요, 민혁 씨는 왜 이런 일이 일어났다고 생각하세요? 추측도 좋고, 아주 조금이라도 관련된 정보도 괜찮고요."

"대놓고 말하기는 부끄럽지만, 저도 어쨌든 성모그룹 창업자의 아들인데요. 혹시 이건가, 싶은 건 있어요."

"뭔데요?"

이번에는 실종 신고 날보다 훨씬 더 오래된 기억을 반추해 올라가는 듯 민혁이 잠시 손가락을 까닥거리다가 역사에 가까운 이야기를 꺼냈다.

"혹시 성모그룹이 일본 기업이라는 이야기 들어 본 적 있어요?"

"네? 한국인이신 강의정 회장님이 한국에 세운 회사 아니었어요?"

"이게 저한테도 성모그룹 경영권에 올릴 숟가락 하나는 있다고 생각할 때, 찾아도 보고 물어도 보면서 알게 된 건데요, 세운 사람이랑 세운 장소 말고, 초기 자본금을 일본에서 댔다고 하면 어때요? 이래도 한국 기업일까요?"

"기업의 국적을 국제법 같은 거로 정해 놓는 건 아니라, 그렇게 물어보시면 애매한데요?"

"그렇죠? 이게 사실이에요. 그런데도 변호사님까지 한국 기업이라고 알고 계실 정도면 회사에서 사람들 입방아 단속을 잘했나 보네요."

이 회사에 관련된 굵직한 사건들을 여럿 수임하면서 나름 잘 안다고 생각했는데도 처음 듣는 이야기였다. 흥미가 돈 혜영이 질문을 이어갔다.

"일본에 어떤 회사가 성모그룹에 초기 투자를 했는데요?"

"그게, 공식적인 기업 간의 투자였으면 차라리 나았을 거예요. 젠코 렌타라는 일본 야쿠자들이 벌어들이는 지하 경제 자본 굴리는 사람이었대요. 어렸을 때 식사 자리에서 아버지랑 양범이 형이랑 싸우는 이야기 못 들었으면 이 이름, 저도 평생 모르고 지나갈 뻔했어요."

"구의정 선대 회장님이랑 구양범 회장님이 싸우셨어요? 왜요?"

10화. 독도가 사라졌다 (1)

민혁이 어렸던 날의 기억을 떠올려 혜영에게 들려주었다.

*

강의정 회장이 아직 성모그룹에 건재하게 경영권을 행사하던 시절이자 민혁이 이제 갓 성인이 되었을 때였다. 성모그룹 삼부자가 한 달에 한 번 있는 정례 식사 자리를 갖는 날이었다. 물론 그 삼부자의 정식 구성원은 아버지인 강의정과 공식적인 아들 둘로 알려진 준범, 양범이었고, 혼외자 민혁은 빠져 있었다.

그런데 그날은 첫째 준범이 지방 출장 때문에 참석할 수 없게 되었다. 강의정 회장의 입장에서는 그 즈음에 부쩍 사이가 안 좋아진 둘째 준범과 단 둘이서 식사를 하기도, 정례 모임을 일방적으로 취소하기도 곤란했다. 그래서 그 모임의 준회원 자격 정도를 갖고 있는 민혁을 불러 셋이 모였다.

당시만 해도 성모그룹 경영권에 관심이 지대했던 민혁 역시 강의정 회장 비서실의 전화를 받자마자 한달음에 참석했다. 그리고 목소리 큰 준범이 없던 그 자리에 양범은 어떤 꾸지람을 듣더라도 아버지를 설득해서 그룹의 운영 방향을 바꿀 각오를 하고 나왔다.

"아버지, 저도 회계 공부 했잖아요. 그래서 대략 추산해 봤는데요, 저희 그룹이 한국 정부에 내는 세금보다 일본으로 빠져나가는 돈이 더 많았습니다. 아주 보수적으로 계산했는데도요. 성모가 동양척식주식회사는 아니지 않습니까?"

마지막 말은 거의 철퇴가 아닌가 싶을 정도로 묵직했다. 동양척식주식회사, 역사에 그다지 관심이 없는 민혁도 들었을 정도로 식민지 시절 악랄하게 우리나라를 수탈해서 그 돈을 일본으로 가져갔던 기업이었다. 총독부가 세금을 무한정 늘릴 수는 없으니, 기업의 탈을 씌워 만든 어용 단체랄까?

자신이 평생 일구어 온 회사를, 어쩌면 그걸 물려받을지도 모르는 아들이, 매국 기업으로 폄훼했다. 강의정 회장이 식탁을 내리치고 고함을 지르며 그 자리에서 양범을 쫓아냈어도 고개를 끄덕일 만한 상황이었다. 양범도 이걸 노리고 고심하여 저 단어를 골랐으리라.

그런데 언젠가 이런 질문을 받을 줄 알아서 대답을 미리 준비라도 해 놓은 것처럼, 강의정 회장은 느릿한 목소리로 태연하게 대답했다.

"우리 그룹에서 일본으로 빠져나가는 돈이 있었나? 돈 주고 물건이랑 자재 받아오는 걸 그렇게 말하는 건 아니지."

"합법적인 거래를 말씀드리는 게 아니잖습니까? 일본의 젠코 렌타 씨가 원하는 대로 저희 계열사들 임원 인사 이루어지고 있다는 거, 왜 모르시는 것처럼 말씀하십니까? 그 임원들은 자기가 받는 보수에서 일정 부분을 떼서 그 사람한테 헌납하고요."

"젠코 렌타? 그게 누구냐? 일본 쪽 거래처 사장이야? 민혁아, 너는 아는 이름이냐? K시큐리티 거래처야?"

순간 민혁은 직감했다. 지금까지 젠코 렌타가 누군지 몰랐던 건 괜찮다. 하지만 저 이름을 앞으로는 절대로 잊으면 안 된다. 그러면서 민혁이 밥을 한 번 씹을 때마다 그 이름을 한 번씩 되뇌이는 동안, 강의정의 방패를 향해 양범의 창이 한 번 더 날아들었다.

"젠코 렌타, 아버지가 성모 제과로 사업 시작하실 때 초기 자본금을 대 줬다는 일본 야쿠자 아닙니까? 그 돈은 투자가 아니라 대출 형식이었고, 저희 회사가 이미 다 갚았습니다. 더 이상 그 사람한테 휘둘릴 이유가 없습니다."

"양범아, 그 사람이 누군지는 모르겠다만, 아비로서 하는 인생 조언이다. 힘들 때 도와준 사람을 나중에 잘 됐다고 해서 모른 척하면 너는 거둘 수 없는 검은 머리 짐승이 되는 거다."

셋 중에 회사 지분은 가장 적게 갖고 있어도, 눈칫밥은 가장 많이 먹은 민혁이 그 의미를 가장 먼저 파악했다. 강의정 회장이 양범을 검은 머리 짐승으로 취급하고 더 이상 거두지 않겠다고 한 건, 아들로 인정하지 않겠다는 의미였다.

그 말을 한 강의정 회장의 눈빛이 은근슬쩍 혼외자이지만, 자신의 핏줄을 이은 건 분명한 셋째 민혁에게로 향했다. 이 의미는 강양범도 재빨리 잡아 냈다. 지금 양범의 자리에 민혁을 놓을 힘이, 강의정 회장에게는 있다는 뜻이었다.

결국 창과 방패의 싸움에서, 방패는 작정하고 덤벼드는 공격을 너무 쉽게 막아냈지만, 창은 단 한 번의 반격에 무너졌다. 그 뒤로 양범은 입을 닫았고, 대화는 강의정 회장과 민혁 사이에서 주로 이루어졌다.

"그래, 민혁아. 대학은 경영학과를 안 가고 컴퓨터공학과를 갔다고?"

"네. 경영은 책에서보다 현장에서 더 잘 배울 수 있는데, 기술은 학교에서 배워야 실전에서 쓸 수 있을 것 같았어요."

"그래. 그 말이 틀리지 않지. 경영학 교수 하는 놈들, 숫자 놀음이나 할 줄 알지, 나보다 큰 회사 일으켜 본 것들이 몇이나 있다고? 그런 놈들은 돈 주고 사서 쓰면 되는 거야. 안 그렇느냐?"

"아버지 말씀이 맞네요."

얼핏 듣기에는 이제 갓 대학 1학년이 된 막내둥이와 성공한 아버지 사이의 화기애애한 대화였다. 하지만 그걸 듣는 양범을 승리한 방패가 창을 끝까지 찍어 누르고 있다는 걸 뼈저리게 느꼈다. 강의정 회장이 굳이 이야기의 방향을 저렇게 잡은 건, 양범이 학부 경영학과와 경영대학원까지 나왔기 때문이었다.

지금은 잠시 민혁에게서 고개를 돌려 양범을 바라보고 있는, 강의정 회장의 마지막 말에 담긴 뼈도 분명하게 읽혔다.

'대학원씩이나 가서 회계 공부해 놓고 기껏 한다는 짓이 성모 제과 회계 장부 들춰서 젠코 렌타 상이 준 돈이 어떻게 들어왔다가 나갔는지 캐내는 거였냐?'

*

창과 방패의 대결에서 창이 부러져 나간 옛이야기를 끝낸 민혁이 설명을 덧붙였다.

"그날이었을 거예요. 성모그룹 후계자가 준범이 형으로 확정된 게. 그때부터 양범이 형은 혹시 모를 여분 아들이 됐고, 몇 년 있다가 저는 준범이 형이랑 아버지랑 따로 얘기해서 K시큐리티 지분만 갖고 나가기로 했어요."

성모그룹 정도의 대기업이라면 숨겨진 비사(祕史)가 비단 이것 하나만은 아니겠지만, 혜영은 자기가 생각보다 내막이 깊은 일에 관여돼 있다는 사실에 놀랐다.

"어쩐지 성모그룹 계열사 임원들이 다른 재벌 기업이랑 비교해도 너무 많고, 자주 바뀌기도 하더라고요. 그러면 만약에 저희가 저번에 실패해서 강준범 씨가 회장 됐으면, 성모그룹 돈은 계속 일본으로 나갈 뻔했네요?"

"그랬겠죠? 혜영 씨가 큰일 해냈어요. 양범이 형 말로는, 조금 과장해서, 그 돈 다 모았으면 IMF도 막았을 거라고 하던데요?"

"강양범 회장님이 취임하신 뒤에는 어떻게 됐어요? 많이 바뀌었죠?"

"양범이 형이야, 경영권 없을 때부터 일본으로 자금 유출되는 거 결사반대했으니까, 회장 되고 나서는 젠코 렌타가 심어 놓은 빨대들 뽑아내는 데에 열중했죠. 그런데 아직 기간이 1년 조금 넘은 정도라 성과가 크지는 않았나 봐요. 항상 힘들어하더라고요."

"그것도 맞네요. 젠코 렌타 심은 사람은 돌아가신 강의정 선대 회장이니까 명단을 달라고 할 수도 없고, 감옥에 있는 강준범도 순순히 알려주지는 않을 것 같아요."

같이 고개를 끄덕이던 민혁이 팔불출 표정이 되어 물었다.

"혜영 씨, '독도 새우 크래커' 먹어 봤어요?"

"그 과자요? 광고도 많이 하고, 유명했잖아요. 저도 한 번 사다가 집에서 엄마랑 먹어 봤죠. 맛있던데요? 그게 성모 제과에서 나온 제품이었나요?"

"당연하죠. 양범이 형이 회사 안에서만 빨대 뽑아서 될 일이 아니라, 대외적 이미지도 일본이랑 확실히 선 긋는다고 작정하고 내놓은 과자예요. 독도 새우 아주 조금만 들어가도 비싸다는 거, 성모 제과에서 손실 나면 본사에서 다 보전한다고 강행했대요."

"그런 사연이 있었어요? 그래서 그런 제보가 있었나?"

독도 새우 크래커에 자부심을 갖고 있던 민혁이 자신이 모르는 이야기가 나오자 고개를 갸웃했다.

"무슨 제보요?"

"잠깐만요. 제가 법률 사무소 홍보용으로 쓰는 블로그 방명록에 누가 이런 글을 올렸거든요? 봐 봐요. 여기요."

혜영이 휴대폰에 그 글을 띄워서 민혁에게 내밀었다.

- 유혜영 변호사님께. 성모그룹에서 일어난 살인 사건을 처리하시면서 다른 변호사님들보다는 그룹 일에 더 깊게 관여하고 계실 줄로 압니다. 고객센터에는 아무리 문의해도 매번 알아보겠다는 답변만 돌아와서 실례를 무릅쓰고 이렇게 비공개 방명록을 남깁니다. 성모 제과에서 출시한 독도 새우 크래커 포장지에 있는 한반도 그림에서 독도가 사라졌습니다. 이번 주에 출고된 제품부터 이렇게 된 것 같습니다. 살펴봐 주시면 감사하겠습니다.

제보를 읽고 난 민혁의 얼굴에는 궁금증이 더해져 있었다.

"변호사가 과자 포장지 디자인 관련된 일도 해요?"

"보통은 아니죠? 제가 하다못해 성모그룹 법무팀 직원도 아니고요. 그래서 그냥 작년에 제 이름이 워낙 성모그룹이랑 같이 뉴스에 많이 나왔으니까, 혹시나 해서 글 올리셨나 보다 하고 있었어요. 저 말고도 여러 곳에 알리시는 중일 수도 있고요."

"그런데 이 내용이 사실이라면 너무 이상한데요? 성모그룹 본사에서 이런 일을 허락했을 리가 없어요. 양범이 형이 반일까지는 아니어도 최소한 일본이랑 선 긋겠다는 의지가 얼마나 강한데요."

"그래요? 저는 강양범 회장님이 제과 사업 확장하시러 직접 일본 출장까지 가셨다는 기사 생각나서 껄끄러운 일 하나 지우신 거라고 생각했어요."

"그건 절대 아니에요. 양범이 형 출장 목적이 일본이랑 제과 사업 제휴였다는 기사는 사실이 아닐 거예요. 딱 양범이 형이 무사 귀국했다는 그 뉴스처럼요."

그 말에 혜영의 머릿속에서 퍼즐 조각들이 스스로 움직여 자기 자리를 찾아가며 아귀가 들어맞았다. 강양범과 관련되어 최근에 나오고 있는 기사들이 모두 거짓이라면? 민혁이 하고 있는 추측이 모두 맞다면?

강양범은 일본에 사업 확장이 아니라, 빨대들을 한 번에 뽑을 담판을 지을 수 있는 거물을 만나러 갔다고 보는 게 타당했다. 그 거물이 민혁의 회상에서도 계속 나왔던 야쿠자들의 자금을 굴리는, 젠코 렌타라면? 도쿄에서 그들에게 납치를 당해 귀국하지 못하고 있다는 추측도 말이 됐다.

* * *

민혁이 돌려주는 휴대폰을 받아 들며 혜영이 물었다.

"지금 강양범 회장님 사건이 너무 심각해 보이는데, 법무부에서 출입국 기록 줄 때까지는 저희가 당장 할 수 있는 게 없잖아요. 그래서 말인데, 이 독도 새우 크래커에서 독도가 사라진 거라도 저희가 자체적으로 확인해 볼래요?"

"어떻게요?"

"과자를 사 보면 되죠."

"그래도 돼요? 혜영 씨 바쁜데 제가 혼자 사러 돌아다닐까요? 저 백수라서 시간 많잖아요."

"그 백수 소리 그만 해요! 진짜 일자리 구하기 힘든 분들이 들으면 욕해요. 누가 들으면 거지인 줄 알겠네. K시큐리티 대주주라 가만히 있어도 배당금 따박따박 나오는 돈 많은 백수님아."

강양범의 실종 사건에서 화제가 살짝 벗어나자 민혁도 원래 모습을 되찾았다.

"돈도 많고 시간도 많아서 부럽죠?"

11화. 독도가 사라졌다 (2)

오늘 불안한 얼굴로 혜영의 사무실을 찾아온 뒤, 처음으로 보여준 자신의 남자친구 다운 모습이었다. 탁-. 반가운 마음에 혜영이 마주 웃으며 민혁의 어깨를 쳤다.

“저도 시간 거지는 아니거든요? 아침에 사건 하나 떴다고 했잖아요. 그것 때문에 마음 너무 무거웠는데 오랜만에 가벼운 일 하러 가요. 다른 직원들도 부를까요?”

“저희 처음 만날 때 같이 있었던 형석원 씨요?”

“석원 씨도 있고요, 요즘 사무소 일이 많아져서 한 분 더 뽑았어요. 들어오면서 못 봤어요?”

“제가 들어올 때는 형석원 씨만 계셨어요.”

“민아 씨라고, 지금 계실 거예요. 두 분 다 모셔 올게요.”

잠시 후, 혜영이 석원과 한 여자를 데리고 사무실로 들어왔다. 혜영이 따로 소개할 필요도 없이 석원과 민혁 사이에 전우애를 담은 악수가 이루어졌다. 한 명은 의식을 잃고 수술실 신세를 져야 할 만큼 위험했고, 다른 한 명은 진짜 죽기까지 했었다.

"잘 지내셨죠? 아까는 변호사님 뵐 일이 급해서 인사만 하고 들어왔네요."

"그럼요. 민혁 씨도 요즘은 돌아가실 일 없으시죠?"

"당연하죠. 석원 씨랑 유 변호사님 도움 받아서 어떻게 살아났는데요."

나누는 대화를 보니 두 사람끼리만 소개해 주면 되는 게 보였다. 혜영이 쭈뼛거리던 새 직원의 손을 잡아 민혁의 앞에 세웠다.

"이분은 주민하 씨, 저희 사무소 새 멤버예요. 이분은 강민혁 씨. 지금 저희가 처리하러 갈 사건 의뢰인이라고 생각하시면 될 것 같아요."

"강민혁 씨 사건을 또 일으키셨어요? 저희 사무소 우수 고객 되시겠어요."

"이번 사건은 변호사님이 공짜로 처리해 주실 거라고 하셨어요. 맞죠?"

오가는 농담에 혜영이 잠시 민혁에게 눈을 흘겼다가, '독도 새우크래커'라는 과자를 사러 가야 한다고 설명했다. 제품 출고일이 중요했기에, 둘로 팀을 나누어 움직이기로 했다. 한 팀은 회전율이 높은 대형마트로, 다른 팀은 비교적 오래된 제품이 남아 있을 가능성이 큰 작은 상점 위주로 다니기로 했다.

당연히 혜영과 민혁이 한 팀, 석원과 민아가 한 팀이 될 줄 알았는데 석원이 의외의 제안을 했다.

"그러면 제가 변호사님이랑 같이 작은 매장 쪽으로 갈게요. 민혁 씨랑 민아 씨는 대형마트로 가서 최신 제품 사 올래요? 그쪽이 다니기 더 편하시겠죠?"

혜영과 민혁은 팀 배정이야 어찌 되든 상관없었기에 얼떨결에 고개를 끄덕였고, 민아는 오히려 환하게 웃으며 반겼다.

"네! 저희가 공장에서 바로 나온 것 같은 제품으로 사올게요. 독도 새우 크래커라고 하셨죠?"

곧 법률 사무소 문을 잠그고 나온 넷이 미리 나누어 놓은 팀별로 둘로 나뉘어 목적지로 향했다.

*

혜영이 같이 다니게 된 석원에게 물었다.

"혹시 민아 씨랑 불편하신 건 아니죠?"

"네? 제가 민아 씨를 왜 불편해해요? 혼자 하던 일 덜어 주셔서 얼마나 감사한대요. 일하다 보면 혼자 생각하다가 막혔는데 변호사님한테 여쭤보기에는 너무 사소한 것들 있거든요? 그런 거 다른 사람 의견 쉽게 구할 수도 있으니까 저는 진짜 좋아요."

"그런데 왜 민아 씨 말고 저랑 같이 오자고 하셨어요?"

푸핫-. 자기가 받고 있는 오해가 무엇이었는지 알게 된 석원이 순간 참지 못한 웃음을 터뜨렸다.

"민아 씨가 싫은 게 아니고, 변호사님한테 드릴 말씀이 있었어요. 아직 민아 씨 있는 데에서 나누기에는 너무 깊은 이야기일 것 같아서요."

"무슨 이야기인데요? 혹시?"

"네. 그거요."

석원과 눈을 마주친 혜영의 눈에서 불꽃이 튀었다.

"기묘사, 찾았어요?"

"저번에 알아보라고 하신 뒤로 제 선에서 할 수 있는 선까지는 계속 조사하고 있어요. 기묘사를 찾은 건 아닌데, 몇 가지 업데이트해 드릴 소식이 있어서요. 일단 경찰 쪽 이야기부터요."

"네. 말씀해 주세요. 경찰은 수사 중지 처분 내리고 끝낸 거 아니었어요?"

석원이 혜영의 생각보다는 일이 잘 되고 있다는 의미의 웃음을 지어 보였다.

"공식적으로는 그게 맞는데, 사망자만 해도 열 명 넘을 뻔했던 큰 사건이잖아요. 저도 경찰에 있었지만, 이런 큰 사건 중에 미제가 남는다는 게 되게 수치스러운 일이거든요. 서울지청으로 옮겨서 내사 수준으로 계속 알아보고 있어요."

"다행이네요."

"좋은 소식 하나 더 있어요. 서울지청 담당자가 강중혁 경위에요. 예전에 저랑 같이 근무했었던 그 친구 변호사님도 기억하시죠?"

"그럼요. 그때 오 경위님 아니었으면 여러 모로 더 힘들어질 뻔했는데, 어떻게 까먹겠어요."

"강중혁 경위랑 제가 아는 사이이기도 하고, 어떻게 보면 변호사님이랑 제가 기묘사에 대해서는 아는 게 더 많을지도 모르니까, 저도 비공식적으로나마 협조는 하고 있거든요. 그러다가 꽤 재밌는 얘기를 들었어요."

그 말에 혜영이 눈을 빛냈다. 며칠 전 귀신들의 흥신소 소장과 대화하며 허수지의 영혼을 찾을 또 다른 방법은 이승에서 기묘사를 체포하는 것이라는 이야기를 들은 터였다.

"뭐라고 하시는데요?"

"기묘사가 사라지고 나서 그자가 쓰던 신당이 비어 있었잖아요? 그런데 그게 집 주인이 따로 있는 곳이었나 봐요. 그 집에 임대차 계약이 새로 체결됐대요."

"부동산 거래 한 건이 특별한 일일까요? 기묘사 떠나고 쭉 비어 있었으면 제가 집주인이라도 어떻게든 빨리 수익 내고 싶었을 것 같은데요?"

"그렇죠. 아직은 의심 단계인데, 재밌는 게, 인테리어도 하나 안 바꾸고 기묘사랑 똑같이 신당으로 쓰고 있대요. 항상 문 닫혀 있어서 손님은 안 받는 것까지, 바뀐 게 없대요."

"이렇게 들으니까 이상하긴 하네요? 그 신당을 임차한 사람이 기묘사 본인일 수도 있다는 거죠?"

석원이 고개를 크게 끄덕였다.

"그럴 가능성을 보고 강중혁 경위가 관찰 중이래요. 아직 24시간 근처 잠복 대기까지는 과장님 결재를 못 받았고, 관할 지구대에 주변 순찰 강화해 달라고 부탁해 놨다고 하네요. 뭐라도 걸리면 저한테도 바로 말해 주기로 했어요."

"부동산 계약이 이루어졌으면 계약 당사자가 있을 텐데, 임대인이나 중개업소 같은 곳에 확인해 볼 수는 없을까요?"

"글쎄요? 강중혁 경위도 집주인이랑은 접촉이 안 된다고 하네요. 이건 변호사님이 더 잘 아실 것 같은데, 공인중개사가 계약 당사자 정보 함부로 누설하면 안 되지 않아요?"

휴-. 실현 불가능한 상상이었다는 걸 깨달은 혜영이 조용히 한숨 쉬며 고개를 저었다.

"그렇다고 이 정도 정황 갖고 압수수색 영장을 신청할 수도 없겠네요."

"그랬다가는 강중혁 경위 과장님한테 박살 날걸요? 아직 흐릿하게 보여도 움직임이 있는 것 같으니까, 조금 더 기다려 봐요."

*

그러는 동안 대형마트에 도착한 민혁과 민아는 나란히 걷고 있었다. 지나가는 사람을 피하려는 척 슬쩍 민혁과 어깨를 스친 민아가 먼저 물었다.

"성함이 강민혁 씨라고 했나요? 기억하셨으면 좋겠는데, 혹시 모르니까, 저는 주민아예요."

"네. 당연히 기억하죠. 들은 지 얼마나 됐다고요."

"저는 언론정보학과 나와서 기자 잠깐 하다가, 로스쿨 준비하겠다고 하니까 아버지가 법률 사무소에서 잠깐이라도 일해 보고 결정하라고 하셔서 지금은 유혜영 변호사님 사무소 다니고 있어요. 민혁 씨는 뭐 하시는지 여쭤봐도 돼요?"

직업을 묻는 질문에 혜영이 하지 말라고 했던 게 생각난 민혁이 잠시 웃음을 흘렸다. 그러고선 이곳에 혜영이 있을 리 없다는 확신으로 금기를 깼다.

"저요? 백수예요."

"아, 저는 독도 새우 크래커를 의뢰하셨다길래 성모 제과 직원이신가 했어요. 지금은 쉬고 계셔도 예전에 하셨던 일이라든가, 앞으로 할 계획 갖고 계신 건 없으세요?"

"쭉 놀았고, 앞으로도 일할 생각은 없어요."

민아의 볼이 잠시 뾰로통하게 부풀어 올랐다. 민혁의 속마음을 알 길이 없었던 민아로서는 친하게 지내자고 던지는 질문을 일부러 튕겨내는 것처럼 느껴지기에 충분했으니까. 그래도 민아가 다시 한번 시도해 보았다.

"칫. 그러다가 여자친구도 안 생길걸요? 혹시 알아요? 앞으로 제가 민혁 씨 좋아하게 될지. 민혁, 민아, 민민커플. 딱 예쁘네요."

"제 여자친구요?"

"네. 지금은 그러셔도 언젠가 만나실 거잖아요."

"이미 있는데요?"

"네? 누구요?"

민아가 무슨 말을 하고 싶었는지 완전히 파악한 민혁이 본격적으로 장난에 들어갔다.

"성이 유 씨고요."

"... 네."

"이름이 혜영이고요."

장난은 제대로 먹혀 들었고, 최소한 이 대형 마트 안에서 이 순간만큼은 가장 민망한 사람이 되어 버린 민아의 반응이 폭발했다.

"아! 어떡해. 직업은 말하지 마세요! 그래놓고 아까는 왜 변호사님, 변호사님 그랬어요? 사람 헷갈리게. 진짜 순수한 의뢰인인 줄 알았잖아요. 만난 지 얼마 안 돼서 어색해요? 아직 변호사님 손도 못 잡아 봤죠?"

그렇다고 해서 민혁이 장난을 멈출 성격은 아니었다.

"이따가 변, 호, 사, 님, 한테 직접 물어봐요. 질문 리스트업 해줄게요. 1번, 강민혁 씨랑 손은 잡아 보셨습니까? 2번은 뭐예요?"

*

그 덕분에 어색함이라고는 싹 사라진 민민 커플이 먼저 사무소로 돌아왔다. 대형마트 보다는 조금 더 구석진 곳에 있는 작은 매장들로 향했던 혜영과 석원도 곧 과자 봉지를 들고 도착했다.

사 온 독도 새우 크래커를 유통기한 별로 분류한 혜영이 결론을 내리려 잠시 검색에 들어가 있는 동안, 민아가 석원의 귀에 입을 가까이 가져다 대고 물었다.

"강민혁 씨랑 친하신 것 같던데, 맞죠?"

"친하다는 말로는 조금 부족하죠? 사선을 넘어서 같이 살아 돌아온 사이랄까요?"

"그러면요, 저분 직업도 아시겠네요? 저한테는 자꾸 백수라고만 하세요."

"저분이 직업을 가지실 필요가 있어요?"

"현직이 없으면 전직이라도 있을 거 아니에요?"

석원이 알맞은 단어를 고르려 잠시 머리를 굴리다가 혜영에게도 안 들릴 정도로 민아의 귀에 가까이 대고 대답했다.

"전직은 성모그룹 회장님 아들이시고요, 현직은 성모그룹 회장님 동생이요. 미래 직업은 아마 변호사님 남편일걸요?"

그러는 사이에 잠시 화장실에 갔던 민혁이 돌아왔고, 민아가 새빨개진 얼굴로 눈을 마주치고 말았다.

"정말 거짓말은 단 한마디도 안 하셨네요."

그 모습을 본 민혁이 다시 놀릴 기회를 잡으려고 들었다가, 다행히 혜영이 결론을 발표하면서 2차 공습은 이루어지지 않았다.

“제보 내용이 맞네요. 유통기한 산정 공식 기준으로 공장 출고일 계산했더니 딱 이렇게, 8일 전에 출고된 제품부터 여기 이 독도 표시가 한반도 그림에서 사라져 있어요.”

혜영이 들고 있는 과자 상자 두 개를 가까이에서 들여다 본 민아가 연신 고개를 끄덕였다.

“진짜네요. 왼쪽은 거의 울릉도 반만 한 크기로 독도가 있는데, 오른쪽은 싹 없어졌어요. 이 정도면 단순 인쇄 오류 같은 게 아닌데요? 변호사님, 저희 이거 신문사나 방송국에 제보하실래요?”

12화. 법으로만 싸우라는 법은 없다 (1)

민아가 던진 뜻밖의 제안에 석원이 난색을 표했다.

"민아 씨 기자로 일하다 온 건 아는데요, 지금은 저희 유혜영 법률 사무소 직원이잖아요. 이게 우리가 언론 제보까지 해야 할 일일까요? 저는 반대예요. 사무소 매출이 올라갈 일도 아니잖아요?"

두 직원의 의견이 명확하게 대립하자 시선이 결정권을 가진 혜영에게로 쏠렸다.

"꼭 저희가 매출에 도움되는 일만 하는 건 아니잖아요. 석원 씨도 아시겠지만, 수임료 적게 받더라도 공익 사건이나 국선 사건도 하나씩 맡고 있어요."

혜영이 자신의 의견을 뒷받침해 주자 민아가 활짝 핀 얼굴로 다시 물었다.

"저희 독도 새우 크래커에서 독도가 사라진 사건 보도 추진 하는 거 맞죠? 명색이 독도 새우 크래커인데, 한국 기업에서 원래 있던 독도를 포장에서 지우는 건 너무하잖아요."

"꼭 그 사건을 제보하겠다는 건 아닌데요, 석원 씨, 민아 씨, 잠깐만 자리 비켜줄 수 있어요? 제가 민혁 씨랑 따로 할 이야기가 있어서요."

이제 막 혜영과 민혁 사이의 관계를 알게 된 민아가 촐랑거릴까봐 걱정했던 석원이 후다닥 혜영의 지시를 이행했다. 저렇게 연인 사이인 남녀를 열심히 번갈아 보다가 아직 손도 못 잡아 봤냐는 등의 질문을 던지면 안 되니까.

"민아 씨, 저희 빨리 비켜드려요. 두 분 말씀 다 나누시고 들어오겠습니다."

혜영이 떠올린 건 우헤이 신야의 일 처리 방식이었다. 법이나 공권력이 해결해 줄 때까지 기다리지 않는다. 필요하다면 야쿠자도, 언론도 상황에 맞게 이용한다. 혜영이 조폭과 손을 잡을 생각은 없었지만, 언론이라면 한번 이용해 볼 만하다는 결론에 이르렀다.

석원과 민아가 나가고 개인 사무실 문이 닫히는 걸 확인한 뒤, 민혁이 먼저 혜영에게 물었다.

"민아 씨 말대로 독새크에서 독도가 지워진 건 저도 어이가 없는데요, 이거 갖고 방송국에 제보까지 하는 건 너무 나간 거 아니에요? 화는 나도 불법은 아닐 것 같고, 엄연히 따져서 법률 사건도 아니잖아요."

"독도 새우 크래커도 나중에 성무그룹이 일본 친화적인 행보를 보이고 있다는 걸 뒷받침하는 좋은 소재로 쓸 수는 있겠죠. 그런데 제가 당장 제보하려는 건 그게 아니에요."

"방송국에 알릴 게 또 있어요?"

"네. 민혁 씨 형, 강양범 회장님 실종 사건이요. 지금 서울지방경찰청이 들고 있는데, 법무부에서 출입국 기록 주기 전까지는 아무것도 못 하는 상황이잖아요."

혜영의 의도를 깨달은 민혁의 눈이 커졌다.

"이게 뉴스를 타서 사람들한테 알려지면 상황이 바뀔 수도 있겠네요? 경찰 말고 기자들도 형 찾으러 다니게 되겠죠?"

"지금 묻혀 있어서 그렇지, 워낙 큰 사건이니까 한번 불붙으면 일본에도 보도될 거예요. 그러면 그쪽 재계나 교민들도 관심 보이겠죠? 지금으로서는 강양범 회장님이 도쿄에서 실종된 거로 보이니까, 그쪽에서 추가 제보라도 들어오면 큰 도움 될 거예요."

"당연히 해야 하는 것 같은데요? 이렇게까지 생각해 두셨는데, 왜 망설이시다가 저만 따로 남겼어요?"

혜영이 잠시 고민하다가 본론을 꺼냈다.

"이 사건 처음에 나한테 가져왔을 때요, 실종 신고했다가 기자들이 보도하면 성모그룹이나 구양범 회장님한테 폐 갈 것 같다고 걱정했잖아요. 지금 제가 하려는 건 정확히 거기에 반하는 일이에요. 민혁 씨 의견이 필요했어요."

"그때는 만약에 형이 실제로는 멀쩡하게 일하고 있는 거면 제가 설레발쳐서 방해될까봐 그랬고요, 지금은 없어진 게 너무 확실하잖아요. 일단 찾고 봐야죠."

"민혁 씨가 동의하시면 제가 생각했던 대로 진행할게요. 민아 씨 뽑은 지 얼마 안 됐는데 큰 도움 받겠네요. 다시 불러 줄래요?"

"네. 저희 형 일 이렇게까지 신경 써 주셔서 고마워요."

"강양범 회장님은 저한테도 마냥 남 같지만은 않네요. 성모그룹 자금이 그렇게 많이 일본으로 빠져나가는 걸 막으려고 하셨던 걸 생각해 보면, 넓게 봐서 공익 사건이기도 하고요. 민혁 씨 형이기도 하지만, 제 할 일이라고 생각해서 하는 거예요."

* * *

그날 저녁, 퇴근 시간이 지나고도 혜영은 민아와 함께 사무소에 남아 있었다. 민아에게 강양범 실종 사건이 지금까지 어떻게 진행되었는지 설명해 줬고, 이제는 혜영이 배울 차례였다. 언론에 이 사건을 제보하겠다는 결정만 내렸찌, 막상 하려고 보니 어느 언론사에 어떻게 연락해야 하는지도 모르고 있었던 혜영이 물었다.

"저희가 알고 있는 내용을 보도자료 형태로 정리해서 각 언론사 공식 이메일 주소로 보내면 될까요?"

"그 방법으로는 보도하겠다는 언론이 아예 없을 수도 있어요. 보도자료는 공신력 갖춘 기관이 사실상 기사 내용을 다 정리해서 알려주는 루트거든요. 제 경험에 비추어 봐도, 저희가 강양범 회장님에 대해서 특별한 공신력이 있지는 않은 것 같아요. 기자들은 그 자료의 진위부터 의심할 거예요. 그러다가 추가 취재 없이 이메일에 묻히는 제보 진짜 많이 봤거든요."

"저희는 어떻게 하면 좋을까요? 처음에 언론에 제보하고 싶다고 말씀하셨을 때 어느 정도는 생각해 둔 방법이 있지 않았어요?"

"독도 새우 크래커 포장지 같은 건 간단하죠. 아까 저희가 했던 것처럼 딱 봐도 간단하게 사실 확인이 되고, 사람들이 보자마자 반응할 기사거리잖아요. 이런 건 알려주기만 해도 기자들이 바로 앞다퉈서 보도할 거예요."

"강양범 회장님 실종되신 건 어떻게 달라요? 충분히 관심 끌 만한 소재는 맞을 것 같은데요."

일반인에게는 압박 면접에서나 들을 것 같은 상당히 어려운 질문이었는데도, 민아는 전직 기자의 관점에서 명확하게 차이점을 짚어냈다.

"사실 확인이 너무 어려워요. 지금 경찰도 강양범 회장님이 귀국을 하셨는지 안 하셨는지도 성모그룹 입장이랑 담당 형사님 의견이 엇갈리고 있잖아요. 이러면 추측성 보도를 해야 하는데, 성모그룹 상대로 이게 사실이라는 확신 없이 추측성 보도를 낼 기자나 언론사는 많지 않아요."

"와, 말씀 듣고 나니까 왜 조심스럽게 제보하려고 하시는지 확실히 이해됐어요. 저희가 하는 제보가 언론사에서 보기에 추측 보도를 감수할 정도로 매력적이어야 한다는 거죠?"

"네. 그 위험성 감수해야 하는 거랑 하나 더해서, 기자는 추가 심층 취재 노력도 기울여야 해요. 그냥 유혜영 법률 사무소에서 이렇게 말한다더라, 라는 기사는 쓸 수가 없어요. 기자가 직접 성모그룹에도 알아봐야 하고요, 저희 같은 제3자가 아니라, 훨씬 직접적인 위치에서 이 일에 대해 인터뷰해 줄 수 있는 사람이 있을지도 찾아봐야 해요."

혜영이 방금 배운 내용은 빠르게 정리해 보았다. 제보를 매력적으로 만들어야 한다. 내용 자체는 사람들의 이목을 집중시킬 만하지만, 사실 관계가 불확실하고 취재에 많은 노력이 들어가기 때문에 지금 혜영이 하려는 제보는 매력이 떨어진다.

사실 확인이 어려운 건 어쩔 수 없다. 이게 법적으로 문제를 처리하는 대신 언론 제보라는 우회로를 택한 이유니까. 하지만 취재에 들어가는 노력을 아껴주는 거라면? 혜영이 충분히 해 줄 수 있는 일 아닐까?

"민아 씨, 만약에, 아주 유명한 사람의 실종을 제보하는데, 실종자의 유일한 직계 가족이 직접 인터뷰에 나서요. 다른 가족들은 돌아가셨거나 감옥에 있어요. 이러면 기자로서 어떤 생각을 하게 될까요?"

"보도할 가치가 확 올라가죠. 그 자체만으로 더 이상 추측 보도를 할 필요도 없어져요. 그 유명인이 딱 한 명 있는 직계 가족과 연락이 안 된다는 사실 자체를 보도하면 되잖아요."

"하나 더요. 그 유일한 직계 가족이 이미 경찰에 신고한 지도 며칠 지났어요. 신고자가 원하면 경찰에서는 지금까지 수사한 내용 공개할 수도 있어요. 이러면 더 대박이죠?"

민아가 이전 직장에서 일이 잘 풀릴 때가 생각났는지 방긋 웃음을 지어 보였다.

“이건 취재해서 보도 해야죠. 그런데 강양범 회장님의 유일한 직계 가족이라고 하시면 혹시?”

“아까 독도 새우 크래커 같이 사러 갔잖아요? 강민혁 씨요. 가장 확실한 제 편이죠.”

“그분이 나서주시기만 하면 이거 진짜 잘 풀리겠는데요? 이제 어디에 제보할지만 결정하면 될 것 같아요.”

“제보를 언론사마다 다 해 보면 안 되는 거예요? 그러면 그중에 취재하겠다고 오는 곳도 많이 있을 거잖아요.”

“그건 진짜 안 돼요!”

뜻밖의 반대에 혜영이 아리송한 얼굴이 되어 다시 질문했다.

“왜요?”

“변호사님도 여자니까, 이렇게 말씀드리면 좋을 것 같은데, 어떤 남자가 길에서 보이는 여자마다 번호 물어보고 다니는데, 나도 그 중에 한 명이었어요. 그러면 번호 주실 거예요? 남자친구 없다고 치고요.”

“절대 안 주죠. 여자로서도, 변호사로서도? 그런 무단 개인 정보 수집에 왜 응해요? 그게 한 사건 제보를 여러 언론사에 하는 거랑 관련 있어요?”

“느낌이 그렇다고요. 같은 내용을 여기저기 다 알려줘 놓으면 아무도 기사 제목에 [단독]을 못 붙이잖아요. 이거 기자들한테는 되게 중요하거든요."

"아! 그럼 딱 한 군데를 정해야겠네요. 가장 쉽게 보도해 줄 것 같으면서도, 저희가 원하는 방향으로 기사 써 줄 곳으로요. 그런 곳을 어떻게 찾죠?"

여기부터는 자신 있다는 듯, 민아가 여유로운 표정을 지어 보였다.

"이 사건은 기준이 명확해요. 저번 성모그룹 후계 다툼에서 구준범보다 구양범 회장님한테 더 우호적인 기사를 썼고, 일본에 대해서는 좋지 않은 태도를 지닌 언론사랑 기자면 돼요."

"두 가지 조건만 충족하면 된다는 건 다행인데, 그런 언론사가 어디인지 제가 기사를 하나하나 읽어 봐야 하나요?"

"보통은 이렇게만 말씀드리면 기자들끼리나 기업, 정부 기관 쪽 홍보 담당자들은 착 알아듣고 바로 어디에 누구 몇 명 떠오르거든요."

같은 일을 두고 한 사람은 너무 쉽다고 말하는데, 다른 한 사람은 밑도 끝도 없이 어렵게 느껴지는 상황이었다. 이 시점에서 혜영이 리더의 덕목을 떠올렸다. 리더라고 해서 하는 모든 꼭짓점에 전문가일 수는 없다. 자신이 못 하는 일이라면 더 잘하는 팀원에게 맡기면 된다.

"지금 민아 씨 머릿속엔 누구누구 떠올라요?"

"제가 선배 기자님을 이름 말씀드리면 변호사님이 기사 살펴보실 때 편견을 가지실 수도 있지 않을까요?"

"기사 제가 따로 안 살펴볼 거예요. 민아 씨가 어떤 언론사에 계신 어떤 기자 분께 제보할지 민아 씨가 정하는 대로 갈게요. 그 분이랑 1차적인 소통도 민아 씨가 맡아 주셨으면 하는데 괜찮아요?"

"제가 그런 결정에 책임을 질 수 있을까요? 기자로서만 일해 봤지 반대 입장은 돼 본 적이 없어서 그 일을 잘할 수 있을지도 아직은 자신이 없어요."

혜영이 리더로서 대답했다.

"잘하실 거라고 생각해서 맡기는 거니까, 결과가 어떻게 되든 책임은 제가 져요."

13화. 법으로만 싸우라는 법은 없다 (2)

혜영의 독려에도 민아는 여전히 자신 없는 얼굴로 입술을 씹었다.

"저 사실 한 명밖에 안 떠올라요. 그 선배님 말고 다른 기자분을 생각해 보려고 해도, 잘 안 되네요. 제가 기자로 있을 때 같은 회사에 계셨던 분인데, 이분한테 제보해 드려도 괜찮을까요?"

"제가 미아 씨한테 세상에서 제일 좋은 기자분을 모셔 오라고 한 건 아니에요. 친한 분이시면 아직 딱 부러지게 설명이 안 되는 이 사건 관련해서 말씀 나누기에 더 좋을 거예요."

"이름 말씀드려도 잘 모를 작은 언론사인데, 괜찮을까요? 참림뉴스라고, 변호사님도 제 이력서 보기 전에는 모르셨죠?"

이 물음에 직답하자면, 아니었다. 혜영은 민아를 알기 한참 전부터 참림뉴스에 대해 들은 적이 있었으니까.

"제가 아는지 여부가 유명세에 기준은 아니겠지만, 규모에 비해 할 일 하는 언론사라는 인상 갖고 있었어요. 공공기관이나 대기업에서 배포하는 보도자료 받아쓰는 대신에, 작은 소식이라도 기자분들이 직접 취재해서 깊이 있게 전달하던데요?"

"아, 정말요? 그러면 참림에 있는 선배 기자님이랑 진행해도 될까요?"

"말씀드렸듯이 판단은 민아 씨가 하시고, 책임은 제가 져요. 그런데 언론사 규모가 중요해요? 요즘 꼭 그런 것 같지도 않던데요?"

민아에게 해야 할 중요한 일이 있었고, 자신을 믿어 주는 상사가 생겼다. 혜영의 응원에 큰 회사에서 일해 보지 못했다는 콤플렉스가 조금씩 녹아내리며, 민아의 얼굴이 밝게 펴졌다.

"그래서 참림도 괜찮을 거라고 생각했어요! 처음에 어떤 규모로 보도되든 한 번 이슈화되면 오히려 큰 곳에서도 받아쓰는 게 보편화돼서요."

"지금 머릿속에 떠오르신 그 방향으로 딱 추친해 주시면 될 것 같아요."

"네! 그러면 제가 최대한 빨리 미팅 잡아 볼게요. 아마 서유윤 선배 기자님이랑 만나게 될 거예요."

그리 길지 않은 업무상 대화였지만, 혜영과 민아는 둘 다 한 단계 성장했음을 느끼며 서로에게 웃어 보였다.

* * *

그리고 다음 날, 민아가 이야기했던 대로 일은 빠르게 진행됐다. 오전에 이미 민아와 통화를 마친 서유윤 기자가 점심 무렵이 되어 혜영의 법률 사무소를 찾아왔다. 혜영과 간단하게 명함과 인사를 교환한 뒤 바로 사건 이야기로 들어갔다.

"민아한테 연락받은 거 아니었으면, 저는 정말 장난치는 줄 알았을 거예요. 성모그룹 강양범 회장이 실종이라뇨?"

"저도 처음에 그 이야기 들었을 때는 뭔가 착오가 있겠거니, 그렇게만 생각했어요. 그런데 알아볼수록 그게 아니더라고요. 언론 쪽에 계시니까 혹시나 해서 여쭤봐요. 혹시 강양범 회장님 최근에 찍힌 사진 한 장이라도 공개된 적 있나요?"

"아뇨. 저도 여기 오기 전에 한참 찾아봤는데, 일본으로 출국하면서 공항에서 찍히신 그게 진짜 마지막이었어요. 그 시점부터 이상하게 성모그룹 사장단 회의 전체 사진도 안 올라오고 있어요."

옆에서 듣고 있던 민아도 고개를 끄덕였다.

"역시 저희만 못 찾는 건 아니었네요."

강양범이 사라졌다는 데에는 모두가 동의하게 된 시점에서 서유윤 기자가 조심스럽게 혜영을 향해 물었다.

"저는 이 사건 꼭 보도하고 싶거든요? 이건 기자로서 제 자존심도 걸린 문제예요. 최소한 강양범 회장이 무사 귀국했다고 쓴 그 기자는 이런 사정을 알고 있는데도 기사에 거짓말을 한 거잖아요? 제가 바로잡고 싶어요."

"그래도 저희가 말씀 나눈 정황만 나열하는 기사는 쓰기 어려우시죠?"

"그건 그것 대로 기자 자존심이 허락을 안 하네요. 저희가 작은 회사이긴 해도 지라시 쓰는 곳은 아니거든요. 그래서 말씀인데, 이 사건 변호사님한테 처음으로 말씀하셨던 강민혁님을 제가 만나 볼 수 있을까요?"

어제 혜영과 민아가 나눈 대화 그대로 일이 착착 맞아떨어지고 있었다. 그리고 방금 서유윤 기자가 한 요청은 들어주기 아주 쉬웠다.

"민혁 씨요? 지금이라도 만나실 수 있어요."

"네? 아무리 저한테 필요하신 분이어도 막무가내로 취재하고 싶지는 않아요. 지금 한창 일하실 시간일 텐데, 변호사님 통해서 양해를 먼저 구하는 게 순서일 것 같아요."

첫 만남부터 취재원에게 무례한 태도를 보이지 않으려는 서유윤 기자와는 반대로, 어제 민혁에게 한 번 당한 경험이 있는 민아가 훅 치고 들어왔다.

"변호사님이 빈말하시는 거 아니에요. 그분 백수예요, 백수."

끝을 모르고 퍼지는 민혁 백수설에 혜영이 얼굴을 붉히는 사이, 사정을 모르는 서유윤 기자가 고개를 갸우뚱했다.

"그래? 일은 쉬고 계셔도 점심 선약은 있을 수 있잖아?"

민혁의 개인 신상에 관한 이야기가 더 오가기 전에 혜영이 재빨리 두 선후배 기자 사이에 끼어들었다.

"강민혁 씨 요즘 요즘 집중하고 계시는 일이 이거예요. 형이 외국에서 행방불명됐는데 동생이 어떻게 마음 편하게 있겠어요? 지금도 이 고민하고 있을 거예요. 그래서 보도해 주실 기자님 오셨다고 하면 바로 올 거예요."

혜영의 깔끔한 정리에 민아가 감탄한 듯 입술을 말았고, 서유윤 기자도 이제야 바로 인터뷰를 진행하는 게 실례가 안 된다는 걸 깨달으며 고개를 끄덕였다.

"일찍 뵐 수 있으면 저야 좋죠. 실종 사건인데 너무 시간을 끌어서 보도하는 것도 이상하고요."

서유윤 기자가 녹음기와 노트북 컴퓨터 등 인터뷰 장비를 준비하는 동안, 혜영이 민아에게 슬쩍 물었다.

"민혁 씨가 그 백수 얘기 민아 씨한테도 했어요?"

"네. 당당하게 자기 백수라고 하던데요?"

"어제 둘이 독도 새우 크래커 사러 갔던 그 짧은 시간에요?"

"네."

"하지 말라는데, 진짜!"

혜영의 메시지를 받은 민혁이 금새 사무실에 도착했다. 여자친구가 쏘아 보내는 따끔한 눈빛의 영문은 차차 알아보기로 하고서, 가져온 자료들을 서유윤 기자에게 설명했다. 자료의 대부분은 통화 녹취록이었다. 민혁이 처음으로 이 문제를 감지했던 강양범과의 통화, 그간 실종 신고를 받고 처리해 왔던 형사와의 대화 등이었다.

민혁이 생각보다 이 일에 철저하게 준비되어 있다는 데에 놀라며 서유윤 기자가 아직 넘겨받지 못한 서류를 가리키며 물었다.

“지금 주시려는 건 뭐예요?”

“제가 양범이 형 동생이라는 게 대외적으로 알려져 있지는 않으니까, 혹시 이런 게 필요할 것도 같아서요. 제 신분증 복사본이랑 가족관계증명서예요.”

“정말 꼼꼼하게 챙겨 주셨네요. 이 자료들 모으시면서 얼마나 마음 아프셨을지도 느껴져요.”

“저보다는 실종된 형이 힘들겠죠.”

“저도 최대한 빨리 써서 내 볼게요. 그래야 찾을 확률도 커지니까요.”

민혁이 혹시 재촉하는 모양이 될까 봐 잠시 주저하다가 물었다.

“기사 나오는 시점은 언제쯤일까요?”

“기사에 직접 실을 강민혁님 인터뷰 질의응답 형태로 잠시 진행하고요, 그다음은 제가 써서 데스킹(Desking)만 통과하면 돼요. 제가 타자만 빨리 치면 오늘 저녁이나 내일 아침까지도 가능할 것 같아요.”

“감사합니다. 그런데 방금 말씀하신 것 중에 데스킹은 뭐예요?”

“아, 그거요, 어떤 기사를 내보낼지 말지, 내보낸다면 어느 지면에 실을지 결정하는 과정이에요. 이 데스킹은 정말 걱정 안 하셔도 돼요. 저희 회사가 아무리 조그맣고 박봉이어도, 기자가 쓴 기사는 안 막는 곳이라는 자부심으로 다니고 있어요. 그치, 민아아?”

옆에서 노트북 컴퓨터로ᅩ 타이핑하며 흐뭇하게 이야기를 듣고 있던 민아가 고개를 끄덕였다.

"그렇죠. 제가 짧게 재직하긴 했어도 참림이 제 펜 안 꺾는다는 믿음으로 다녔잖아요."

생소한 용어에 잠시 당황했던 민혁이 두 전현직 기자가 문제 없다고 하니, 이건 더 신경 쓰지 않을 것 같다고 생각하며 안도의 한숨을 쉬었다.

"이제 하셔야 할 게 저랑 질의응답이라고 하셨죠?"

"맞아요. 이건 기사에 텍스트로 실을 거라 녹음하고 싶은데, 괜찮으시죠?"

"네."

민혁이 고개를 끄덕이자 민아가 재빨리 자신의 앞에 있던 노트북 컴퓨터 화면을 민혁과 서유윤 기자를 향해 내밀었다.

"여기요. 예상 질문지 다 됐어요. 두 분 같이 보시고, 민혁 씨는 어떻게 답변하실지 미리 생각해 보시면 좋을 것 같아요. 답하시기 곤란하신 질문은 미리 빼셔도 되고요."

스크롤을 내려 본 서유윤 기자가 감탄했다.

"그 짧은 시간에 이렇게 만들어 왔어? 참림이 아까운 인재 하나 잃었다."

"그 인재 덕분에 큰 사건 하나 건졌잖아요. 참림이 나 아니면 어떻게 성모그룹 회장님 실종 사건에 '단독'을 달겠어요?"

"민민아, 칭찬해 줬다고 또 까분다."

선후배 간의 친근함이 느껴지는 대화가 지나가고 본격적인 민혁의 인터뷰가 진행되었다. 강양범 회장과 민혁의 관계 및 실종을 의심하게 된 경위 등의 질문이 지나가고, 서유윤 기자가 민혁과 눈을 똑바로 맞추며 날카로운 질문을 던졌다.

"이 사건을 바라보는 각도를 조금 돌려서, 단순 실종이 아니라 납치일 가능성도 있다고 생각하시나요?"

민혁은 민아가 만들어 온 질문지에서 이걸 봤을 때부터 눈빛이 흔들리고 있었다. 그래도 대답해야 하는 질문이었다.

"그럴 가능성이 오히려 더 크다고 생각합니다. 형과의 마지막 통화가 너무 수상했고요, 항상 경호 인력이랑 같이 다니는 형이 외국에 나갔다가 이렇게 갑자기 사라진 건 납치가 아니면 말이 안 돼요."

그 뒤로도 묵직한 질문과 답변이 몇 개 더 오갔다. 마침내 서유윤 기자가 녹음기를 끄고 자리에서 일어나 혜영과 민아, 민혁에게 차례로 악수를 청했다.

"인터뷰 응해 주셔서 감사합니다. 기사는 초고 나오면 미리 보내드릴게요. 강민혁님 위주로 나가는 기사가 될 수밖에 없어서, 수정하고 싶은 부분 있으면 말해 주세요."

"네. 기자님도 수고하셨습니다."

민아가 서유윤 기자를 배웅하러 잠시 사무실을 나갔고, 혜영이 남자친구를 토닥였다.

"힘들죠?"

"그냥 물어보는 말에 대답하면 된다고 생각했는데, 엄청 긴장되네요. 저번에 경찰서에서 조사 받았을 때보다 더 떨렸어요."

"그때는 단순 쌍박 폭행이어서 처벌받을 가능성도 낮았고 저도 민혁 씨도 도와줄 수 있었잖아요. 오늘은 그게 안 됐네요. 혼자 잘해 줘서 고마워요."

"저희 형 찾자고 하는 일인데요, 뭐. 혜영 씨가 저 도와주고 있는 거죠. 여기 더 있어도 되죠?"

"피곤하지 않아요? 집에 가서 눈이라도 붙여요."

민혁이 눈에 힘을 주어 뜨며 고개를 저었다.

"피곤보다 아직 안 날아간 긴장이 더 크네요. 이따가 서유윤 기자님이 기사 초고 보내 주기로 하셨잖아요. 그거 여기서 같이 봐요."

"그래요."

돌아온 민아가 석원과 함께 퇴근하고 난 사무소 안에서, 혜영과 민혁은 오가는 대화보다는 긴장감으로 서로가 더 끈끈하게 얽혀 있었다. 지이잉-. 그러던 중 민혁의 휴대폰이 울리며 서유윤 기자가 보낸 메시지가 도착했다.

- 파일: 잃어버린 형(이름: 강양범 / 직업: 성모그룹 회장)을 찾습니다.docx

- 보내드리기로 했던 기사 초고입니다. 보시고 괜찮으시면 데스크로 바로 넘겨서 인터넷으로 먼저 올릴게요.

14화. 법으로만 싸우라는 법은 없다 (3)

몇 시간째 기다리던 게 도착하자 민혁이 책상에 기대고 있던 몸을 일으켜 혜영을 향해 외쳤다.

"왔어요!"

"벌써요? 서유윤 기자님 여기서 나가신 지 아직 3시간밖에 안 됐잖아요?"

"그러게요. 진짜 빨리 쓰셨네요. 지금 파일 보냈어요. 같이 봐요."

"받았어요. 제목부터 그냥 못 지나가고 눌러 보게 쓰셨네요."

"저도 메시지 받자마자 그 생각했어요. 기사 제목이 이런 거 처음 보는데, 너무 심각한 티 안 내면서도 저희가 알리고 싶은 건 한눈에 딱 들어와요."

제목만큼이나 기사 내용도 만족스러웠다. 강양범 회장을 쫓는 기자의 눈이 아니라 민혁의 관점에서 형의 실종을 의심하고 신고를 결심한 뒤, 경찰로부터 '양범이 형'의 소재 파악이 안 된다는 이야기를 듣는 과정이 적혀 있었다.

이어지는 인터뷰 내용에서도 민혁의 입을 빌려 이 사건이 단순한 실종이 아닌, 성모그룹의 경영과 깊숙이 연관되어 있을지 모른다는 의구심을 던지고 있었다.

- 서유윤 기자: 강양범 회장님 취임 직후부터 성모그룹의 경영권이 불안정하다는 증권가 소식지는 많이 돌았습니다. 기자인 저도 여러 번 받아 봤고요. 강양범 회장님이 회사에 부재 중이신 게 맞다면, 경영권 다툼의 연장선상이라고도 볼 수 있을까요?

- 강민혁: 멀찍이 떨어져서 보는 저이지만, 성모그룹은 둘째 형 강양범이 아니라, 첫째 형 강준범이 승계받도록 모든 준비가 끝나 있었습니다. 지금은 양범이 형이 회사를 이끌게 되었지만, 그룹의 다른 임원들이 순순히 새 체제를 따르지는 않았을 겁니다. 만약, 성모그룹의 경영권 때문에 이 실종 사건이 발생했다면, 다툼이 아니라 반란입니다.

- 서: 최근 들어 성모그룹의 일본 친화적인 행보가 주의를 끌고 있습니다. 강양범 회장님의 실종이 이것과도 관련이 있을 수 있다고 보시나요?

- 강: 그룹에서 진행 중인 세부적인 사업에 대해서는 제가 잘 모릅니다. 오래전에 경영에는 관여하지 않기로, 아버지랑 형들이랑 약속했으니까요. 그럼에도 한 가지 확실한 건, 성모그룹이 친일본 행보를 보인다면, 그건 양범이 형의 뜻이 아닙니다. 어쩌면 양범이 형을 이 궁지에 몰아넣은 자들이 원하는 바겠죠.

기사 초고를 끝까지 읽은 혜영이 애처로운 눈빛으로 민혁을 바라보았다.

"이렇게까지 이야기해도 됐던 거예요? 이 기사 나가면 지금까지 대외적으로는 비밀이었던 성모 가 셋째 아들 강민혁의 존재가 드러나 버릴 거예요."

그 물음에 민혁이 달콤씁쓸한 웃음을 지었다.

"존재 드러나는 거, 그건 좋네요. 나라고 내 아버지가 누구다, 내 형이 누구다 언제까지 감추고만 살아야 돼요? 그건 옛날에 학교에서 혼날 때 아버지 이름 대라고 하길래 진짜로 대려다가 어머니한테 뺨 맞았을 때까지 했으면 된 거 아니에요? 그러고도 오래 버텼다."

"만약에 이걸 사람들이 민혁 씨가 성모그룹 경영에 관여하고 싶어 한다고 오해하면요? 민혁 씨 의사랑은 전혀 상관 없이요."

"그러라고 하세요. 아버지 돌아가시기 전까지는 내 존재 자체가 경영권에 위협이었는데요, 뭐. 오해 더 받다가 제가 아무것도 안 하면 잊힐 거 잘 알고 있어요."

재벌가의 늦둥이 사생아로 태어나서 자지가 뭘 하려고 하지 않아도 존재 자체의 영향력이 너무 커서 스스로를 숨겨야 했던 남자, 민혁을 혜영이 물끄러미 바라보았다.

"그러면 기사 이대로 나가도 돼요?"

"응? 그거 변호사님한테 여쭤보고 정해야 하는 거였어요? 법적으로 문제되는 거 혹시 있어요?"

"당장 법률적으로 따질 건 없어요. 나중에 성모그룹에서 이거 갖고 민혁 씨한테 뭐라고 하면 그때는 이야기가 달라질지도 모르겠네요."

"그럼 됐어요. 이미 이대로 내 달라고 서유윤 기자님한테 답장 보냈어요. 어제 저도 호형호부는 하면서 살겠네요. 홍길동도 이렇게 힘들지는 않았을 거예요."

"그게 민혁 씨 마음 편한 길이면 저도 같이 가요. 이 기사 올라가기만 하면 파장은 어마어마하겠네요. 강양범 회장님 실종에, 숨겨져 있던 동생도 등장해요."

민혁이 보낸 메시지에 서유윤 기자가 답장했다.

- 기사 잘 읽었습니다. 이대로 보도하면 좋겠습니다.

- 바로 데스크에 넘길게요. 늦어도 오늘 밤이나 내일 아침 중에는 공개된 기사 보실 수 있을 거예요!

하지만 신유윤 기자의 호언장담은 실현되지 못했다.

* * *

다음 날 아침, 혜영의 사무실로 두 사람이 같이 들어왔다. 민혁과 민아였다.

"둘이 왜 같이 와요?"

민아가 먼저 대답했다.

"저는 출근이요. 여기 이분은 오다가 앞에서 만났어요."

이어서 민혁도 어젯밤에 이어 오늘도 이곳으로 온 이유를 댔다.

"저는 기사가 안 올라와서요. 양범이 형 찾는다는 그 기사 어젯밤 아니면 오늘 아침에 공개된댔잖아요. 불안해서 왔는데, 변호사님이랑 같이 보고 들어가서 다시 자려고요."

혜영이 두 민 씨 남매를 바라보다가 웃음을 터뜨리고 말았다.

"알았어요. 민혁 씨는 들어오실 거고, 민아 씨는 출근하셨으니까 형석원 소장님한테 가실 거죠?"

당연한 듯이 던진 질문이었는데, 민아가 쭈뼛거리다가 할 말을 꺼냈다.

"저도 여기서 올라오는 기사 같이 보고 일 시작하면 안 될까요? 제가 질문지도 만들고, 나름 열심히 했는데 결과물도 같이 보고 싶어요."

"그래요. 민아 씨 아니었으면 이 기사 못 나왔을 거예요. 곧 올라올 것 같으니까, 보고 나서 형석원 소장님 일 도와주세요."

"네! 감사합니다. 변호사님."

그러고서 혜영은 작성 중이던 서류를 마저 타이핑했고, 민혁과 민아는 참림뉴스 웹사이트에 접속해 무한 새로고침에 들어갔다. 그러다가, 민아가 당황한 듯 신음을 흘렸다.

"어, 어? 이게 뭐예요? 이런 게 왜 올라왔지? 이러면 안 되는 거 아니에요? 어제 인터뷰할 때 분명히 강양범 회장님은 반일 노선 쪽이라고 제가 들었는데요?"

"그러게요? 이 타이밍에 이런 기사가 올라가면 저희 건 어떻게 되는 거예요?"

지금 민아와 민혁이 동시에 누르고 있는 기사 제목은 이러했다.

- 성모 식품, 일본 '모찌노라멘' 전격 수입 결정. 로컬라이징에 연구 인력 총력.

참림뉴스에 근무한 경력이 있는 민아의 눈에는 뻔히 보였다. 이게 제대로 된 취재도 없이 편집장 이름으로 급조되어 올라온 광고성 기사라는 걸. 그래도 일말의 희망을 품은 채로 두리번거리다가 가까이 있는 민혁에게 물었다.

"저 가고 나서 서유윤 선배님이랑 일본 이야기는 빼고 기사 내기로 하셨어요?"

"아뇨. 성모그룹이 일본 친화적인 행보를 보이는 건 양범이 형 경영 방침이 아니라는 인터뷰까지 다 들어간 초고 받았고요, 그대로 기사 내 달라고 했는데요?"

"그러면 이건 더 말이 안 되잖아요. 나만 쎄해요?"

지이잉, 징징징-. 잠시 타이핑을 멈추고 혜영이 고개를 이리저리 돌려가며 이야기하고 있는 민혁과 민아를 바라보는데, 옆에 놓아두었던 휴대폰이 울렸다. 저 둘의 당황과 무관하지 않을 것만 같은 서유윤 기자의 전화였다.

- 변호사님, 죄송해요. 저 참림에 있으면서 이런 적 처음인데, 기사가 짤렸어요.

"네? 어제 보내주신 초고에서 일부는 편집되어서 올라간다는 말씀이실까요?"

- 아뇨. 일부 편집이 아니라 기사 자체가 반려됐어요. 어제 드리던 말씀으로 하면, 데스킹당했어요.

"그럴 리는 절대 없다고 하셨잖아요."

- 이럴 줄은 정말 몰랐는데, 이건 민아도 마찬가지일 거예요. 이게 너무 말이 안 되니까 방방 뛰면서 따로 알아봤어요. 제가 이 사건 취재하기 전부터 성모 식품이 발주한 3억짜리 광고 이미 수주하고 반액 선입금까지 받았대요.

정신이 아득해지는 기분이었다. 이미 주요 언론사들까지 장악해서 강양범이 무사히 귀국했노라 하는 뉴스를 뿌리던 성모그룹의 힘을 너무 얕봤던 걸까? 참림 같은 곳은 그 거대 자본의 영향을 안 받을 거리고 무심결에 생각했던 게 순진했을까?

"이렇게 되면 강양범 회장님 실종 기사는 못 나가게 되나요?"

- 이건 모든 언론사 관례가 다 마찬가지일 텐데, 데스킹에서 한 번 짤린 기사는 그대로는 다시 올리지도 못해요. 획기적인 추가 정보가 드러날 만한 취재가 이루어졌다든가 하는 게 아닌 이상이요.

"참림뉴스 통해서는 사실상 보도가 어렵다는 말씀이시죠?"

- 네. 저희 회사는 이렇게 광고주한테 안 휘둘리는 줄 알았는데, 그래서 제가 그 연봉에도 자존심 지킨다고 꾹 참고 여기에서 버텼던 건데, 너무 회의감 드네요. 그런데 저희가 이 정도면 다른 언론사 알아보셔도 마찬가지일 거예요.

"참림뉴스 말고, 서유윤 기자님은 어떠세요? 어제 기자의 자존심을 걸로 이거 꼭 보도하고 싶다고 하셨잖아요."

기자로서 재직 중인 언론사 외에 다른 루트를 통해 자신이 쓴 기사가 나간다는 걸 상상하기 어려웠기 때문이었을까? 서유윤 기자가 잠시 머뭇거리다가 대답했다.

- 그 마음은 변함이 없죠. 법적으로는 어떻게 저희 회사가 보도를 하게 하는 방법이 없을까요?

"언론사의 경영권과 편집권은 엄격하게 독립적으로 운영되도록 규정되어 있어요. 방금 말씀하신 내용으로만 봐서는 언론사의 경영권이 편집권에 부당하게 간섭한 사례로 보여요. 법에서 금지하고 있는 사안이 맞고요."

- 그러시면, 그걸 문제 삼아서라도 보도할 수 있게 법적 조치를 취해 주실 수는 없으세요?

같은 사무실에 있는 민혁과 민아 그리고 휴대폰 너머의 서유윤 기자까지 공황에 빠져 있는 이 상황에서 혜영이 냉정한 목소리로 대답했다.

"그 절차를 다 밟으려면 짧게는 몇 달, 길게는 몇 년이 걸릴지도 몰라요. 그때쯤에 구양범 회장님은 이미 돌아가셨거나, 돌아오셨거나. 둘 중 하나로 귀결돼 있겠죠?"

- 당장 지금 할 수 있는 건 아무것도 없어요? 기자가 성실히 취재해서 열심히 기사 썼으면, 광고랑 무관하게 그 기사는 나가는 게, 상식적으로 생각해 봐도 맞잖아요.

"잠깐만요. 당장 취할 수 있는 조치, 민아 씨랑 민혁 씨랑 상의해 보고 다시 연락드리겠습니다. 마침 제 사무실에 세 명 다 모여 있는데, 서유윤 기자님도 시간 괜찮으시면 어제 그 멤버 그대로 모여서 다음 절차 진행해 보는 것도 괜찮겠습니다."

- 변호사님 사무실이요? 지금 갈게요. 반차든 월차든 연차든 다 쓰고요.

서유윤 기자와의 통화를 마친 혜영이 스피커폰을 통해 그 내용을 듣고 있던 민아에게 물었다.

"이거 꼭 큰 언론사에서 보도할 필요 없다고 했죠?"

"네. 참림 정도만 해도, 저는 보도만 돼도 충분할 줄 알았어요. 이렇게 보도 자체가 막힐 줄은 몰랐어요."

"그러면 꼭 언론 기업에서 보도할 필요는 있어요?"

"네? 언론사가 아니면 보도를 어디에서 해요?"

"광고 수입 같은 거 들어오지도 않고 신경 안 써도 되는 저희가 하죠. 제가 나름 구독자 10만 명 있는 너튜브 채널 운영자거든요."

15화. 썩은 이보다 강한 잇몸 (1)

사실이었다. 여느 개업 변호사가 그렇듯 혜영도 법률 사무소 홍보용 블로그와 너튜브 채널을 운영하고 있었다. 사건 하나 못 물어다 줄 정도로 찾는 이가 없던 그곳에 방문자와 구독자가 치솟은 건 대략 1년 전, 성모그룹 후계 사건에서 혜영이 역할을 해 내면서부터였다.

현재 혜영의 너튜브 구독자 수는 10만이 조금 넘는다. 누군가는 궤도에 올랐다고 부러워할 수도, 다른 누군가는 이제 막 커 나가는 채널이라고 얕잡아 볼 수도 있을 만한 숫자였다. 그럼에도 혜영이 자신감을 갖는 부분은 따로 있었다.

성모그룹 후계 사건으로 인지도를 탔기에, 이 채널의 팔로워 중에는 재계 유력 인사들과 언론인들이 많다. 즉, 이 사건에 가장 큰 관심을 가질 사람들, 그리고 이 뉴스를 받아써 줄 사람들이 주요 구독자들이다.

게다가 성모그룹 사건이라면 지난 후계 구도 정리에 깊이 관여했던 변호사 혜영이 직접 등장하는 것만으로도 작은 언론사보다는 그 공신력에서 밀리지 않는다. 어쩌면 참림을 통해서 정식 루트로 보도하는 것보다 혜영의 너튜브 채널이 더 나을지도 모른다.

서유윤 기자의 보도 불발 소식 이후에 실의에 빠져 있던 민아가 다시 희망을 품었다.

“10만이면 살짝 애매하긴 한데, 유료 노출 상품까지 가입한다고 쳤을 때 해 볼만 하겠는데요? 최소한 데스킹당해서 조회수 0 나올 일은 전혀 없잖아요.”

“그래서 말인데요, 민아 씨 너튜브 할 줄 알아요?”

“그럼요. 기본적인 영상 촬영이랑 편집은 대학에서도 배웠고요, 참림에 있을 때 유튜브 계정 관리자가 저였어요. 어제도 민혁 씨랑 서유윤 선배랑 인터뷰하는 거 보면서 저거 구도만 잘 잡아서 영상으로 만들어도 괜찮겠다고 생각했는데, 너튜브에 한 번 올려 볼까요?”

“그런데 이건 민혁 씨 동의가 꼭 필요해요.”

혜영과 민아의 대화를 흥미롭게 듣고 있던 민혁이 혜영을 향해 고개를 돌렸다.

“네? 저요? 뭐 해야 되는데요?”

“너튜브 영상으로 올라가면 기사에 인터뷰만 싣는 거랑은 노출도가 완전히 다를 거예요. 실명이랑 얼굴까지 노출되는데 괜찮겠어요?”

“제가 어제부터 존재감 드러내는 데에 맛을 들려서요. 재밌더라고요. 기사 막혔대서 아쉬웠는데, 화끈하게 얼굴도 들이대 보죠, 뭐. 결국, 저는 어제 했던 거 한 번 더 하면 되는 거죠?"

이번에는 혜영의 질문이 민아에게로 향했다.

"저희 너튜브로 방향 전환해서 다시 해 봐요. 이가 없으면 잇몸으로라도요! 민아 씨 이번 영상 제작도 맡아 줄 수 있어요?"

"네! 맡겨 주셨던 일 잘 안돼서 속상했는데, 다시 기회 주셔서 감사해요."

"그러면 전체 촬영 내용 개요부터 잡아 줄래요? 제 생각엔 어제 썼던 인터뷰 질문지에 앞뒤로 흥미 끌 만한 살을 붙이면 좋을 것 같던데, 민아 씨 생각은 어때요?"

"저도 방금 머릿속으로 영상 콘티 구상하면서 그 생각했어요. 메인 콘텐츠는 결국 그 인터뷰 내용이 될 수밖에 없는데, 뭘 더 붙여야 사람들이 더 많이 볼까 하고요. 그런데 인터뷰어는 변호사님이 하시나요?"

"제가 하면 법정에서 증인 신문하는 것처럼 보이지 않을까요? 제가 아무리 덜 딱딱하게 하려고 노력해도, 습관이 있기도 하고 시청자들이 선입견 가질 수도 있을 것 같아요."

그렇다면 전직 기자인 자신이 직접 민혁을 인터뷰해야 하는 것인지 민아가 고민할 때였다. 벌컥-. 사무실 문이 열리며 최적임자가 등장했다. 안에 있는 사람들을 쭉 둘러본 서유윤 기자가 만면에 웃음을 지었다.

"어제 팀 다 모인 거 맞죠?"

"어서오세요, 선배님. 저희 안 그래도 너튜브에 오늘 불발 난 기사 내용 영상으로 올리기로 하고 민혁 씨 인터뷰를 누가 할지 얘기하고 있었어요. 어제 연습도 했겠다, 선배가 하면 딱이죠?"

혜영에게 잠시 이건 멸칫국물에 소면 말아 먹듯 후루룩 넘어갈 일이 아니라는 생각이 들었다.

"서유윤 기자님, 신중하게 생각하셔도 괜찮아요. 소속 기자가 회사에서 내지 말라고 한 기사 내용을 다른 데에 적극적으로 퍼뜨리는 일에 동참하면, 사내에서 불이익이 있을 거예요."

"변호사님, 여기서 퀴즈입니다. 저는 오늘 반차, 월차, 연차 중에 뭘 내고 여기에 왔을까요?"

"아무래도 출근은 하셨다가 조퇴하신 거니까 반차가 제일 경제적이지 않나요?"

"틀렸습니다. 정답은, 사직서입니다. 제가 고액 연봉을 바란 것도 아니었고요, 이 작은 회사에서 언론계 대모 자리까지 올라갈 수 없다는 것도 알았는데요, 그래도 기자로서 자존심 하나 지키려고 참림 다녔어요. 그런데 오늘 아침, 그게 무너졌습니다. 돈에 제 기사가 팔렸어요."

혜영이 안심하며 고개를 끄덕였다. 이런 사람들이 세상을 바꾼다. 신유윤 기자가 원하는 세상으로 한 발 같이 나아가 보기로 했다.

"감사해요. 이번 영상에 어제 하셨던 인터뷰 다시 해서 실으려고 하는데 출연해 주실 거죠?"

"물론입니다. 제 꺾여 버린 자존심 회복할 기회 주셔서 제가 더 감사합니다."

팀이 꾸려지고 나자, 영상 준비는 빠르게 진행됐다. 민아는 어제의 실력을 다시 발휘하며 콘티를 순식간에 완성되었고, 필요한 자료를 정리하고 가공하는 작업도 혜영과 석원의 도움까지 받아 이루어졌다.

* * *

그리고 그날 저녁, 많이들 퇴근하고 저녁 식사까지 마친 뒤 집에서 시고 있을 8시 30분. 민아의 기획에 따라 영상 업로드가 아닌 라이브 방송이 시작되었다. 어떻게 사람들의 흥미를 끌지 고민하던 민아가 방송 앞에 배치한 콘텐츠는 독도 새우 크래커에서 독도가 사라진 사건이었다.

라이브 방송 카메라 앞에 선 혜영이 두 개의 독도 새우 크래커를 들고 이야기를 시작했다.

"변호사 유혜영입니다. 작년에 성모 제과에서 출시한 독도 새우 크래커에서 독도가 빠졌다는 사실, 알고 계신가요?"

접속자 수가 적은 라이브 방송이 늘 그렇듯 올라오는 실시간 채팅은 냉소적이었다.

- 독도 새우 크래커라고 꼭 새우를 독도에서 잡아 와야 하는 건 아니지.

- 그치. 우리가 과자 먹으려다가 독도 새우 씨 말릴 일 있나?

라이브 방송 관리자로서 비슷한 채팅이 수없이 올라오는 걸 보는 민아의 표정이 일그러지는 동안에도 혜영의 대응은 침착했다.

"크래커의 원료로 무엇이 쓰였는지를 말씀드리는 게 아닙니다. 이 제품의 포장지에서 독도가 사라졌습니다. 이건 작년에 출시된 독도 새우 크래커의 포장지입니다. 여기 울릉도 옆에 독도가 선명하게 표시된 게 보입니다. 지금 보여드리는 이건 저번 주에 출고된 제품입니다."

방송이 이어질수록 동시 접속자 수가 늘어남과 동시에 시청자들의 반응도 혜영에게 호의적으로 변해 갔다.

- 한국에서 독도를 건드려? 이건 나 혼자 못 보겠는데. 링크 공유 간다.

- 와, 나 저 과자 비싸도 자주 사 먹는데 이걸 못 봤다고?

- 절대로 뒤통수 쳐서는 안 되는 게 애국심 마케팅이다.

그리고 이어서 민아가 기획한 콘텐츠가 혜영의 입을 통해서 방송으로 송출되었다.

"변호사로서 당사자의 입장을 안 들어 볼 수는 없었습니다. 그래서 사전에 성모제과 고객센터와 통화한 내용을 전해 드립니다."

혜영과 보조를 맞춰 민아가 미리 준비해 두었던 통화 녹음을 라이브 방송에 재생했다.

- 안녕하세요. 성모제과에서 출시한 독도 새우 크래커 구매자입니다. 겉 포장 상자에 있는 한반도 그림에서 독도가 지워져 있던데요, 이게 의도하신 건지 알고자 연락 드렸습니다.

- 아, 그러신가요? 독도 새우 크래커 제품의 포장지 관련 문의이실까요?

- 네. 이건 너무 말이 안 되지 않나요? 독도 때문에 이 과자 구매하시는 분들이 많을 텐데, 독도 이름을 내거셨다가 포장 상자에서만 아무도 모르게 독도를 지우시다뇨.

- 문의해 주신 내용 파악되었고요, 관련 부서에 전달한 뒤 세부 사항을 파악하여 다시 연락드리도록 하겠습니다.

- 너무 노골적으로 지우셔서 앞으로도 비슷한 문의가 많을 것 같은데, CS에서는 답변 메뉴얼 따로 전달받지 못하셨나요?

자신의 암담한 미래를 예견했기 때문이었을까, 철저하게 사무적으로 응대하던 성모제과 고객센터 직원이 잠시 멈칫했다가 대답을 이었다.

- 네, 네. 저희 고객 만족 센터에서도 향후에 인입될 유사한 문의를 대비해 어떻게 답변드릴지 미리 상의하도록 하겠습니다. 문의해 주셔서 감사합니다.

그러고는 대기업 고객센터와의 통화치고는 이례적으로 회사 측에서 먼저 전화를 끊었다. 이어서 혜영은 성모식품의 모찌노라멘 출시 결정 등의, 강양범 회장 실종 이후 보이고 있는 성모그룹 계열사들의 친일본 행보를 다룬 기사를 몇 개 더 언급하였다.

어느새 5천 명이 넘은 동시 접속 시청자들의 반응도 뜨거워지고 있었다.

- 독도 팔았으면 나라 판 거 아님? 나는 이제 독새크 안 먹음.

- 독새크만 문제가 아니라 이 정도면 전국민 성모그룹 불매운동 벌여야 하는 거 아니야?

- 뭣도 모르는 니들끼리 백날 떠들어 봐라. 답이 나오나.

- 아, 저번에 강준범 vs 강양범 붙을 때 강준범이 회장 됐어야 하는 거 아님? 강양범이 토착왜구였냐고.

마지막 채팅을 본 민아가 맞은편에 앉아 있는 민혁을 바라보았다. 그런 와중에도 이미 소품으로서의 쓸모를 다한 독도 새우 크래커의 새 봉지를 뜯으며 자신만을 바라보고 있는 민혁에게 혜영이 웃으며 마무리 멘트를 던졌다.

"일본 기업과 협력하는 게 무조건 나쁘다고 말씀드리는 건 아닙니다. 하지만 우리나라 기업이 독도를 지워 가면서까지 일본 기업에 굴종하는 모습은 보기 좋지 않습니다. 다행히 지금까지 말씀드린 내용은 지탄을 받아야 할지언정 불법은 아니었습니다. 지금부터 이어질 이야기는 강력 범죄가 의심되는 사건입니다."

그런 와중에 실시간 채팅은 점점 더 뜨거워지고 있었다.

- 성모그룹이 친일 기업이라는 건 알겠는데 갑자기 강력 범죄는 뭐야?

- 을사년에 한일합방은 강력 범죄가 맞았지.

- 지금 그래서 을사오적이 누군데? 강양범이야?

민아의 손짓에 따라 씁쓸하게 그건 절대 아니라고 말하던 민혁의 얼굴이 구겨지는 모습이 보였다. 이제는 혜영이 발언권을 넘겨야 할 시간이었다.

"지금 이 방송 같이 봐 주시는 분들이 1만 분이 넘었다고 하네요. 감사드립니다. 독도, 저희가 지켜야 할 우리 땅입니다. 그런데 우리나라의 기업이 일본에 넘어갈 위기에 처해 있다고 생각하시면 어떠실까요? 지금까지는 베일에 감춰져 있던 성모그룹 선대 강의정 회장님의 셋째 아드님이 곧 출연하십니다."

잠깐의 쉬는 시간 동안 라이브 방송의 썸네일이 바뀌었다.

- 형 (이름: 구양범 / 직업: 성모그룹 회장)을 찾습니다.

그리고 곧 형의 행방을 애타게 찾는 민혁이 혜영과 자리를 바꾸었다.

"안녕하세요. 강민혁이라고 합니다. 성모그룹 강의정 전대 회장님의 셋째 아들이자, 강양범 회장님의 동생입니다."

16화. 썩은 이보다 강한 잇몸 (2)

인사말에 가까운 단 한 줄의 소개였지만, 관리자인 미아가 채팅을 따라갈 수 없을 정도로 시청자들의 반응은 폭발적이었다.

- 성모그룹에 셋째 아들이 있었어? 강의정 아들 맞아? 강양범 아들 아니고?

- 이름이 뭐래? 강인혁? / - 강민혁

- 강 씨고 남자면 다 강의정 회장 아들이냐? 저 얼굴에 강의정 아들이면, 강 회장이 몇 살에 낳은 거야?

- 얼굴이야 동안일 수도 있지. 회장님 기운이 좋으셨을 수도 있고. 설마 변호사 너튜브 나와서 구라를 칠까?

- 일단 중립 기어 박고 기다린다.

이어서 오늘의 인터뷰를 진행해 줄 서유은 기자가 화면에 등장했다.

"안녕하세요. 서유은입니다. 여기 강민혁 씨와는 기자와 취재원 관계입니다. 많이들 놀라셨을 텐데요, 강민혁 씨가 성모그룹 강양범 회장님의 동생이라는 사실은 제가 기자의 양심을 걸고 보증합니다. 곧 채널 커뮤니티에 강민혁 씨의 신분증과 가족관계증명서 스캔본이 올라가니 직접 확인하실 수도 있습니다."

그 이야기를 듣는 민혁의 얼굴에는 편안한 웃음이 지어져 있었다. 서른세 해를 집안의 항렬자 '범'도 물려받지 못한 채 그저 강모 씨로 살아왔던 답답함이 해소되는 순간이었다. 그리고 문득 혜영에게도 이런 생각이 들었다.

'백수라고 말하고 다닌다고 너무 구박하지 말걸 그랬나?'

민혁이 대주주로 있는 K시큐리티가 지금은 아무리 완전히 지분 정리가 되었다고는 해도, 그 역사를 따라가 보면 뿌리가 성모그룹에 있다는 건 검색만 해 봐도 알 수 있는 일이다. 민혁은 어쩌면 그 회사의 이름을 말하는 걸 억지로 참고 있었을지도 모르겠다.

서유은 기자의 보증이 이루어지자, 민혁의 신분을 놓고 다투는 실시간 채팅이 올라오는 속도도 잦아들었다. 그 대신 다른 곳에서의 반응이 터져나왔다. 방송 관리를 위해 마우스를 바쁘게 움직이며 컴퓨터 화면에 눈을 고정하고 있던 민아가 감탄했다.

"변호사님, 이거 보실래요? 대박이에요. 동접자 수가 만이천 명 넘었어요."

"많이 들어온 거예요? 제가 너튜브 라이브 방송은 얼마나 많이 봐야 잘된 건지 잘 몰라서요."

"엄청 많이 보고 있는 거예요. 오만, 육만 씩 찍는 채널들도 많은 건 사실인데, 구독자 대비 동접자 수 비율이 중요해요. 지금처럼

10% 넘어가면 이건 원래 구독해 놓으신 분들 말고도 밖에서 더 들어오고 있다고 봐요. 흔히 하는 말로 알고리즘 탄 거죠!"

혜영이 고개를 끄덕였다. 성모그룹 선대 회장의 숨겨져 있던 셋째 아들이 공개된다는 소재도 좋았고, 민아의 기획도 훌륭했다. 꼭 언론사의 힘을 빌리지 않더라도 충분히 많은 사람에게 방송 내용을 전달할 수 있으리라는 혜영의 예측이 먹혀들었다.

그런 와중에 민혁은 어느새 라이브 방송에 적응하고 있었다.

"제가 양범이 형 동생이면 앞으로 성모그룹 경영권은 어떻게 되는 거냐는 댓글이 많다고 PD님이 알려주시네요. 저는 K시큐리티라는 회사를 이미 물려받았고요, 그룹 전체의 경영에는 간섭하지 않기로 약속했습니다. 그 약속 지킬 거고요."

수십 년간 자신의 마음속에만 담아두고 혼자만 지켜오던 약속을 어느새 이만 명이 된 동시 접속 시청자들 앞에서 떳떳하게 밝히는 민혁의 얼굴은 편안해 보였다. 혜영이 걱정했던 것과는 다르게 이번 라이브 방송은 민혁에게도 치유제가 되고 있었다.

방송이 어느새 민혁의 개인사에서 강양범의 실종 주제로 넘어가고 있을 때였다. 컴퓨터 화면에서 후다닥 휴대폰으로 시선을 옮긴 민아가 자신의 입을 막았다가 혜영에게 다가왔다.

"변호사님, 이거 보세요. 벌써 저희 방송 받아쓰는 언론사 나왔어요."

"강양범 회장님 실종 소식이 아니라 민혁 씨 이야기네요."

"에이, 강양범 회장님 얘기는 지금 막 하고 있잖아요. 아무리 빨리 받아써도 몇 분은 걸리죠. 한 곳에서 받아쓰기 시작했으면 이미 기자들 사이에서 저희 방송이 핫이슈라는 뜻이에요. 곧 저희 메인 콘텐츠도 계속 기사로 나올 거예요."

민아의 말이 맞았다. 방송이 채 끝나기도 전에 민혁의 이야기를 받아쓰는 기사들이 실시간으로 셀 수 없을 정도로 올라왔다. 더 다행이었던 건, 어느새 사람들의 관심사가 민혁의 개인사에서 강양범 회장의 실종으로 옮겨 가며 이제는 라이브 방송의 실시간 채팅뿐 아니라, 온갖 커뮤니티에 관련 글이 올라오고 있다.

- 강양범이 독새크 출시했는데 거기서 독도가 빠졌어. 그런데 강양범이 사라졌어. 이러면 독도제거범이 최소한 강양범은 아니란 킹리적갓심이 맞는 거지?

- 현직 단타쟁이 피셜로다가, 강양범 회장이 성모그룹이랑 일본 연끊으려고 한다는 찌라시는 진짜 많이 돌았음. 근데, 일본이랑 콜라보한다고 출장 간다길래 이상하다는 얘기도 우리끼리 진짜 많이 했음. 또 근데, 일본 갔다가 딱 실종됐음. 반전이 몇 개야?

- 이쯤 되면 배후에 강준범이 있다고 봐야 하지 않나? 자기 깜방 보낸 동생한테면 저럴 수도 있겠다 싶고?

- 그런 거 못 하니까 깜방이 무서운 거잖아.

- 재벌 회장님 될 뻔한 사람한테 교도소가 어디 진짜 교도소겠냐?

- 가 본 것처럼 얘기한다?

혜영과 민아가 이런 반응들을 지켜보는 동안, 라이브 방송은 어느새 막바지를 향해 달려가고 있었다. 그런데 민혁이 어제의 인터뷰에도 실리지 않았고, 사전에 작성되어 혜영도 미리 봤던 대본에도 없었던 발언을 내놓았다.

"양범이 형이 실종되기 직전에 저에게 똑똑히 말했습니다. 자신의 신변에 이상이 생기면 성모그룹 사옥 회장실로 가라고 했습니다. 이 자리를 빌려 성모그룹에 가족으로서 요청합니다. 저에게 회장실 접근을 허락해 주십시오."

당황할 만도 했는데, 서유은 기자가 여기에서 멋지게 추가 답변을 이끌어 냈다.

"강양범 회장님이 실종되신 이후로 회사에 못 가셨어요?"

"갔습니다. 갔다가 쫓겨났죠. 자꾸 이러면 경찰 불러서 입건하겠다고 해서 그 뒤로는 더 못 가고 있습니다. 제가 성모그룹 사옥에 출입할 법적 권한이 있는지는 모르겠습니다만, 가족으로서 아버지가 일하셨고, 지금은 형이 일하고 있는 공간을 방문하는 게 못 할 짓이라고는 생각되지 않습니다."

잠시 후, 혜영과 민혁, 서유은 기자가 다 같이 시청자들에게 인사하며 라이브 방송이 종료되었다. 시작 후 세 시간이나 지난 11시 30분 경이었다. 그동안 막혀 있던 걸 뻥 뚫어낸 네 명이 탁자에 둘러앉아 서로를 바라보았다.

다들 할 말은 너무 많지만, 마음과 웃음으로도 이미 충분히 전달되고 있어 보였다. 독도 새우 크래커를 사러 다녔을 때부터 며칠을 쉼 없이 달려온 사람들이 이 늦은 시각에 뭔가 말을 꺼내기에는 너무 피곤한 것도 사실이었다.

"저희 지금은 집에 가고, 내일 다시 뵙죠!"

그나마 방송 출연 분량이 적어서 기운이 있던 혜영의 해산 선언에 민혁과 유은이 고개를 끄덕이는데, 그 와중에 민아만이 고개를 가로저었다.

"저는 더 있다가 갈게요."

"왜요? 민아 씨 지하철로 통근한다고 하셨죠? 막차 지나갔을까요? 저희 사무소 카드로 택시비 결제해요."

"그게 아니라요, 방금 라방 끝났잖아요. 지금 반응 대박이잖아요. 이때 편집본 영상 올려야 돼요. 노 들어올 때 물 저어야죠."

그 말을 들은 유은이 민아를 물끄러미 바라보았다.

"민아야, 너 진짜 많이 피곤한 것 같은데 괜찮아? 물 들어올 때 노 젓는 거 아니야?"

"노가 들어와야 물을 젓죠. 손바닥으로 저을 거 아니잖아요. 지금 노도 보통 노가 아니라 핵항모 추진장치가 들어왔단 말이죠."

푸흣-. 혜영이 가볍게 웃으며 지갑에서 카드를 꺼내 민아에게 건넸다.

"끝까지 책임감 가져줘서 고마워요. 배고프면 이걸로 야식 시켜 먹고요, 편집 끝내고 집에 갈 때도 택시 타요."

"감사합니다, 변호사님!"

그리고 다음 날 아침, 혜영이 사무실로 돌아왔을 때였다. 민아는 혜영의 지시를 따르지 않았다. 택시 타고 집에 가라고 했건만, 사무실에서 밤을 새우고 귀엽던 얼굴에서 눈이 퀭해져 아기 판다가 되어 혜영을 맞았다.

"오셨어요, 변호사님?"

"어머, 민아 씨, 퇴근 안 하셨어요?"

"못 했어요. 영상 분할 편집 다 끝내고 업로드까지 하고 나니까 출근 시간까지 두 시간 남았더라고요. 집에 가는 데에 한 시간, 다시 오는 데에 또 한 시간. 그래서 그 두 시간 동안 여기에서 잤어요."

어제까지 얼마나 힘들었는지 서로 다 아는 마당에, 오늘은 쉰다고 메시지 한 통만 보내고 집에서 편하게 자도 됐을 것을! 민아를 보며 아직은 어리기도 하고 젊기도 하다는 생각이 든 혜영이 웃음을 터뜨리고 말았다.

"이제 됐으니까 집에 가서 푹 자요. 민아 씨가 하시려던 일은 석원 씨 출근하시면 부탁드릴게요."

"그래도 돼요? 감사합니다. 그리고 이거요. 모처럼 법카 받았는데 결국 못 썼네요."

민아가 베개 대신에 썼는지 팔 밑에 깔고 있던 법률 사무소 카드를 내밀었다. 그걸 본 혜영이 도리어 손을 내저었다.

"가져가셔서 잠 푹 주무시고 난 다음에 서유은 기자님이랑 맛있는 거 사 드세요. 저희 같이 고생한 거 생각하면, 제가 그 정도는 해야 할 것 같네요."

"정말요? 얼마까지 써도 돼요?"

"소고기 드시고 돼지고기로 2차 가셔도 될 금액까지요?"

그 말에 민아가 잠이 깬 눈을 빛내며 허리를 숙였다.

"감사합니다!"

그 뒤로 석원이 잠시 혜영의 사무실에 들러 출근 인사를 하고 자기 자리로 돌아갔다. 그리고 민혁에게서 전화가 걸려 왔다.

"네, 민혁 씨."

- 혜영 씨, 우리 아침에 다시 보기로 했는데 저는 안 될 것 같아요. 꼭 저 없어도 되죠?

"당장 민혁 씨가 해 주셔야 할 일은 없어요. 그런데 왜 갑자기 못 와요? 백수잖아요."

- 이제 백수 아니게 됐습니다. 지금 회사 가는 중이에요. K시큐리티에서 예전부터 대주주가 회사 밖에 있는 거 불편하다고 들어오라고 했는데, 그 얘기 하러 가요.

민혁의 속마음을 짐작하는 건 어렵지 않았다. 어제 수만 명이 보는 앞에서 떳떳하게 자신이 K시큐리티의 대주주라고 밝혔으니 회사와 자신의 관계를 더 이상 애써 감추지 않아도 된다는 해방감을 느끼고 있을 것이다.

"우리 남친님, 드디어 백수 탈출하네요. 무슨 직함으로 가요? 대표이사예요?"

- 제가 천 명도 넘는 직원들 운명 결정할 CEO까지는 할 자신이 없

고요, 만약에 제가 회사에서 일하게 되면 CTO라고 기술 부문 최고 책임자로 가기로 얘기는 어느 정도 돼 있었어요. 저 오라고 그 자리 일부러 비워둬서 눈치 보였는데 저도 이제 일하려고요.

"언제부터 일하는데요?"

- 업무 파악도 일이라고 치면, 지금 하러 가는 중이죠. 변호사님은 앞으로 많이 힘들어지실 것 같은데 괜찮으시겠어요?

"저는 왜요? 백수 남친 취직했다니까 엄청 좋은데."

17화. 어차피 질 소송을 대리해 주세요 (1)

민혁이 미안한 듯 잠시 뜸을 들였다가 대답을 이어갔다.

- 저희 형 사건 이제 완전히 변호사님 거 됐잖아요. 어제 그렇게 터뜨려 놨더니 오늘 아침부터 난리네요. 저한테도 연락 많이 와요.

"저야 사건 처리하는 게 직업이라 괜찮은데, 민혁 씨가 더 힘들어지지 않겠어요? 이제 얼굴이랑 신분 다 알려져서 예전처럼 편하게는 못 지내실 거잖아요."

- 유명해져야 했는데 숨어 살던 사람이 유명해지면 얼마나 편한지 모르시는구나. 저 일부러 지하철 타고 회사 가고 있는데, 사람들이 쳐다보는 거 느껴지네요. 누가 사인해 달라고는 한 하려나요?

자신의 남자친구가 가장 편할 때 보이는 능청스러움을 느끼며 혜영이 미소 지었다.

"최고 기술 책임자로 가시면 사인할 일은 회사 가셔서도 많을걸요?"

- 그 사인이 그 사인이 아닌데, 아무튼 제가 변호사님이 말씀하시는 그 사인 말고 다른 사인 하느라 시간을 많이 써야 할 것 같아서

요, 저희 형 사건 정식으로 수임해 주시면 안 돼요? 서울청에서 오는 전화도 받아주셨으면 좋겠고요, 수임료라도 드려야 저도 마음 편할 것 같고요.

"수임료요? 왜 또 저번처럼 1억 주시겠다고 하면 제가 덜컥 사건 받을까 봐요? 그럴 일은 없고요, 경찰에서 오는 강양범 회장님 관련 전화 제가 받는 건 찬성이에요. 1억 원 대신에는요, 앞으로도 저 많이 도와주세요."

- 제가 법을 알아야 변호사님 일을 도와드릴 텐데요.

"법은 제가 열심히 연구해 볼게요. 최근 사건들 겪어 보니까 법만으로는 잘 안되는 게 많더라고요. 정준성 씨 사건만 해도 K시큐리티에서 딥페이크 영상인 거 안 밝혀 줬으면 아직도 헤매고 있었을걸요?"

이제는 직장인이 된 민혁의 목소리가 한껏 들떴다.

- 그런 거라면 언제든지 말씀하세요. K시큐리티 CTO 명의로 저희 기술팀 자유이용권 발급해 드릴까요?

"그런 직권남용 하지 말고요!"

- 알았어요. 저 회사 다 왔네요. 나름대로 면접이라 마음의 준비 하고 들어갈게요.

민혁과의 통화를 마친 혜영이 잠시 사무실 천장을 바라보았다. 민혁이 걱정 또는 경고했던 것처럼 앞으로 많은 일들이 생길 것이다. 강양범 회장의 실종을 혜영의 이름으로 드러냈으니, 그걸 감추고 가짜 강양범 행세를 하려던 자들이 이제는 혜영을 공격해

올 것이다.

그리고 지난 며칠은 지금쯤 잠에 곯아떨어져 있거나 유윤과 소고기를 먹고 있을 민아만큼이나 혜영도 힘들었다. 그래서 결정했다. 마침 출석해야 할 재판도 없고, 당장 완성해야 하는 서류도 없는 오늘은 하루 정도 쉬어가기로.

* * *

혜영이 자신의 사무실을 나서자 사무소 문 바로 앞 자신의 자리를 지키고 있는 석원의 뒷모습이 보였다.

"석원 씨, 저 오늘은 일찍 퇴근하려고요."

"일찍이면 얼마나요?"

"지금 잠깐 이 앞에 있는 찜질방 들러서 굳은 몸 좀 녹이고 집에 들어가려고요."

"좋은 생각입니다. 요즘 너무 과로하신다 싶었어요. 그러면 강중혁 경위님한테 들은 이야기가 하나 있는데, 이것도 주말 지나서 말씀드릴까요?"

혜영이 잠시 고민했다. 강중혁 경위라면, 지금은 서울지방경찰청에 소속되어 혜영이 언젠가는 다시 만나야 할 기묘사를 쫓고 있는 담당 경찰관이었다.

"아니에요. 거기까지 듣고 퇴근할게요. 무슨 얘기였어요?"

"들으면서 이건 꼭 변호사님께 여쭤봐야겠다고 생각했었는데요,

강중혁 경위가 용한 무당을 모시고 기묘사가 쓰던 신당 주변을 둘러봤대요. 아무래도 분야가 그쪽이니 전문가가 보면 뭔가 다른 게 있을까 해서요."

"그 무당분은 뭐라고 하셨대요?"

"그걸 저랑 강중혁 경위가 둘 다 이해 못 하는 중인데요, 자꾸만 '안이 안 보인다'라고 하셨대요. 아무래도 그쪽으로 특별한 능력이 있으시니까, 변호사님은 이게 무슨 뜻인지 아세요?"

열심히 고민해 봤지만, 혜영 역시 석원과 같은 상태에 빠지고 말았다.

"안이 안 보인다고 하면, 무슨 가림막 같은 게 쳐져 있는 거예요?"

"아뇨. 강중혁 경위 눈에는 마당도 보이고, 심하게 낡았어도 안에 있는 목조 건물도 확인할 수 있었대요."

"보통 사람 눈에는 멀쩡히 보이는 '안'이 무당 눈에는 안 보였다는 거죠? 저도 저한테 특별한 능력이 있다는 건 부정할 수 없는데, 그 분야에 종사하시는 분들이 쓰시는 용어는 잘 몰라요. 더 잘 아시는 분한테 여쭤보고 말씀드릴게요."

"네. 즐거운 주말 보내시고 월요일에 뵙겠습니다."

"저 없는 동안에도 사무소 잘 부탁드려요."

* * *

조금은 길어졌던 석원과의 퇴근 인사를 끝낸 혜영이 사무소 앞 찜질방으로 향했다. 간단히 샤워를 마치고 나와 본격적인 사우나에 들어가기 전, 잠시 휴대폰을 만지작거렸다. 몸은 사무소를 떠나 왔는데도, 석원이 한 말이 계속 미리 속에서 맴돌았다.

분명히 그게 무슨 뜻인지 알 것 같은 어머니, 아랑 선녀에게 전화를 해 볼까 하다가, 지금은 한창 손님을 맞이할 시간이라는 걸 보고서 메시지라도 남겨 볼까 고민하던 때였다. 턱-. 누군가 혜영의 어깨에 손을 올렸다.

공공장소에서 이루어지는 이런 급작스러운 스킨십에 익숙지 않았던 혜영이 뒤를 돌아보려고 했다. 그런데 차마 고개를 다 돌리기도 전에 어깨에 올라온 손이 먼저 보였다. 손가락 굵기나 모양 모두 틀림없는 남자 손이었다.

지금쯤은 회사에 도착해서 면접을 마치고 업무 파악에 들어갔을, 민혁의 것은 분명히 아닌 그 손길에 당황하던 중, 또 민혁과는 다른 남자의 목소리가 들려왔다.

“유혜영 변호사님? 맞으시죠?”

혜영이 뒤를 돌아보는 데에 성공하자 이목구비는 익숙한 듯하면서도 그에 어울리는 분위기에서는 본 적 없는 사람이 서 있었다.

“네. 유혜영입니다. 누구시죠?”

“처음 보는 사이도 아니시면서 뭘 이렇게 딱딱하게 대해요? 우혜이 신야입니다. 여기서 이렇게 뵐 줄은 몰랐네요.”

"김승준 씨요? 스타일이 바뀌셔서 못 알아볼 뻔했어요."

혜영의 놀란 얼굴을 확인한 신야가 입가에 웃음을 머금었다.

"네. 한국 이름은 김승준 맞습니다. 찜질방에서 올빽 머리에 정장 입고 있을 수는 없잖아요. 조금 전에 감은 머리가 덜 말랐네요. 마침 한국 변호사 한 분 찾아봐야겠다고 생각하던 중이었는데, 이렇게 뵈니 더 반갑네요."

"어떻게, 아직 일본으로 안 돌아가시고 서울에 계셨네요."

"정준성 씨 사건 하나 때문에 한국에 들어온 거 아니라고 말씀드렸잖아요. 제가 탐정이긴 해도 변호사 자격도 있다 보니까, 한 번 들어오면 일본이랑 연관된 법적 이슈 들어왔던 것들 다 해결하고 돌아가곤 해요. 이번도 마찬가지고요."

"한국 변호사 필요하다고 하신 것도 그것 때문이셨어요?"

"그렇죠. 저도 어떻게, 상담 잠깐 받아주시나요? 상담료는 계란 한 바구니랑 식혜 무한 리필 어떠세요?"

잠시 후, 매점에 들른 혜영이 계란과 식혜를 사이에 두고 찜질방 바닥에서 마주 앉았다.

"무슨 사건인데요?"

"이렇게 말씀드리면 수임하고 싶으신 욕구가 활활 타오르실 것도 같은데요, 결론은 정해져 있고 작성하실 서류도 다른 데에서 다 써서 보내드릴 거고, 변호사님은 기일에 출석만 하셔서 판결만 받으시면 되는 사건이라고 하면 어떠세요?"

"저한테 수임료만 받으라는 말씀이신가요?"

"아, 그렇죠. 수임료, 그것도 중요하죠. 의뢰인 쪽에서는 10억 원 정도 낼 용의가 있다고 하네요."

분명히 적은 돈이 아니었지만, 혜영 역시 더 이상 억 소리 나는 수임료를 듣는다고 해서 무작정 사건을 받고 보는 작은 변호사가 아니었다.

"수임 결정하기 전에, 사건 개요를 먼저 알았으면 좋겠어요."

"개요도 간단해요. 저랑 같이 하셨던 정준성 씨 사망 사건으로 얼마 받으셨는지는 모르겠지만, 10억은 안 넘을 것 같은데, 그것보다 훨씬 쉽습니다."

"네. 무슨 사건인가요?"

"성모제과에서 내놓은 때때로라고, 한국에서 11월 11일 되면 많이 팔리는 그 과자 있잖아요. 저도 한국에서 고등학교 다닐 때 그거 받았다고 웃고, 못 받았다고 울고 많이 했었는데. 그거랑 똑같이 생긴 과자가 저희 일본에서 먼저 판매 중이었거든요."

그냥 지나갈 수도 있었을 정도로 미묘한 지점이었지만, 혜영은 신야의 설명에서 매섭게 한 단어를 포착해 냈다. 한국 기업과 일본 회사의 이해관계가 걸려 있는 사건에서 신야는 '저희 일본'이라고 표현했다. 그가 일본 편에 서 있다는 걸 확신할 수 있는 대목이었다.

"그 과자는 저도 가끔 사 먹어요. 비슷한 모양의 과자가 일본에서 먼저 출시됐다는 게 무슨 문제가 있나요?"

"문제가 크죠. 곧 일본 제조사 에자코사에서 성모 제과에 디자인 특허 침해 소송을 제기할 거예요."

"그 소송을 저한테 맡아 달라고 말씀하시는 건가요? 어느 쪽을 대리해서요?"

"에자코사에서는 이미 변호인단 준비 마쳤고요, 성모그룹 본사든 본사 법무팀이 직접 대응하기에는 곤란하다고 판단해서 법률 대리인 선임에 애를 먹고 있어요. 그래서 한국 변호사 자격 있는 외부인이 한 명 필요한 상황이고요. 유혜영 변호사님이 가져가시면 어때요?"

"지금 제가 잘 이해하고 있나요? 일본 회사에서는 이미 소송 준비 완벽하게 마쳤고, 김승준 씨도 성모 제과가 질 거라고 보시는 것 같은데, 저한테 그걸 맡으라고요? 성모그룹 법무팀은 왜 움직이기 싫어하는지도 알았으면 좋겠어요."

그 질문에 신야가 주위를 살피더니, 일어서서 매점에서 한가득 담아온 계란 바구니를 들었다.

"여기부터는 듣는 귀가 적었으면 좋겠는데, 사람들 덜 왔다갔다 하는 곳으로 옮기셔도 괜찮을까요?"

혜영도 따라서 일어섰고, 둘은 두 사람이 마주 앉기에도 부족한 찜질방에 수면용으로 만들어 놓은 토방으로 들어갔다.

"이 소송은 성모그룹이 이길 수가 없어요. 이건 제가 법적 판단을 정확히 했다는 자부심이 있는 게 아니라, 이미 그렇게 하기로 합의가 끝나 있습니다. 민사소송은 한쪽이 포기하면 다른 쪽의 주장이 그대로 인용되는 거 아시죠?"

"인낙(認諾) 말씀하시는 거죠?"

"네. 법률용어로는 그거죠. 성모그룹은 적당히 싸우는 척하다가 그 소송을 포기하고 에자코사에서 달라는 대로 특허료를 지불할 거예요. 법무팀에서는 이랬다가는 자기들이 직원으로서 배임 혐의르 받게 될 수 있으니까 꺼려서 외부 변호사한테 사건 맡기라고 하고 있고요."

일전에 민혁이 성모그룹의 자금이 어떻게 일본으로 유출되는지 말해 준 적이 있었다. 계열사들의 임원들을 일본의 젠코 렌타라는 사람이 원하는 대로 임명하고 그들의 보수 중 일부를 일본으로 보내는 방식이라고 했다.

그리고 지금 신야의 설명을 들으며 이 이해가 더욱 넓어졌다. 성모그룹의 돈이 일본으로 빠져나가는 방식은 한 가지가 아니었다. 임원 임명과 민사 소송 인락, 이미 혜영이 들은 것만 해도 두 가지라면 그 아래에는 얼마나 많은 협잡질이 있을지 짐작하기도 어려웠다.

18화. 어차피 질 소송을 대리해 주세요 (2)

정준성 사건에서 도움을 받으며 신야에게 가졌던 호감이 파삭 사그라든 혜영이 고개를 가로저었다.

"성모그룹 돈을 일본으로 가져가는 데에 이름을 빌리고 싶으시다는 거네요. 저는 그런 일에 협조하고 싶지 않아요. 더군다나, 이미 다른 변호사분들이 배임 협의받을 가능성이 있다고 판단하신 사건을 저한테 의뢰하시는 것도 찝찝해요."

"외화 유출이요? 언제 적 이야기에요? 배임 혐의는 그냥 찝찝하다고만 하지 마시고, 법적으로 접근해 보죠. 저희 둘 다 변호사잖아요?"

"김승준 씨의 변호사로서의 의견은 뭔데요?"

"회사 내부에 있는 법무팀 직원이 법적으로 회사에 해가 되는 결정을 하면 문제되는 게 배임이죠. 그런데 유혜영 변호사님은 회사 직원이 아니잖아요? 그저 변호사로서 의뢰인의 의사를 존중해 소송을 포기하는 것뿐입니다. 오히려 의뢰인의 의사에 반하는 소송을 진행하면, 그게 문제가 되죠."

"그렇게 되면 회사 내부에서 소송을 포기하기로 결정한 다른 직원에게 배임 혐의가 부과되겠죠. 꼭 법무팀이 아니더라도요. 배임 행위가 일단 발생하면 누군가는 책임을 져야 하죠. 폭탄 돌리기에 제가 안 걸린다고 해서, 없는 폭탄을 만들어야 하나요?"

신야가 먼저 나서서 법적으로 따지자고 한 걸 후회하게 할 정도로 멋진 반격이었다. 이 논쟁에서는 자기가 졌다는 걸 인정하듯 신야가 양손을 들어 보이면서도, 설득은 포기하지 않았다.

"어차피 일어날 일은 일어난다고 가정하고 접근하는 게 합리적이지 않겠습니까? 유혜영 변호사님이 아무리 외화 유출이라고 반대하셔도, 성모그룹은 그 소송을 포기할 겁니다."

"그 포기가 이루어지지 않게 김승준 씨가 노력해 주실 생각은 없으세요? 저한테 이런 은밀한 제안을 전달하실 정도면 그쪽 높은 분들이랑 말씀 나누실 수 있는 사이 아닌가요? 승소를 위해 최선을 다해 달라는 선임 제안이면 긍정적으로 검토해 보겠습니다."

"이건 아주, 아주 높은 곳에서 내려진 결정입니다. 번복될 가능성은, 없습니다."

"그 결정, 누가 누구랑 상의해서 내렸는데요? 성모그룹 임원진인가요? 그보다 더 높은 의사결정 기구면 주주총회밖에 없는데, 열렸다는 소식은 못 들었네요."

그때였다. 분명 신야의 입이 아직 열리기 전이었는데 스산한 목소리가 들려왔다.

<나다. 내가 결정했고, 내 결정에 상의 따위는 필요하지 않다.>

목소리뿐 아니라, 전해진 말의 내용도 손발이 오그라들 정도로 독단적이었다. 오만하기로 치자면, 흥신소 소장보다도 더 하달까? 그런데 그 목소리가 신야에게도 들렸던 건지, 그의 태도가 돌변했다. 신야가 반쯤 말라 치렁치렁하게 흘러내려 얼굴을 가리고 있던 머리카락을 쓸어 넘겼다.

"유혜영 변호사님. 지금 제가 마음에 들면 받으셔도 되고 아니면 거절하셔도 되는 느슨한 제안을 하고 있다고 생각하시나요?"

"사건을 맡을지 말지는 변호사인 제가 결정하지, 그 선임 제안이 느슨한지 아닌지와는 관련 없습니다."

"저는 지금 모두가 원만한 관계를 깨지 않았으면 하는 마음으로 조언을 드리고 있는 겁니다. 성모그룹과 변호사님 두 분이 싸우면 누가 깨질지는 너무 뻔하니, 오히려 변호사님을 돕고 있다고도 할 수 있겠습니다."

"조언보다는, 제가 이 사건을 수임하고 앞으로도 그들의 지시에 고분고분 따르지 않으면 성모그룹이 저를 깨뜨릴 거라는 협박으로 들립니다."

"어젯밤에 그 난리를 치시고도 아무 일도 없이 지나갈 거라고 믿으셨다면, 너무 순진하십니다. 그 라이브 방송, 성모그룹 임원진이 다 같이 시청했습니다. 그 밤에, 그 시간당 단가 비싸신 분들이 몇 시간 동안 한자리에 모이게 할 만한 짓을 벌이셨으면, 위험도 각오하셨어야죠."

물론 혜영도 회유와 협박이 점철되어 혜영에게 몰려오는, 이런 상황이 벌어질 거라고는 예상했다. 찜질방으로 오기 직전에 민혁과 통화하면서 경고도 들었다. 생각보다 빨리 닥쳐오긴 했어도, 이미 마음의 준비를 끝낸 혜영이 침착하게 대응했다.

"만약에 다른 외부 변호사가 아니라 제가 그 사건을 맡는다면, 성모그룹에는 어떤 이익이 있을까요?"

"수임 사실은 대대적으로 홍보될 겁니다. 그 뒤로는 변호사님이 성모그룹과 관련해서 무슨 발언을 하시든, 방송을 하시든, 뇌물성 거액의 수임료를 받은 사람의 말로 치고 관심 가질 사람들이 없겠죠. 물론 계약서에 그룹과 관련된 언행은 사전에 합의한다는 조항도 들어갈 겁니다."

여기까지는 회유였고, 협박의 내용도 들어 보기로 했다.

"성모그룹이 저를 어떻게 깬다는 건지도 말씀해 주실 수 있으세요?"

"한국의 5대 재벌 기업입니다. 변호사 하나 묻어 버리는 게 그들에게 어려운 일일까요?"

"대한 변호사 협회에 징계위원회라도 열어 달라고 하실 생각이실까요? 제가 변호사로서 잘못한 게 있어야 징계를 받죠."

그 말에 신야의 입꼬리가 올라갔다. 조금 전의 스산함이 조금도 줄어들지 않은 비웃음이었다.

"변협 징계요? 그런 귀찮고, 오래 걸리고, 촌스러운 방법일 가능성은 작습니다. 진짜 삽으로 진짜 땅에 묻을 수도 있겠죠. 실행하는 데에는 한 시간, 준비 기간까지 따져도 삼 일이면 될 겁니다.

10억 받고 목숨을 지키시는 길입니다. 제 말 들으세요.”

끄응-. 혜영이 속으로 신음을 흘렸다. 신야를 변호사로만 생각했던 게 오판이었다. 이 사람은 스스로가 합법과 불법의 경계에서 일한다고 말하며, 자신의 목적을 달성하는 데에 필요하다면 조폭과 칼부림을 동원하는 것도 서슴지 않았다.

게다가 10억 원이라는 신야가 반복해서 언급하는 저 액수에 혜영의 불쾌감이 짙어졌다. 정준성 사건을 해결하고 나서 신야는 사건 처리 비용을 일절 받지 않았다. 그러면서도 정작 다른 사람을 설득할 때는 돈을 이용하고 있었다.

혜영은 과거에도 이런 장면을 눈앞에서 본 적이 있었다. 자신이 부리던 귀신들이 반란을 일으켜 그들에게 빙의되어 있던 강준범이 혜영의 어머니 아랑 선녀의 도움으로 깨어났을 때였다. 자신을 구해준 데에 대한 감사는 없었다.

수갑을 차고 침대에서 덜커덩거리면서 방금 빙의에서 풀려 온전치도 않은 정신으로, 강준범은 혜영과 아랑 선녀를 매수하려고 했다. 둘만 자기 편이 되어 준다면 그깟 수갑 당장이라도 풀고 나가서 성모그룹을 되찾아 올 거라는 말을 끝없이 늘어놓았다.

“죄송합니다. 김승준님. 앞으로 우연히라도 다시 뵙는 일 없었으면 좋겠습니다. 정준성 씨 사건 관련 비용은 저희 사무소에서 자체적으로 적절한 액수 책정하여 지급해 드리겠습니다. 이와 관련해서는 형석원 소장이 따로 연락드릴 겁니다.”

“이미 받지 않겠다고 한 돈 몇 푼 저한테 쥐어주시면, 저는 속물 변호사님은 그 위에 서 계신 고고한 사람이 되는 것 같습니까? 걸려 있는 액수가 마음에 안 드시면 그건 조정해 드릴 수도 있습니다. 그것보다, 유혜영 변호사님이 죽고 사는 문제입니다."

"어떻게 깰지, 묻을지, 죽일지도 모르시는 분한테 이런 협박 그만 듣고 싶습니다."

그러고서 혜영이 자리에서 일어나 토방을 나가려는데, 신야의 이어진 물음이 혜영의 다리를 잡아챘다.

"제가 하필 오늘, 정상 근무를 하셨더라면 사무소에 계셨어야 하는 분을 이 찜질방에서 만난 게 우연이라고 생각하십니까?"

일어서려다가 도로 앉혔기 때문일까? 혜영이 급작스럽게 자신이 어떤 공간에 있는지 의식했다. 평일 오전이라 오는 사람이 거의 없는 서울 한복판의 찜질방, 그중에서도 지금 들어와 있는 곳은 사방 중 양면이 막혀 있는 데다 무릎 꿇고 앉기에도 천장이 낮은 토방이었다.

한 명이 들어와서 수면을 취하라고 설계해 놓아 이미 두 사람이 같이 들어와 있는 것만으로도 좁은 그곳에서 신야가 혜영에게 얼굴을 들이밀었다. 그리고 동시에 자신의 휴대폰 화면을 보여주었다. 띄워진 지도에는 혜영의 현재 위치가 찍혀 있었다.

"저를 위치 추적하셨나요? 어떻게요?"

"보안의식이 아예 없으시던데요? 제가 보내는 파일을 휴대폰에서 그렇게 많이 열어 보셨는데, 그중에 한두 개에 원치 않으실 코드가 섞여 있었을 거라는 생각은 안 해 보셨습니까? 이건 지금 생각해 보셨으면 좋겠는데, 제가 왜 제 패 하나를 괜히 까서 보여드리고 있겠습니까?"

"김승준 씨가 정말 저를 위해서 움직이시는 분이라고 설득이라도 하고 싶으신 거예요?"

"그런 거짓말은 저도 안 하죠. 이거 말고도 성모그룹이 변호사님을, 그래요, 어떻게 할 방법은 너무 많다는 겁니다. 강풍에 꺾이지 말고, 바람 부는 대로 따라 누우세요."

"수임 거절한다는 결정은 이미 제가 내렸고, 번복할 의사도, 번복할 가능성도 없습니다."

자신의 말투를 따라 해서 기분이 나빴던 건지 신야의 얼굴이 파사삭 일그러졌다.

"삽으로 땅에 묻는 건 한 시간이라도 걸리죠. 정말 빠르게는 이런 방법도 있습니다."

그 방법이 무엇인지 설명이 이어져야 할 것 같았지만, 이어서 들려온 목소리는 신야의 것이 아니었다. 이 토방을 가득 메우고 있는 스산함의 근원처럼 느껴지는 그 귀신의 말이었다.

<젊고, 예쁘고, 여자.>

다음 순간 신야의 얼굴에 한 노인 귀신의 모습이 비춰 보였다. 그러더니 그 귀신이 혜영의 몸을 훅 덮쳐들었다. 도저히 산 사람에게서는 느낄 수 없을 냉한 음기가 전신으로 퍼져 나갔다. 혜영은 이게 무슨 느낌인지 이미 경험한 적이 있었다. 정준성에게 빙의를 허락했을 때 느낀 한기였다.

그때와 다른 점이 있다면 정준성은 혜영의 허락을 구해 빙의했지만, 이번에는 강제로 이루어지고 있다는 것이었다. 혜영이 잘 움직여지지 않는 입으로 겨우 항변을 짜냈다.

"이건... 명백히... 저승 규칙 위반..."

혜영이 힘들어하는 것과는 반대로 오히려 편안한 얼굴이 된 신야가 이제는 얼굴로 흐르는 머리카락도 신경 쓰지 않은 채 웃음을 띠고 혜영을 바라보았다.

"우리 변호사님, 법이랑 규칙 이런 거 되게 좋아하셔요? 그쵸? 저승 규칙 말씀하시는 거 보니까 어디서 이승 체류 기간 같은 이야기 많이 들으셨나 보네요. 그런 거 상관 없이 영생을 누리는 귀신도 있답니다."

어떻게 그게 가능한지 묻기에는 혜영이 처한 처지가 너무 다급했다. 입, 손, 발의 순서로 몸이 점점 딱딱해지는 게 느껴졌다. 그리고 그 마비는 점점 몸의 중앙을 향해 좁혀 오고 있었다. 혜영의 의지로 움직일 수 없는 부위는 이미 귀신에게 장악당했다는 걸 직관적으로 깨달으며, 신야가 아닌 토방 밖의 누군가가 들으리라는 희망으로 말을 짜냈다.

'도와주세요!'

하지만 가장 먼저 혜영의 통제를 벗어났던 입은 말을 듣지 않았고, 그 힘겨운 외침은 혜영의 내면으로만 울릴 뿐이었다.

19화. 안 보이는 집 (1)

그때였다. 후우우웅-. 신야의 몸에서 빠져나온 귀신의 기운이 고작 토방 하나를 메울 정도였다면, 찜질방 전체를 덮고도 어디까지 뻗쳐 있을지 짐작도 하기 어려운 거대한 기운이 혜영을 향해 빠르게 다가왔다.

신기(神氣)를 느낄 줄 알았던 찜질방 손님들과 직원들에 그리고 그렇지 않은 사람들 사이는 잠깐의 소란이 벌어지기까지 했다.

"방금 바람 불지 않았어?"

"얘는, 실내에서 무슨 바람이야? 선풍기도 안 켜져 있는데."

"어, 식혜가 출렁이는데?"

"어디? 내 마음의 호수만큼은 아니어도 고요하기만 한데?"

"너도 느꼈지?"

"대박. 이거 뭐야? 나 잠깐 가슴이 웅장해졌는데?"

그러는 사이 웅녀는 혜영을 향해 빠르게 다가왔다. 그러고서 도착했을 때 노성(怒聲)을 내질렀다.

<네 이놈! 외귀(外鬼)가 어찌 감히 나의 계약자의 육신을 탐하려 하느냐! 저승 귀족의 이름으로 명한다. 썩 물럿거라!>

그런데 오랜만에 웅녀를 본 혜영의 반응이 이상했다. 입꼬리가 쓰윽 올라가더니, 조금 전 신야가 짓고 있던 것 같은 비릿한 웃음이 얼굴에 띄워져 있었다. 혜영이 아닌, 안에 들어온 외귀의 표정이었다.

<저게, 초월격인가?>

상대의 정체를 알고서도 호승심이 생긴 외귀가 혜영의 몸에서 슬그머니 빠져나왔다. 그러더니 겁도 없이 웅녀를 향해 염동력을 내뿜었다. 하지만 자신에게는 아무 위해도 되지 않는다는 걸 이미 알고 있던 웅녀는 그 공격을 피하지도, 막지도 않았다.

그저 혜영을 향해 다가오는 움직임을 계속할 뿐이었다. 그러는 사이 외귀가 내뿜은 염동력은 마치 얼떨결에 바다를 만난 냇물이 스스로를 못 이기는 것처럼, 웅녀가 이미 펼쳐 놓은 거대한 기운에 부딪혀 스스로 사그라들었다.

도저히 맞설 수 있는 상대가 아니라는 걸 깨달은 외귀가 뒤를 돌아보니 겁에 질린 혜영과 그 뒤에 서 있는 신야의 모습이 보였다. 혜영의 육신이 아쉬웠지만, 후일을 기약하며 신야의 몸으로 귀환했다.

신야갸 바지를 툭툭 털며 일어나 여전히 겁에 질려 있는 혜영을 내려다보았다.

“이야, 변호사 중에는 이 분야에서 따라올 사람이 없다고 들었는데, 꼭 '변호사 중에' 생각 안 해도 되겠는데요? 저승 귀족을 부리는 인간이라뇨? 오늘은 또 가 볼 곳이 있으니 다음에 소송 얘기랑 그리고 또 못 하단 이야기들 나누죠."

혜영이 흐릿해진 눈으로나마 신야를 노려보았다. 웅녀와 자시는 부리고 부림당하는 사이가 아니라고, 다음에 다시 볼 일은 절대로 없었으면 좋겠다고 항변하려 했지만, 그 말이 목소리로까지 나오지는 않았다.

외귀와 함께 신야가 떠나간 토방에 웅녀와 혜영 둘 만 남았다.

<괜찮으세요?>

상하의 찜질목은 물론 머리에 양 머리 모양으로 얹어 놓은 수건까지 땀에 진뜩 젖어 버린 혜영이 식혜를 한 모금 넘긴 뒤에야 겨우 입을 열었다.

"와 주신 덕분에 괜찮아지고 있어요. 어떻게 아시고 이렇게 빨리 오셨어요?"

<저희가 맺은 계약이라는 게 꽤 강력하거든요. 한쪽에 영적으로 무슨 문제가 생기면 다른 쪽이 바로 알 수 있어요. 제가 위험에 처해도 혜영님한테 바로 신호가 갈 거예요.>

"그럴 일은 없겠죠?"

혜영이 한 말의 함의를 알아챈 웅녀가 작게 웃어 보였다.

<지금까지는 그런 일 없었는데, 혹시 모르죠. 그때 되면 혜영님이 저 구해 주세요.>

“아 참, 기왕 뵙게 되었으니까요, 저희 어머니가 웅녀님께 궁금하다고 하신 게 있었어요.”

<어머님이시면, 그때 연화당이라는 곳에서 잠시 뵀던 아랑선녀님이요?>

“네. 웅녀님이 왜 저랑 계약을 하셨는지 모르겠다고 하시더라고요. 초월격 귀신은 이승 체류에 아무 제약이 없는데, 굳이 영력을 지닌 인간이랑 계약을 할 필요가 없으셨을 거라고요.”

이번에는 웅녀의 웃음이 커지고 말았다.

<혜영님이랑 어머님 지금 되게 그 흥신소 소상이라는 분처럼 생각하고 계신 거 아세요?>

“네? 그게 무슨 말씀이세요?”

<호호. 모든 귀신이 이승 체류 기간만 바라보고 지내지는 않아요. 살아 있는 사람 중에도 돈만 보고 사는 이들은 오히려 적은 편이잖아요? 그거랑 비슷하달까요?>

그러고 보니 떠오르는 사람이 있었다. 최근에 만났던 정준성이었다. 누가 봐도 억울한 죽음을 당했는데도, 어머니에게 자기 할 말을 다 전했으니 남은 한이 없다고 홀연히 이승을 떠나 버렸다.

“그러면 웅녀님도 다른 이유로 저랑 계약하신 거란 말씀이시네요?”

<그렇죠. 처음에는 한반도에 이렇게 강력한 영력을 지닌 사람이 나온 게 오랜만이라 신기해서 찾아가 봤고요, 전후 사정 살펴보니 제가 막으려는 일이랑 깊숙이 관련돼 있으시더라고요.>

"웅녀님이 막으셔야 하는 일이 있었요?"

<네. 아직 저도 딱부러지게 설명드릴 정도로 전후 사정이 파악된 건 아니라, 조금만 더 기다려 주세요. 곧 혜영님이 해 주셔야 할 일이 있을 거예요.>

"힌트라도 주시면 안 돼요? 마음의 준비라도 할 수 있게요."

웅녀가 잠시 고민하다가 옛날이야기를 꺼냈다.

<제가 살아 있는 인간이랑 했던 지난번 계약이랑 비슷한 상황이에요.>

"그때는 무슨 일이 있었는데요?"

<인간들이 세는 시간으로 하면 이제 100년이 조금 덜 됐을 거예요. 그때를 일제강점기라고 부른다죠? 일본에서 외귀들을 들여와서 한국 귀신들을 말살하려는 시도가 있었어요. 예를 들어서, 아랑선녀님이 모시는 산신령 귀신을 소멸시키고 그 자리에 일본의 오니를 갖다 놓는다는 식으로요.>

"그런 게 가능해요?"

<가능은 한데, 일어나지 않게 막아야죠. 정치를 잘못해서 나라를 뺏긴 건 산 사람들 일이니 관여하지 않으려고 했는데, 영적 세계에까지 그게 침범하는 건 막아야겠더라고요. 그래서 그때 저랑 제 남편이 나서서 인간들이랑 계약했었네요.>

혜영이 고개를 끄덕였다. 방금 들은 역사와 지금 혜영 주변에서 벌어지고 있는 일이 맞아떨어지는 구석이 꽤 많았다. 일본이 한국

을 침탈하려고 하고 있다. 이게 산 사람들의 일에서 그치지 않고, 귀신들이 관여되어 있다.

"제가 방금 당할 뻔한 빙의도 그 과정 중의 하나였겠네요."

<저도 그렇게 생각해요. 혜영님 몸에 들어갔던 그 귀신, 말투랑 기운까지 일부러 숨기고 있어서 누군지 파악은 못 했어요. 그래도 죽은 지 얼마 되지는 않았으면서도 영력이 상당히 높았어요. 살아 있을 때 꽤 영험한 무당이었을 거예요.>

* * *

간만에 웅녀와 긴 대화를 나눈 혜영이 샤워만 다시 한 뒤 영 찝찝한 곳이 되어 버린 찜질방을 나와 집으로 돌아왔다. 찜질방에서 못 푼 피로를 침대에서 푸는 동안 일찍 퇴근한 게 무색하게도 시간은 금새 흘러 저녁이 되었다.

살짝 열려 있는 방문 틈으로 들어오는 익숙한 냄새를 쫓아 나가 보니 혜영의 어머니가 저녁을 준비하고 있었다.

"일어났니? 자면서 또 땀 많이 흘리던데, 신병 시달리는 거 아니지?"

"자기 전에 조금 안 좋은 일이 있었어. 그게 꿈에도 나와서 그랬나 봐. 내가 얘기 안 했나? 나 이제 신병 없어졌다고."

"언제부터?"

"저번에 엄마 입원해 있을 때 병원에서 웅녀님 만난 다음부터."

탁-. 혜영의 어머니가 이 당연한 걸 미리 생각하지 못한 자신의 머리 대신 국자로 냄비를 쳤다.

“맞네. 신내림도 우리나라에서 제일 큰 신내림을 받았는데 신병이 남아 있으면 그게 이상하지. 그때 너나 나나, 그리고 우리 민혁이나, 큰일 날 뻔했는데 다 잘 됐어.”

“나 오늘도 웅녀님 만났다? 저번에 엄마가 궁금하다고 했던 것도 여쭤봤어.”

“뭐라고 하시는데?”

혜영은 오늘 찜질방에서 나누었던 웅녀와의 대화를 어머니에게 전해 주었고, 이어서 석원에게서 넘겨받은 자신의 질문을 던졌다.

“그런데 엄마, ‘집이 안 보인다’는 게 무슨 뜻이야?”

“응? 그게 무슨 뚱딴지 같은 소리야? 사람 사는 집이면 크기가 적어도 얼만치는 될 텐데 그게 어떻게 눈에 안 뵈어?”

“그치? 나도 그게 이상해서 물어봤어. 무당이 한 말이라고 하니까 엄마가 들으면 다른 의미가 있나 알 것 같기도 해서. 그 무당분도 진짜 집이 안 보인다는 게 아니라 무당으로서 집 안에 보여야 할 뭔가가 안 보인다는 뜻으로 하신 말 아닐까?”

혜영의 어머니가 뭔가 짐작되는 바가 있는 것처럼 고개를 갸웃하다가 다시 물었다.

“어느 무당이 그랬다는데?”

“그것까지는 안 물어봤어.”

"어느 집이 안 보인다는데? 이것도 몰라?"

"아니 그건 아는데."

"아는데?"

휴우-. 식탁에 수저를 놓던 혜영이 잠시 한숨을 내쉬었다.

"아니야. 내가 따로 더 알아볼게. 엄마한테 너무 안 좋은 기억 있는 곳이야."

그랬는데, 혜영에게는 성격보다는 외모를 더 많이 물려주신 여장부 스타일의 아랑 선녀가 치고 들어왔다.

"나도 아니다, 얘. 말해 봐. 안 좋은 기억이 있으면 뛰어넘고 극복하고 살아왔지, 묻어두고 피해 가면서는 안 살았다. 어디야?"

"예전에 기묘사가 쓰던 신당. 거기 최근에 누가 새로 임대차 계약을 체결해서 수상하다고 경찰이 지켜보는 중이래. 그래도 신당이니까 무당분도 한 분 모셔 봤었고."

"그래, 맞다. 그 기묘사라는 인간은 잡혔다니? 감옥에 갔어? 뉴스에서는 못 봤는데."

"아니. 아직도 찾고만 있대."

뚝-. 아랑 선녀의 단호산 손길에 가스 불이 꺼지고 끓던 찌개 표면이 잠잠해졌다.

"가자. 그 신당이 안 보인다는 게 무슨 뜻인지 짐작은 되는데, 가서 직접 확인해야겠다."

"엄마, 저번에 나 구하러 거기 갔다가 귀신들 덕지덕지 들러부터서 빙의도 당했잖아. 정신도 잃었고. 꼭 가야겠어? 그것도 이렇게 급하게?"

"긴말 말어. 웅녀님이 일본쪽 귀신들의 움직임이 심상치 않다고 하셨어. 그런데 기묘사 그놈은 잡히지도 않았어. 무슨 일이 생겨도 크게 생긴다는 얘긴데, 그때 기묘사가 어느 쪽 편을 들고 나설지는 불을 보듯 뻔하잖아?"

당연히 자신을 감옥에 넣으려는 한국보다는, 어떻게든 협력의 대가를 받아낼 수 있는 일본 편에 설 것이다. 자신의 목적을 위해 십수 명의 목숨을 희생시키고 수십, 수백 위의 귀신들의 소망을 갖고 장난쳤던 기묘사에게 혜영 또한 애국심이라고는 도저히 기대할 수 없었다.

"그래도 꼭 엄마가 가야 돼? 우리나라에 무당이 엄마 한 명만 있는 것도 아니잖아. 잘못했어. 처음부터 내가 물어보지 말았어야 했는데."

"상대가 기묘사면 나 하나밖에 없어. 너 잘 모르나 본데, 그놈이 마음이 썩어서 그렇지 영력은 따라갈 사람 찾기가 쉽지 않아."

"나도 있잖아. 영력은 엄마만큼은 된다고 했어!"

걱정스러운 마음이 드러나는 걸 알면서도 퍽 귀여워 보이는 딸의 투정이었다. 거기에 아랑 선녀는 능력을 쓰는 방법은 하나도 모른다고 타박하는 대신 손을 내밀었다.

"그러니까 같이 가자고. 일어나."

20화. 안 보이는 집 (2)

이쯤 되니 혜영도 더 말리기가 어려웠다. 생각해 보니, 지난번 자동차 살인 사건에 깊게 관여하지 말라는 예화의 부탁에도 혜영은 그 끝을 파헤쳤었다. 어머니의 의견을 존중하여 내민 손을 잡으려고 할 때였다. 지이잉, 징징징-. 식탁에 올려두었던 혜영의 휴대폰이 울렸다.

"엄마, 잠깐만. 네. 민혁 씨."

- 저 첫 출근 했다가 지금 퇴근해요. 혜영 씨도 곧 퇴근이잖아요. 저녁 안 먹었죠?

혜영이 가스레인지 위에서 끓다가 만 찌개와 숟가락, 젓가락만 덩그러니 놓여 있는 식탁을 번갈아 보다가 대답했다.

"네. 아직이에요."

- 그러면 같이 먹을래요? 제가 혜영 씨 사무실로 갈까요?

"저녁 먹기 전에 가 봐야 할 곳이 있어서요. 오늘 말고 내일 토요일이니까 근사하게 먹으러 갈래요?"

회사 일이 재밌었는지 민혁의 신난 목소리는 가라앉지 않았다.

- 어디 가는데요? 갔다 와서 같이 먹어요. 같이 가도 되고요.

기묘사의 신당을 찾아가는 일이 지금 민혁의 기분과도 데이트와도 너무 안 어울리는 것 같아 혜영이 조심스럽게 거절하려던 차였다. 스피커폰도 아니었는데, 귀를 쫑긋 세우고 그 대화를 듣고 있던 혜영의 어머니가 핸드폰을 받아 끼어들었다.

"민혁이니? 목소리 기억하지?"

- 네. 당연하죠. 혜영 씨 어머니 목소리를 어떻게 잊어버려요. 혜영 씨 지금 집에 있어요?

"응. 잠깐 나랑 어디 가기로 했는데, 민혁이도 같이 오고 싶다고?"

- 네. 두 분 제가 에스코트해 드리겠습니다.

"우리 사위, 좋다. 요즘 애들 이런 거 보고 젠틀하다고 하나? 그러면 주소 알려줄 테니까 우리 집 앞으로 올래?"

민혁이 처음 전화를 걸었을 때보다도 더 쾌활한 목소리로 외쳤다.

- 네!

전화가 끊어지고 즐거워 보이는 어머니와는 달리 혜영은 경악하고 말았다.

"엄마! 우리 사위가 뭐야?"

"왜? 둘이 그런 사이 아니었어?"

"민혁 씨랑 말은 언제 놨어? 어떻게 나보다 빨라?"

"방금 너 들을 때부터. 그럼 내가 사위 될 사람한테 언제까지 존댓말하고 있으리?"

"엄마!"

혜영과 어머니의 실랑이는 오래가지 않았다. 곧 민혁이 도착했기 때문이었다. 민혁의 차를 타고 세 사람은 기묘사의 신당으로 이동했다. 지는 해에 비친 신당의 전경은 그 안에서 벌어졌던 끔찍한 일과는 너무나 상반되게 아름다웠다.

그 모습을 본 아랑 선녀가 감탄을 내뱉었다.

"저번에는 밤에 와서 잘 못 봤는데 기묘사 역시 명당을 잡아놨네. 저기 처마에 햇빛 떨어지는 것까지 영롱한 거 봐."

하지만 혜영의 관심은 역시 다른 곳에 있었다.

"엄마 눈에도 저 집 잘 보이지? 처마랑 기둥이랑 지붕이랑 다?"

"응. 보여. 보이는데, 안 보인다."

"뭔가 안 보인다는 건데? 나도 알려줘."

아랑 선녀가 혜영을 지긋이 바라보았다. 어렸을 때는 이런 건 절대 가르치지 않으리라고 했던 딸이 어느덧 커서 웅녀와 함께하고 있었다. 이제는 자신이 감춘다고 해서 가려질 딸이 아니었기에 마음을 비웠다.

"혜영아, 엄마 말 듣고 잘 따라와 봐. 네 갈비뼈가 갈라지는 지점에 덩어리가 하나 있다고 생각해 봐. 밝은 빛 같다고 느끼는 사람도 있고, 하얀 우유가 떠다니는 것처럼 말하는 사람도 있어."

"응. 했어. 있다고 생각하는 게 아니라, 진짜 있는데? 액체라고 하기에는 안 흐르고, 고체라고 치기에는 흐물거려."

"맞아. 잘 잡았어. 거기가 네 영력이 모여 있는 곳이야. 지금부터 이걸 전신으로 퍼뜨릴 거야. 눈감고 심호흡하면서 들이쉰 공기를 그 덩어리에 불어넣는다고 생각해 봐. 그럼 점점 커질 거야."

"어, 어. 맞아. 너무 빨리 커지는데? 이러다가 풍선처럼 터지는 거 아니야?"

그럴 리가 없다는 걸 잘 알고 있던 아랑 선녀가 눈을 감은 채 입으로 호들갑을 떠는 딸을 보며 귀여움과 뿌듯함이 반반씩 섞인 웃음을 지었다. 영력을 지닌 사람 중에서도 명치에 있는 저 신령원(身靈源)의 존재를 느끼는 사람은 소수에 불과하다.

그걸 알고도 지금 혜영이 하고 있는 것처럼 외기(外氣)를 불어넣을 수 있는 사람은 더욱 줄어든다. 이 중에서 마지막으로 영력을 전신으로 퍼뜨리는 데에 성공한 자들이어야만 아랑선녀나 기묘사급의 최고 무당의 반열에 올라선다.

일순간 번쩍 뜨인 딸의 눈을 아랑 선녀가 똑바로 마주쳤다.

"됐지?"

뭐가 됐냐고까지도 물을 필요는 없었다. 방금 혜영의 몸에서 일어난 그 일을 묻는 것이 분명했으니까. 부풀어 오르던 혜영의 신령원은 걱정과는 다르게 터지지는 않았다. 다만, 일정 크기가 넘어서자 스스로 품고 있던 영력을 전신으로 흘려보내며 그 크기를 유지했다.

질문을 이해한 혜영이 곧바로 고개를 끄덕였다.

"응!"

이렇게 될 거라고 짐작은 하고 있었으면서도 아랑 선녀는 속으로 놀라움을 감출 수 없었다. 신령원을 느낀 뒤에 영력을 전신으로 퍼뜨리는 이 과정은 보통 몇 년, 길게는 평생을 노력해도 닿지 못하고 끝을 맺는 무당이 많았다.

그런 일을 혜영은 현장에서 단 한 번의 지시를 따라함으로써 거뜬히 해낸 것이었다. 물에 들어가 있는 돌고래한테 수영하는 방법을 일러준 것이었을 뿐이리라. 그렇게 생각하며 아랑산녀가 기묘사의 신당을 가리켰다.

"이제 다사 봐. 저 안이 보여?"

"저게 뭐야? 뭐가 저렇게 까맣게 덮여 있어?"

"결계야. 저 신당 안쪽과 바깥 공간을 명확하게 나눠 놓고 있어. 보통 무당들은 저런 곳을 들여다 보면 안에 산 영혼은 몇인지 귀는 몇 위인지 보인단 말야. 그런데 저렇게 가려 놓으니까 아무것도 안 보이지?"

"여기서 무슨 일이 벌어지고 있는 건 맞나 본데?"

"무슨 일도 보통 일이 아닐게야. 이거 내가 배운 게 맞으면 절계(切界)야."

혜영과 민혁이 눈을 마주쳤다가 동시에 아랑 선녀를 바라보았다.

"그게 뭔데?"

"저는 처음 듣습니다."

절계에 대해 생각하는 아랑 선녀의 낯빛이 급격히 어두워지더니, 혜영에게 손짓했다.

"혜영아, 너 저 문 한 번 열고 들어가 봐라."

"엄마? 그거 주거침입이야."

"지금 그게 중요한 게 아니잖아. 민혁아, 네가 한 번 해 보련?"

"안 돼! 그러면 내가 변론해야 할 사람이 두 명이나 생긴다고. 한 명은 주거침입 교사범, 한 명은 같은 죄 본범."

"저 안에 들어가서 뭘 훔쳐 오거나 난리를 치라는 게 아니라 잠깐 문만 열고 한 발자국만 들어가 보라고. 그것도 처벌받아?"

이런 말을 하면 안 될 것 같은 분위기를 감지하면서도 혜영이 쭈뼛거리며 나섰다.

"한 발이면 굳이 실제 처벌까지 이루어지지는 않겠지만, 그래도 나 변호사인데 껄끄럽지."

"비켜라. 그럼. 내가 할 터이니. 저게 절계인지 아닌지 꼭 알아야 돼서 그렇다니까!"

격해지는 모녀간의 갈등을 민혁이 중재하고 나섰다.

"잠깐만요. 저 안에 누구든 들어가 보기만 하면 되는 거잖아요. 맞죠?"

"그렇지."

"그렇다면 제가 해결해 보겠습니다."

그런 민혁에게 혜영이 볼을 잔뜩 부풀렸다.

"민혁 씨, 마음대로 들어가면 나 이번에는 범률 대리인 안 할 거예요!"

"그럴 일 엇어요. 저기 들어갈 수 있는 합법적인 권한을 있는 사람을 부르면 되잖아요? 있어 봐요. 제가 금방 할게요."

혹시 민혁이 기묘사랑 아는 사이이기라도 한 건가 하는 엉뚱한 의심으로 혜영이 남자친구를 뚱하게 바라보았다. 그러는 동안 휴대폰을 꺼대든 민역은 망설일 것도 없이 전화를 걸었다.

"네. 경찰이죠. 제가 길 가다가 어느 집 앞에서 누가 비명 지르는 소리를 들어서요. 별일 아닐 수도 있지만, 혹시나 하고 범죄 예방 차원에서 신고 드려요."

푸핫-. 떠억-. 아랑 선녀는 사윗감 될 남자의 임기응변에 웃음을 터뜨렸고, 당황한 혜영은 턱을 빗장뼈까지 떨어뜨리고 말았다. 전화를 끊은 민혁에게 혜영이 다가왔다.

"허위신고를 하면 어떡해요?"

"이게 왜 허위 신고예요? 제가 분명히 들었는데. 어머니도 들으셨죠?"

"응. 나도 민혁이랑 똑같은 소리 들었어. 저 안에서 여자가 비명 지르는 거."

어머니 말이 맞아서 민혁이 사위라고 치고, 보통 장모랑 사위 사이는 서로 어려워하지 않나? 백년손님이라고도 하지 않던가? 그런데 혜영이 답답해할 겨를도 없이 경찰이 도착했다. 아무래도 강중혁 경위가 집중 순찰 대상 지역으로 지정해 놓았다더니, 그 영향이었나 보다.

쾅쾅쾅쾅-. 신고자인 민혁과 잠시 이야기를 나눈 경찰들이 기묘사산딩의 문을 두드렸다.

"계십니까? 경찰입니다. 계십니까?"

누군가 나오지도, 어떤 대답이 들려오지도 않았다. 혜영도 내심 이렇게 된 이상 경찰이 저 안으로 들어갈 수 있는지 확인해 주기를 바라고 있는데, 민혁이 나섰다.

"방금 문 두드리실 때 살짝 열린 것 같은데, 잠깐 들어가 보시는 건 어때요? 범인이 문 두드린다고 제 발로 나오지는 않을 거잖아요."

민혁에게 고개를 끄덕인 경찰은, 그러나 곧 난관에 부딪히고 말았다. 쿠쿵-. 두드릴 때는 살짝 열리는가 싶었던 문이 밀고 들어가려고 하자 오히려 거세게 닫히고 말았다.

"이상하지 않아요? 잠금장치 같은 거 안 돼 있어 보였는데요."

"그러게. 같이 한 번 밀어보자. 으영차!"

그다음 두 경찰이 보여준 행동은 더욱 극적이었다. 마치 문이 고무로 돼 있기라도 한 것처럼 도리어 살짝 튕겨 나오고 말았다. 원래 벽 같은 곳에 몸을 부딪치면 이 정도로 튕기기도 하는 걸까? 답을 알 수 없었던 경찰들이 서로를 바라보다가 민혁에게로 돌아왔다.

“신고해 주셔서 감사합니다. 와 보니까 뭔가 이상하긴 하네요. 그렇다고 지금 범죄 혐의가 뚜렷하지도 않은 상황에서 저희 둘이 멀쩡한 사유지 담을 넘기로 결정할 수는 없어서, 상부와 더 상의해 보고 추후 진행하도록 하겠습니다.”

“감사합니다. 다행히 이제 비명 더 안 들리네요.”

“네. 저희는 혹시 모르니 지원 요청하고 현장 대기하도록 하겠습니다. 신고자분은 돌아가셔도 괜찮습니다.”

“향후 사건 진행 어떻게 되는지 알 수 있을까요?”

“아직 공식 입건되지는 않아서 공식 통보가 가지는 않을 텐데, 여기 명함에 적힌 번호로 연락 주시면 제가 가능한 선에서 신고자분께도 말씀드리도록 하겠습니다.”

경찰들을 기묘사의 신당 앞에 남겨둔 채 혜영과 아랑 선녀, 민혁이 다시 차에 올랐다. 조수석에 앉은 혜영이 뒷좌석의 아랑 선녀에게 물었다.

“엄마도 봤지? 아까 그 문 진짜 신기하더라? 안 열리면 안 열리는 거지, 어떻게 들어오려는 사람을 튕겨내? 이게 엄마가 말했던 절계 때문인 거야?”

“맞아. 저건 틀림 없이 절계야. 언제인지도 모를 옛날에 저승 귀족 회의에서 금지한 술법이라 지금은 그 시전 방법도 실전된 지 오래라고 알고 있는데, 기묘사 그놈이 절계까지 칠수 있게 됐다고? 이건 무슨 일이 나도 아주 단단히 큰일이 날 징조야.”

“그러니까 그 절계라는 게 뭔데? 그냥 결계랑은 다른 거야?”

21화. 반격을 허용했다 (1)

결계(結界). 특정 공간에 바깥의 귀신이나 기운이 들어오지 못하도록 차단하는 술법이다. 흔히 출산 후에 새끼줄에 숯이나 솔방울, 고추 등을 꽂아 거는 금줄도 갓 태어난 아이가 있는 공간을 외부의 잡귀로부터 보호하려는 약한 수준의 결계이다.

혜영의 질문을 받은 아랑 선녀가 소문 또는 전설처럼 들었던 기억을 반추해 가며 대답했다.

"아이 낳은 집에 금줄 치잖아. 그거 잠시 걷고 안으로 들어갈 수도 있지?"

"그치? 보통은 그러면 안 된다고 하니까 조심은 하는데, 필요하면 들어가야지."

"그게 일반적인 결계야. 잡귀들은 막지만, 산 사람들이 오가는 걸 어떻게 하지는 못해. 그런데 절계는 달라. 안쪽 공간을 아예 바깥에서 잘라내는 술법이야. 그래서 아까 경찰들이 못 들어갔던 것처럼 산 사람이든 죽은 귀신이든 다 못 들어가게 돼."

그 이야기를 듣고 있던 이과생 민혁이 운전석에서 질문했다.

"공간을 잘라내는 게 가능해요?"

"민혁이도 같이 봤잖아. 지금 기묘사가 쓰던 그 신당에는 아무도 못 들어가."

"그게 어떻게 가능해요?"

"내가 만든 술법이 아니니 잘은 모르지. 그런데 신어머니가 해 주신 말씀이 있었어. 절계라는 건 결국 저승이랑 똑같은 원리로 만드는 거 아니겠냐고. 저승이 딱 그렇다면서? 경계를 열어 주기 전까지는 닫혀 있는 공간이라고 들었어."

저승에 가 본 적 있는 사람으로서 민혁은 절계가 어떤 곳인지 완전히 이해하고 말았다. 저승. 얼마나 넓은지도 모를 공간에 자신이라는 단 하나의 자아만 존재한다. 바깥에서는 아무것도 들어오지 않고, 안에서는 아무것도 나가지 않는다. 외부와 완벽하게 단절된 세계, 즉 절계였다.

민혁이 고개를 끄덕이는 동안 혜영의 질문이 이어졌다.

"무슨 술법으로 저렇게 만들었는지 알았으면 해결 방법도 있는 거 아니야? 파훼라고 하나?"

"말했잖아. 절계 자체가 이미 명맥이 끊긴 술법이라고. 그런 게 있다는 것도 전설처럼 생각하는데, 파훼 방법이라고 해서 지금까지 전해질 리가 없지."

"그러면 저건 저대로 두고 봐야 하는 거야?"

"이건 내가 아니라 웅녀님한테 말씀을 드려야 할 것 같아. 저게 따지고 보면 이승에 기생하는 작은 저승을 하나 더 만든 건데, 그걸 가만히 두고 보실 리가 없으실 거야. 이런 이유로 아주 오래전에 이미 저승 귀족 회의에서 절계를 금지했을 거고."

차 안의 세 사람 모두 기묘사의 신당 안쪽만큼이나 깜깜한 앞날을 느끼고 있을 때였다. 지이잉, 징징징-. 운전석 쪽에서 휴대폰 진동음이 울리며 전화가 걸려 왔다.

"혜영 씨, 제 주머니에서 휴대폰 꺼내서 전화 잠깐 받아 줄래요? 스피커폰으로요."

"네. 저장 안 된 번호네요? 운전 중이셔서 대신 받았습니다. 강민혁 씨 휴대폰입니다."

- 아, 네. 조금 전에 뵀던 경찰입니다. 같이 계셨던 여성분이신가 보네요. 일 잘 해결됐다고 말씀드리려고 전화드렸습니다.

경찰이 절계를 파훼하기라도 했단 말일까? 혜영이 의아한 표정으로 민혁 휴대폰을 번갈아 보다가 물었다.

"어떻게 됐나요?"

- 계속 문 두드리니까 안에 계시던 분이 나오셨어요. 협조 구해서 집안까지 둘러봤습니다. 남성분 혼자 계셨고요, 비명이 나왔을 것 같은 징후는 안 보여서 지원 인력까지 같이 철수했습니다. 거기가 원래 점집으로 쓰던 데라 가끔 그런 일이 있나 보더라고요.

"잠시만요, 안에 누가 있었다고요? 누군데요?"

- 아, 그게 저, 남성분이셨다는 것까지는 일단 말씀드렸는데, 저희가 개인정보를 함부로 말씀드릴 수는 없어서 더 이상은 어렵습니다.

꼭 아셔야 하면 따로 한 번 더 방문해 보시거나 하셔야 할 것 같은데요?

그 집에서 남자가 나왔다면 가장 가능성 높은 건 역시 기묘사일 수밖에 없었다.

"그 남성분 신원 조회는 하셨나요? 얼굴에 칼자국이 있지는 않았고요?"

- 신고는 남자분이 하셨던 것 같은데, 관심은 여자분 쪽이 더 많으신 것 같네요. 네. 메뉴얼대로 신원조회 했고요, 아무 문제 없었습니다. 칼자국도 없었고요. 누굴 생각하고 하신 말씀이신지는 모르겠지만, 다른 분인 것 같네요.

"네. 전화 주셔서 감사합니다."

전화가 끊어지고, 민혁이 조수석 쪽을 힐끔 바라보며 물었다.

"어떡해요? 다시 가 봐요? 꼭 기묘사 본인이 아니라도 관련이 있으니까 지금 절계까지 쳐진 거기에 있는 거 아니겠어요?"

"그렇다고 저희가 간다고 해서 할 수 있는 건 없잖아요. 경찰한테야 별일 아닌 척하려고 잠시 나와 봤을 테고, 저희한테는 그 절계 절대로 안 열어 줄 걸요?"

"어쩌죠?"

민혁과 혜영의 대화에 아랑 선녀가 끼어들어 연장자의 지혜를 발휘했다.

"지금 무슨 일이 일어나고 있는 것도 아니고, 당장 안 하면 큰일

나는 것도 아니잖아? 우리 기묘사네는 잠깐 들르기로 했었고, 원래 저녁 먹으로 나왔던 거 생각 나? 민혁아, 너 취직 턱 낸다며?"

"맞네요. 뭐 드시고 싶으세요? 메뉴만 고르시면 식당 검색부터 계산까지 제가 풀코스로 모실게요."

그 말에 차창 밖을 바라보던 혜영이 손사래 쳤다.

"에이, 지금 너무 늦었어요. 곧 10시잖아요. 저기 앞에 있는 데에 차 대고 감자탕이나 먹고 가요."

"그렇네요. 라스트 오더 끝난 식당도 꽤 되겠어요. 첫 출근 기념 턱은 내일 저녁에 근사하게 살게요. 어머니도 오실래요?"

"아니야. 둘이 재밌게 놀아. 내가 자꾸 끼면 이상하지. 사윗감이 사위 되는 데에 방해될라."

사이드미러를 보며 생각에 잠겨 있던 혜영의 고개가 뒷좌석을 향해 홱 돌아갔다.

"엄마!"

* * *

혜영과 민혁, 아랑 선녀 그리고 경찰까지 돌아간 기묘사 신당에 다시 문이 닫히고 가장 어두운 밤보다도 짙은 검은색 절계가 다시 드리웠다. 조금 전 경찰을 응대한 남자가 툇마루에 걸터앉아 마치 옆에 누가 있기라도 한 것처럼 중얼거렸다.

"유혜영 저 후배, 데리고 일할 때부터 느끼던 건데 참 똑똑해. 당신들 비밀 전략이라던 이 차폐 시설까지 벌써 눈치챈 것 같은데 이제 어쩔 생각이야?"

그 말에 같은 입으로 다른 목소리가 대답했다.

<우혜이가 찾아가서 손떼라고 구슬려도 보고 윽박질러 봐도 안 통하더랍니다.>

"안 통하면, 어쩔 건데? 우리 계획 망치게 그냥 둘 거야? 그럼 그 자리에는 누가 날 보내줄 건데?"

<그럴 수야 없죠. 이미 한 번 크게 당하고 몸까지 포기하면서 이렇게 기생하면서 이승에 떠돌고 있는데, 이번에는 확실히 꺾어야죠. 제가 여자 때문에 자살을 할 줄은 천지신명님도 모르셨을 겁니다.>

"그래. 말 나온 김에, 내 몸에는 언제까지 들어와 있을 거야? 다른 건 모르겠는데, 미안하지만, 내 목에서 그 목소리 나오는 건 정말 싫거든?"

<헤헤. 살아생전에도 그런 이야기 많이 들어서 괜찮습니다. 조금만 기다리십시오. 곧 옮겨갈 몸이 생길 것 같으니까.>

몸의 원래 주인이 얼굴에 화색을 띠며 재차 물었다.

"누군데?"

<지금 유혜영이라는 저 어린 여자를 꺾어야 하고, 제가 옮겨갈 몸도 하나 필요한 거 아닙니까? 일거양득(一擧兩得). 둘 다 한 번에 해결하죠.>

"이 음침한 말투도 자꾸 내 입으로 나오는 거 진짜 마음에 안 든단 말이야. 그래서 어떻게 하겠다는 건데? 빙빙 돌리지 말고 제대로 말해 봐."

<아까도 같이 왔던데, 유혜영이랑 같이 다니는 남자 사이가 좋아 보이지 않습니까? 저희가 데려오면 되겠습니다.>

"방법은 있고? 따지고 보면 성모 집안 셋째 아들인데, 그런 사람을 쉽게 잡아올 수 있겠어?"

<자기가 직접 오겠다고 했으니 어려울 것도 없죠.>

몸의 주인이 고개를 끄덕이며 얼마 전 혜영이 터뜨려 화제가 됐던 영상의 마지막 장면을 떠올렸다. 강양범이 스스로 형 강양범을 만나겠답시고 성모그룹 본사에 들어오게 해 달라고 말하며 마무리되었다. 길거리에서 납치하는 거라면 모를까, 알아서 그물에 들어온 물고기를 건져 올리기만 하는 건 너무 쉬운 일이었다.

"잡은 다음에는?"

<저희가 이 절계를 괜히 시험해 봤겠습니까? 그 안에 넣어두면 됩니다. 경찰? 웅녀? 턱도 없습니다. 유혜영이 완전히 굴복할 때까지 강민혁은 저희한테 잡혀 있을 겁니다. 그동안 그 젊은 몸은 제가 잘 쓰도록 하죠.>

"깔끔하네. 그런데 이 차폐 시설 말이야."

<절계라고 합니다.>

"그래, 절계! 이거 유지하는 데에 사람 목숨이 계속 들어간다면

서? 이래도 괜찮은 거야?"

<처음에는 아홉 영혼만 있으면 칠 수 있는 건 줄 알았습죠. 그런데 한 영혼의 영력이 다해서 소멸할 때마다 새로운 귀신을 넣어 줘야 하는, 귀찮은 배터리 시스템인 줄은 미처 못 배웠습니다.>

끄응-. 몸의 주인이 괴로운 신음을 흘렸다. 아무리 자신의 목적을 위해 이 계획에 동참했다고 하더라도, 사람을 죽여서 그 영혼을 배터리로 쓴다는 이야기를 귀찮다고 표현하는 기묘사에게는 쉽게 동의하기 어려웠다. 꼭 그가 변호사이기 때문만은 아니었다. 법을 떠나서 이건 상식선에서 그리고 인간적으로 너무 큰 거부감이 들었다.

"그래, 제기랄, 그 배터리, 지금까지 몇 명이나 들어갔는데?"

<지금 돌아가고 있는 것까지 총 스물세 명입니다. 귀신 두 위는 여분으로 남겨 뒀는데, 그중에 한 명은 배터리로 쓰기에는 너무 아까워서, 솔직히 말씀드려서는 여분이 충분치는 않은 상황입니다.>

"계속 들여올 거야?"

<그래야죠. 배터리가 동나서 절계가 개질까봐 너무 걱정하실 건 또 없습니다. 전문적으로 수급해 줄 사람들이 이미 움직이고 있으니까요.>

말과 말이 맞을 뿐 그 뜻이 전혀 통하지 않는 대화에 몸의 주인이 잠시 입을 다물었다. 배터리 수급에 관해 물은 게 아니었다.

그 수급을 위해 얼마가 될지도 모르는 사람들이 계속 목숨을 희생하는 게 괜찮다고 생각하는지 물은 것이었지만, 기묘사는 그 점에 아예 관심이 없어 보였다.

"됐고, 일 끝나면 나는 내 자리만 받아서 나갈 거야. 그다음부터 우리는 모르는 사이야. 특히 기묘사 너는 어떤 몸에 들어가 있든 절대로 다시 보고 싶지 않아."

<그렇게 하시죠. 한석진 차기 법무법인 엑시스 대표 변호사님.>

* * *

감자탕으로 마무리된 금요일 밤하늘은 절계만큼이나 어두웠다. 그리고 강한 폭풍이 다가오기 전일수록 평온하다는 말처럼 토요일, 일요일이 큰일 없이 지나갔다. 긴 비가 오기 전에 더 밝게 빛나는 태양과 같이 토요일 밤 민혁의 취직 턱은 즐겁기까지 했다.

그러고서 찾아온 월요일, 사무실로 돌아온 혜영에게는 지난 일에 대한 청구서가 날아오고 있었다. 성모그룹에 다시 한번 맞서기로 했을 때부터 각오했던 일이지만, 막상 서류로 받아보니 현실감이 훅 밀려왔다.

첫 번째는 민아가 갖다준 우편물 뭉치에 섞여 있던 내용증명이었다. 발신인은 성모그룹이었다.

22화. 반격을 허용했다 (2)

혜영이 봉투를 뜯어 그 내용을 확인하는데 전화가 걸려 왔다. 서유윤 기자였다. 당당하게 강양범의 실종을 폭로하던 지난 모습과는 달리 목소리가 떨리고 있었다.

- 벼, 변호사님, 저 아침 댓바람부터 성모그룹에서 내용증명을 받았는데요.

휴우-. 역시 압박이 혜영 한 명한테만 이루어질 리는 없었다. 관련된 사람들 모두를 공격하고 있었다.

"허위 사실을 유포해서 성모그룹의 업무를 방해했으니 차후 민형사상 법적 조치를 진행하겠다는 내용이죠?"

- 어떻게 아셨어요?

"저도 똑같은 거 받아서 지금 읽는 중이거든요. 너무 걱정하지 마세요. 당연히 제가 무료 변론할 거니까 변호사는 따로 선임하지 않으셔도 괜찮아요."

혜영의 다독임에도 서유윤 기자의 불안은 쉽게 잦아들지 않았다.

- 그 말씀은 감사한대요, 만약에 여기 쓰여 있는 대로 형사? 민사? 소송이 진행되면 저 어떻게 되나요? 감옥 가고 인생 망하나요?

"아니에요. 제가 받은 내용증명이랑 크게 다르지 않다는 전제하에 말씀드리면, 이건 법적으로 크게 문제 될 건 없어요. 시간 되실 때 사무실 잠깐 들르시면, 제가 자세히 설명해 드릴게요."

- 저 너무 떨려서 그러는데, 지금 간략하게라도 말씀해 주실 수는 없을까요?

이걸 어떻게 하면 서유윤 기자가 한 번에 알아듣게 찰떡같이 설명할 수 있을지 고민하던 혜영이 묘안을 생각해 냈다.

"보도 윤리 잘 지키셨잖아요."

- 네? 그거야 기자 자존심 걸고 항상 지키는 건데요, 그게 법적으로도 도움이 돼요?

"그럼요. 윤리의 최소한이 법이라는 말도 있잖아요. 더 큰 걸 자존심 걸고 지키셨으니까, 그 안에 있는 작은 건 문제 될 게 없죠. 구체적으로 설명드리면 이렇게 돼요. 정확히 말해서 저희는 강양범 회장이 실종됐다는 뉴스가 아니라 강민혁 씨가 형을 찾는다는 이야기를 세상에 알렸잖아요."

- 그랬죠. 저희가 강양범 회장 실종 자체를 사실로 확인하는 건 너무 어려웠으니까요.

"이러면 저희가 알린 '강민혁 씨가 형을 찾는다'라는 내용은 내용증명에 적힌 것과는 다르게, 절대로 허위 사실이 될 수가 없죠? "

다행히 혜영의 설명을 알아듣고서 서유은 기자의 목소리에서 떨림이 잦아들었다.

- 아! 정말 제가 보도 준칙 잘 지켜서 법적으로도 문제가 없는 거네요. 설명해 주셔서 감사해요. 그런데 듣고 나니까, 법적으로 따지면 제 책임을 강민혁 씨가 가져가셨다고 생각되는데, 맞나요?

"법 논리 대로만 따지면 그렇게 되죠. 그런데 그건 너무 걱정하지 마세요. 민혁 씨 법률 대응은 그것대로 제가 잘 할 거고요, 성모그룹이랑 관계가 있으니까 기자님한테 하는 것처럼 덮어 놓고 법적으로만 가겠다고 엄포 놓지도 못할 거예요."

- 다행이네요. 제가 요즘 구직활동 중이라 면접 일정이 많아서, 스케쥴 살펴보고 언제 변호사님 사무실 방문할지 한 번 더 상의드릴게요.

서유은 기자와 통화를 마쳤는데, 힘든 일이 여기에서 끝일 리는 없었다. 혜영이 휴대폰을 내려놓기가 무섭게 석원이 바로 사무실로 들어왔다.

"변호사님, 저희 아무래도 벌집을 잘못 들쑤신 것 같은데요? 오전에만 선임 취소하고 싶다는 전화 세 건 받았어요. 장모섬유랑, 차진알미늄, 어치브미디어까지요."

"저한테 연락 온 취소 건도 있네요. 동민영 씨 이혼 소송 다른 변호사한테 맡기시겠대요."

푸훗, 푸핫-. 혜영과 석원이 서로를 바라보다가 웃음을 터뜨리고 말았다. 둘 다 이게 어떻게 된 일인지 모를 정도로 순진하지는 않은 성인이었으니까. 이혼 소송 중인 동민영은 성모디스플레이 직원이니 누가 시키지 않았더라도 혜영이 내보낸 방송을 보고 마음을 바꿨을 것이다.

석원한테 연락해 온 기업들은 성모그룹과 크든 작든 이해관계가 걸려 있을 것이니 압력에 쉽게 넘어갔을 것이고, 변호사를 바꾸는 일쯤이야 아무렇지도 않게 시행했을 터였다. 어쩌면 지금쯤 우혜이 신야는 10억 원을 거절한 혜영을 말려 죽일 생각을 하고 있을지도 모르겠다.

석원이 쓴맛으로 바뀌어 가는 웃음을 애써 삼키며 물었다.

"앞으로도 선임 취소 문의 계속 올 것 같은데 어떡하죠?"

"그동안 감사했다고만 하시고 오는 대로 다 받으세요. 이유는 말해 주시면 듣고요, 일부러 캐묻지는 마시고요. 수임료 반환도 계약서대로 최대한 빨리 정산해서 지급해 주시고요."

"그렇게 하겠습니다. 저 대형 법무법인 총괄 사무장은 이제 못 되겠네요."

석원의 해묵은 농담에 혜영이 마주 웃어 보였다.

"며칠 전에 저한테 따로 10억 짜리 사건 하나 들어왔는데 받을 걸 그랬나요? 소가가 10억이 아니고, 저희 사무소가 받을 돈이요."

"말씀하시는 거 들어보니까 돈이 적어서 거절하시지는 않았던 것 같고요, 안 맡기로 하신 이유가 있으셨겠죠. 변호사님 결정 존중해요. 이유 캐묻지는 말라고 하셨으니까, 그렇게 할게요."

"이해해 줘서 고마워요."

사무실을 나간 석원이 자기 자리로 돌아간 뒤, 일이 이렇게까지 커지니 혜영에게 걱정되는 구석이 하나 더 있었다. 휴대폰을 든 혜영이 전화를 걸었다.

"응. 엄마. 별일 없지?"

- 이 시간에 웬 전화야? 아침에 나가면서 본 지 몇 시간이나 됐다구. 별일 당연히 없지. 왜? 너는 뭐가 잘 안 돼?

"내가 하는 일이야 늘 잘될 때도 있고, 아닐 때도 있지. 혹시 신당 주변에 수상한 사람들은 없어? 검은 양복 입고 어슬렁거린다거나?"

- 어떤 놈이 살 맞고 싶어서 연화당에서 그런 짓을 해? 그런 걱정일랑 붙들어 매고 네 일이나 집중해. 보니까, 뭐가 안 돼도 제대로 안 되고 있구나? 말해 봐. 저번에 민혁이랑 기묘사 신당 찾아갔던 일이랑 관련된 거야?

"그럴 수도 있고, 아닐 수도 있고. 아직은 잘 몰라."

혜영의 풀죽은 목소리에 어머니가 도리어 한숨을 내쉬었다.

- 너무 힘들면 다 내려놔도 괜찮다고 생각하고 바닥부터 한번 생각해 봐. 네가 사무소 그만둔다고 어디 너 하나 먹여살릴 사람 없겠니? 나든, 민혁이든.

"그래서 말인데, 엄마, 연화당에는 내가 일할 자리 하나 없을까? 법률 고문 같은 건 내가 진짜 잘할 수 있는데. 아니면, 내가 새끼무당이라도 할까? 나 영력도 좋잖아. 모르는 거야 일하면서 배워도 되고.”

- 말이 그렇다는 거지, 진짜 그만둘 생각을 하고 있네. 얼마 전에 직원도 새로 뽑았다면서 그 아이는 어쩌게? 무슨 일인지는 몰라도, 해 보고 안 되면 그때 얘기해. 이제는 자동차 살인 사건 때처럼 너 힘든 길 간다고 안 말린다. 그때 우리 딸이 얼마나 멋지게 해내는지 봤잖아.

어머니의 응원에 혜영의 얼굴에도 희미한 미소가 지어졌다.

“고마워. 지금 사실 뭘 해야 할지도 잘 모르겠는데, 뭘 할지 생각하는 것부터 시작해 볼게.”

통화를 마친 혜영이 잠시 책상에 팔을 올리고 그 안에 이마를 묻었다. 정말인지, 강양범이 뿅 하고 나타나 주지 않는 이상 도저히 나아갈 길이 보이지 않았다. 이대로라면 거대 기업에 깔려서 말라 죽어가는 힘없는 개인 변호사1로 끝나고 말 것 같았다.

그나마 다행이었던 건, 그때 언제 봐도 웃을 수 있게 해 주는 사람이 혜영 앞에 나타났다.

“민혁 씨, 이 시간에 여기 와도 돼요? 오늘 출근 안 했어요?”

“오늘 쉬려고요.”

“뭐야? 한 방에 임원으로 입사했다고 너무 태만한 거 아니에요?”

“임원도 휴가는 써야죠. 출근보다 훨씬 훨씬 더 중요한 일이 생긴 오늘 같은 날은 더더욱이요.”

“뭔데요? 나랑도 상관있어서 알려주려고 온 거예요.”

평소의 개구진 모습과는 달리 민혁이 굳은 표정으로 고개를 끄덕였다.

"네. 지난번에 방송하면서 제가 성모그룹 회장실에 꼭 가게 해 달라고 했잖아요. 답변이 왔어요. 오늘 오래요."

"정말요? 가면, 강양범 회장님 만날 수 있대요?"

"그런 얘기는 따로 안 했어요. 만날 수 있다고 해도 제가 믿지도 않았을 거고요. 그래도 가 보려고요. 형이 꼭 들고 가라고 했던 이 카드키 대 보면 뭔가 알 수 있는 게 있겠죠."

민혁이 내민 카드를 보며 혜영이 고개를 갸웃했다.

"이걸로 뭘 열 건데요?"

"양범이 형 말로는 회장실 업무용 책상 아래에 있는 금고 열쇠랬어요. 이 카드키 말고 다른 방식으로 열려고 하면 안에 있는 폭약이 터지면서 내용물이 다 타 버린다고 했으니까, 지금 성모그룹을 장악하고 있는 그 사람들도 그 금고에는 손 못 댔을 거예요."

"그런데요, 민혁 씨가 간다고 쳐요. 그렇다고 그 사람들이 순순히 그게 '민혁 씨 금고니까 열어 보십시오' 하고 내줄까요?"

그 물음에는 민혁 또한 고개를 갸웃했다.

"저도 그게 궁금해요. 가서 제가 하고 싶은 거 하라고 부를 사람들은 아니란 말이죠? 자기들이 저한테 원하는 게 있으니까 불러서 문도 열어 준다는 건데, 그게 뭔지는 아직 모르겠어요. 가서 알아봐야죠."

"혹시 안 갈 생각은 없어요? 생각해 봐요. 강양범 회장님 신변에도 문제 일으킨 사람들이에요. 민혁 씨한테 무슨 짓 할지 저는 상상하기도 싫어요."

"그래도 제가 그룹 창립자 셋째 아들인데, 심한 짓이야 하겠어요?"

"창립자 둘째 아드님한테 이미 이상한 짓 한 게 너무 뻔히 보이잖아요! 둘째한테 한 걸 셋째한테라고 못 하겠냐고요!"

제대로 반박당한 민혁이 겸연쩍게 잠시 볼을 긁적였다.

"그래도 가 볼래요. 수만 명이 보고 있는 방송에서 인류애까지 강조하면서 꼭 가고 싶다고 했는데, 막상 오라고 하니까 제가 안 간다고 하면 너무 모양 빠지잖아요."

혜영이 손바닥으로 이마를 짚었다. 남자들은 가끔 가오가 정신을 지배한다더니, 이게 딱 그 상황인 건가 싶었다. 뭐라고 더 설득해야 할지 고민하다가, 민혁의 뜻을 존중하기로 했다. 이게 설령 사지(死地)일지라도, 지금 혜영과 민혁이 성모그룹에 대항해서 나아갈 유일한 길이었으니까.

"알겠어요. 그래도 만약에 딱 갔는데 뭔가 느낌만 안 좋아도 그냥 돌아오는 거예요? 알겠죠? 꼭 회장실까지 안 들어가도 돼요. 로비에서라도 경비원들이 심상치 않게 움직이는 것 같으면 사람 많은 데에서 바로 발걸음 돌려요. 약속해 줄 거죠?"

"아니오. 저는 회장실까지 들어갈 거예요. 가서 무슨 일이 벌어지고 있는지 제 눈으로 볼 거예요."

“민혁 씨, 제발!”

“거기가 호랑이 굴이어도 제가 호랑이를 잡든, 잡아 먹히든 결판을 보고 올 생각이에요.”

너무나 철없는 소리에 혜영의 목소리가 막 높아지려고 할 때였다. 민혁이 가방에 손을 넣더니 웬 목걸이 하나를 꺼냈다. 평상시 면바지에 셔츠 하나 걸치고 다니는 게 일상인 민혁과 너무 안 어울리는, 미국에서 성공한 랩퍼들이나 차고 다닐 것 같은 치렁치렁한 금목걸이였다. 심지어 펜던트는 조금 과장하면 주먹 반 정도 크기는 되어 보였다.

혜영이 황당해서 높아지지 못한 목소리로 물었다.

“이건 뭐예요?”

23화. 악마들의 회동 (1)

그 물음에 사무실로 들어온 뒤로 결의에 차 굳어 있기만 하던 민혁의 얼굴에 생기가 돌았다. 꼭 새로 얻은 장난감을 자랑하는 남자아이 같았달까?

“이게 그냥 보기에는 힙스터들이 차는 목걸이 같잖아요? 그런데 여기에 카메라가 내장돼 있어요. 저는 이걸 차고 갈 거예요.”

“이런 건 어디에서 구했어요?”

“구하긴요. 제가 만들었죠. 그동안 제가 공식적으로는 백수였어도, 뒷면은 해커였잖아요.”

푸훗-. 심각한 상황인 걸 알면서도 너무나 소년 같은 남자친구의 모습에 혜영도 그만 웃음을 터뜨리고 말았다.

“기왕 만들 거면 더 작게는 어려웠어요? 이게 뭐야. 성모그룹 사옥 회장실 들어가기도 전에 소매치기범이 먼저 채 가겠어요.”

“에이, 혜영 씨도. 요즘 서울에 소매치기가 어딨다고요. 카메라만 넣을 거면 다이아몬드 1캐럿 크기로도 만들 수 있었는데, 다른 기능도 같이 탑재하느라 어쩔 수 없이 커졌어요."

"카메라 말고 또 뭐가 있는데요?"

"영상만 담아 와서는 의미가 없잖아요? 성모그룹의 누가 무슨 말을 하는지 다 녹음할 수 있게 소형이지만 고성능 마이크도 들어가 있어요. 그다음 기능이 진짜 대박이에요. 사실은 이것 때문에 크기가 이렇게 커졌어요."

"뭔데요?"

민혁이 세 번째 기능을 대답하는 대신 자신의 휴대폰을 들어 혜영에게 메시지 한 통을 보냈다.

"지금 제가 보낸 파일 설치해 보세요."

"했어요. 이게 그 대박 기능이랑 상관있는 앱이에요?"

"그렇죠. 이제 이 목걸이가 녹화하는 영상은 혜영 씨가 그 앱을 통해서 실시간으로 볼 수 있고요, 폰에 자동 저장도 돼요."

칭찬이라도 해 달라는 것처럼 방긋 웃는 민혁의 모습에 혜영이 결국 두 손을 들었다. 조금 전 어머니가 자신에게 그랬듯, 혜영도 민혁이 택한 힘든 길을 응원해 주기로 했다.

"가지 말라거나, 가서 조심하라거나, 이런 말 다 필요 없겠네요. 이렇게까지 준비했는데 괜히 제가 어깃장 놓은 것 같기도 해서 미안해요."

"혜영 씨가 미안하실 것까지는 아니고요. 제가 이걸 차고 성모그룹에 갔을 때, 있을 수 있는 일은 세 가지에요. 첫 번째, 그 사람들이 정말 마음씨가 세탁돼서 제가 카드키로 금고를 열 수 있게 순순히 안내한다. 이러면 아무 문제가 없죠?"

"그런 일은 일어나지 않겠죠. 민혁 씨가 생각하는 두 번째는 뭔데요?"

"호랑이 굴에 들어간 제가 호랑이를 잡는 거예요. 미인계로 유혹하든, 말빨로 조지든, 그 사람들을 착하게 만들어서 양범이 형이 제자리로 돌아올 수 있게 만드는 거죠."

"역시 가능성은 작네요. 그리고 미인계는 저한테만 써요."

토라질 듯 흘겨보는 혜영의 모습에 민혁이 바싹 붙어 앉아 설명을 이어갔다.

"알겠어요. 역시 가능성은 세 번째가 제일 크겠죠? 이것도 어떤 방식이 될지는 이것도 잘 모르겠지만, 제가 호랑이한테 잡아 먹힐지도 모르잖아요? 그 과정이 다 혜영 씨한테 전송될 거예요. 분명히 불법적이겠죠? 그러면 그걸 가지고 가서 경찰들 데리고 성모그룹으로 다시 쳐들어오세요."

"언제 이렇게까지 생각했어요?"

"방송에서 공개적으로 성모그룹 회장실 출입 허가해 달라고 할 때부터요. 이 목걸이도 그때부터 만들었어요."

"실종된 형 보고 싶어 하던 건 연기였어요?"

"아니요. 진심이었어요. 진심에 담긴 책략이니까 더 무섭죠."

민혁과 혜영이 서로를 바라보며 웃음을 지었지만, 담겨 있는 의미는 서로 달랐다. 민혁 얼굴에는 자신의 형과 성모그룹에 음모를 꾸미고 있는 자들을 처단할 준비가 다 되었다는 호기로움이, 혜영에게는 남자친구를 사지로 떠나보내야 하는 안타까움이 묻어나고 있었다.

"강자병법 한 권 써도 되겠네요. 성모그룹 사옥에 몇 시에 가기로 돼 있어요? 설마 한밤중에 오라고 하지는 않았죠?"

"그 사람들도 바보는 아닌가 봐요. 그렇게 티 나게 굴지는 않았어요. 오후 두 시에, 그 건물에 직원들 제일 많을 때 오라고 하더라고요."

"얼마 안 남았네요. 점심 정도는 제가 먹여서 보내고 싶은데, 그래도 되죠?"

"그러면 마지막일지도 모르는 식사 안 외롭고, 저야 감사하죠."

민혁의 농담에 결국 혜영의 눈에서 눈물 한 방울이 떨어지고 말았다.

"진짜! 장난이라도 그러지 마요. 그랬다가 진짜 마지막 식사가 되면, 남은 제가 어떻게 될지는 생각 안 해요?"

"자, 잘못했어요. 그런데 제가 진짜로 죽는다고 해도 혜영 씨랑은 계속 볼 수 있으니까 괜찮지 않아요?"

"안 괜찮아요! 하나도! 절대로!"

* * *

여자친구한테는 눈물을 먹이고 자신은 마지막이 될지도 모르는 점심을 먹은 민혁이 약속된 시간에 맞춰 성모그룹 사옥으로 들어갔다. 민혁을 알아본 경비팀 팀장이 깍듯이 인사하고서 회장실로 직행하는 엘리베이터에 같이 타 물었다.

"제가 이런 거 여쭐 계제는 아닙니다만, 패션 감각이 독특하십니다?"

민혁이 스스로도 익숙지 않은 자신의 복장을 쓰윽 내려보았다. 절대로 빼놓을 수 없었던 오늘의 아이템인 목걸이만 두드러져 보이지 않게 하려 상의도, 바지도 펑퍼짐하게 입었더니 정장 입은 사람들만 가득한 이 건물에서는 안 어울리는 복장이 되어 버렸다.

"제가 회사에서 나가서 오래 있다가 보니까 영혼이 자유로워졌네요. 형 만나러 온 건데 동생이 드레스 코드까지 맞춰야 하는 건 아니죠?"

"아닙니다. 제가 실례했습니다. 잠시 몸을 살펴봐도 괜찮겠습니까? 휴대폰을 포함한 일체의 전자 기기 및 무기류는 반입을 금지하라는 지시가 있었습니다."

"그러세요."

충분히 예상한 절차였다. 이런 게 없었더라면 굳이 카메라 목걸이 같은 건 만들이 않아도 됐겠지. 민혁은 여유로운 표정으로 순순히 휴대폰을 넘겨주었고, 그 뒤로 경호팀장은 묵묵히 민혁을 회장실로 안내했다.

들어가 보니 무려 세 사람이나 소파에 둘러앉아 민혁을 기다리고 있었다. 그중 둘은 친하지는 않았어도, 어렸을 때부터 보아 온 얼굴이었고 나머지 한 명은 초면이었다. 미리 와 있던 세 사람이 동시에 일어서 민혁에게 다가왔다.

먼저 민혁에게 악수를 청한 건 구면인 왕갑술 재무 이사였다.

"어서 오게나. 마지막으로 본 게 민혁이 중학생 때였나? 너무 오랜만이라 데면데면하구먼. 말은 그때처럼 편하게 해도 괜찮지?"

"네. 아저씨. 15년 전에 학교에서 사고 치고 다니던 그 아이라고는 생각하지 마시고요."

민혁의 뼈 있는 대답에 왕갑술 재무 이사가 한 걸음 물러섰고, 두 번째 알던 사람이 다가왔다.

"나도 본 적은 있는데, 기억할지도 모르겠고, 그때랑은 직함이 많이 바뀌어서 다시 소개함세. 황태천 법무 이사일세."

"제가 기억을 못 할 수가 없죠. 고등학생 때 제가 문제 일으키면 법적으로 커버해 주시던 고마운 변호사님을요."

"그때 나이에 안 맞게 구두 신고 양복 바람에 운동장 열심히 뛰어다닌 게 헛일은 아니었구먼."

그리고 마지막으로 초면인 한 사람이 손을 내밀었다.

"안녕하십니까. 법무법인 엑시스에서 일하고 있는 한석진 변호사라고 합니다."

민혁이 손을 맞잡으며 생각했다. 이 사람은 처음 보지만, 방금 들은 저 로펌 이름은 언젠가 혜영에게서 들은 적이 있었다.

"네. 강민혁입니다."

인사가 마무리되자 경호팀장이 자리를 비켰고, 네 사람이 소파에 둘러앉았다. 그러자 분위기가 어색해질 틈도 없이 민혁이 자신의 용건을 밝혔다.

"저는 강양범 회장님을 만나려고 왔습니다. 다른 분들을 같이 뵙는 건 괜찮습니다만, 정작 형이 이 자리에 없는 건 납득하기 어렵습니다."

휴우-. 그 말에 왕갑술 재무 이사가 한숨을 쉬며 손사래 쳤다.

"됐어. 서로 다 알고 온 판에 서로 간에 그런 허장성세는 부리지 말자고. 여기 있는 사람들 그 방송 다 봤고, 민혁이 자네는 그 방송에 직접 나온 사람 아닌가? 강양범 회장, 지금 한국에 없네."

"정확히 말씀해 주십시오. 도쿄에 있습니까?"

"그래. 성모그룹에서 일본으로 들어가는 자금 최종 도착지가 젠코렌타라는 사람인 걸 알고 그 사람이랑 직접 담판 짓겠다고 도쿄까지 갔어. 그랬다가 현지에서 안 좋은 일을 당해서 못 돌아오고 있어."

허심탄회하게 이야기하자고 하면서도 정작 자신이 불리한 부분은 은근슬쩍 덮고 넘어가려는 왕갑술 재무 이사의 빈틈을 민혁이 날카롭게 찌르고 들어갔다.

"안 좋은 일을 당했다는 게, 정확히 무슨 뜻이죠? 저희 형, 살아있는 건 맞습니까?"

"그래. 살아 있어. 여느 호텔 안 부러운 최고급 요양병원에, 출입이랑 연락은 자유롭지 않지만, 그래도 멀쩡하게 있으니까 언젠가 때가 되면 한국으로 돌아올 거라고만 알고 있게나."

"그렇게 자세히 알고 계시다는 건, 왕갑술 이사님도 그 일에 관여되어 계신다고 생각해도 괜찮겠습니까?"

"여기까지 말 나왔는데 더 숨길 것도 없지. 나랑 여기 황태천 법무 이사가 주도한 일이야. 그 뒤에는 자네 형 강준범이 있고, 더 올라가면 강의정 회장님의 뜻이기도 해."

"확실히 현임 강양범 회장님 뜻은 아니라는 말씀이시네요."

중학생 정도로 생각하던 아이 강민혁한테 성모그룹의 재무 이사 왕갑술이 압도당하고 있었다. 그 모습을 보던 황태천 법무 이사가 지원에 나섰다.

"우리 더 솔직해져 볼까? 지금 회사에서 강양범 회장 뜻대로 되는 건 없어. 단적으로, 모든 임원이 반대하는데 혼자 밀어붙였던 그 독도 새우 크래커에서 독도 그림도 내가 시원하게 빼 줬거든?"

"회사를 일본에 팔아넘기시는 걸 자랑처럼 말씀하십니다?"

"팔아넘기는 게 아니라, 성모그룹은 원래 일본 회사였어!"

"아버지께서 초기 창립 자금을 젠코 렌타라는 분한테 빌리셨다는 말씀을 하고 싶으신 건가요? 그 돈은 이미 갚았다고, 강양범 회장님께 직접 들었습니다."

"그러면 그동안 회사에서 꽤 많은 자금이 젠코 렌타 상한테 갔다는 것도 알고 있겠구먼. 젠코 상이 그 돈을 그냥 은행에 쌓아 두

기만 했을 것 같나?"

여기부터는 민혁이 처음 듣는 이야기였다. 어쩌면 이게 엄연히 한국인인 이들이 이토록 성모그룹을 일본에 넘기지 못해 안달 난 진짜 이유일 거라는 직감이 들었다.

"쌓아 둔 게 아니라면, 그 큰돈을 어디에 썼나요?"

잠시 전선에서 물러나 있던 왕갑술 재무 이사가 대화에 들어왔다.

"이건 내가 이야기하는 게 낫겠네. 젠코 상은 그 돈의 상당 부분을 성모 그룹 계열사들 지분을 매집하는 데에 재투자했어. 물론 본인 명의는 아니었지. 대부분이 기관을 이용한 우회 차명 투자였어. 그래서 성모그룹은 일본 회사였고, 지금도 일본 회사인 게 맞아."

"이 나라 사람들이 일하는 회사이고, 그곳에서 만든 물건을 이 나라 사람들이 사고 있습니다. 이게 어떻게 일본 기업입니까?"

"그런 감상적인 접근은 재무적으로 도움이 안 되지. 당장 계열사별로 주주총회 열어서 한국 지분 대 일본 지분으로 붙는다고 쳐 볼까? 전쟁의 승패는 아무도 장담할 수 없을지 몰라도, 계열사 몇 개는 아예 통째로 일본 자본에 흡수될 걸세. 지금처럼 적당히 상납금 정도로 때우는 게 나아."

24화. 악마들의 회동 (2)

민혁은 이들의 사고를 도저히 따라갈 수 없었다. 과거에 했던 잘못이 지금 발목을 잡으니, 차라리 그 잘못을 계속하면서 언제가 될지도 모르는 먼 미래까지 질질 끌려가는 게 맞다는 건가? 이 논리를 확장해 보면 말이 더욱 안 됐다.

젠코 렌타에게 더 오래, 더 많은 상납금을 바칠수록 왕갑술 재무이사가 말한 일본 측 우호 지분은 늘어날 것이다. 이렇게 되면 성모그룹은 더욱 더 일본 그리고 젠코 렌타에게 종속적인 관계로 변할 것이고 향후 더 많은 상납금을 요구받더라도 그대로 따르는 악순환에 빠진다.

이 정도 생각을 못 할 것 같지는 않은 왕갑술과 황태천이 왜 모순에 빠져 있는지 민혁이 정확히 짚어 냈다.

"적당히 상납금 바치다 보면 두 분 은퇴할 때까지는 지금처럼 별일 없이 회사가 굴러갈 거라고 생각하시는군요."

"얘가 우리를 뭘로 보고!"

"우리가 회삿밥을 너보다 더 먹었어도 몇 그릇을 더 먹었는데!"

두 사람이 감정적으로 발끈하는 걸 보며 민혁은 자신의 생각이 맞았다고 확신하는 한편, 더욱 더 동의할 수밖에 없는 한 사람이 생각났다.

"강양범 회장님이 왜 갖은 노력을 하시면서 회사를 일본에서 독립시키려고 하셨는지 잘 알겠습니다. 저는 그 뜻을 따르겠습니다."

몇 번의 헛기침과 옷매무새 가다듬기 등이 이루어지며 어색한 순간이 지나갔고, 황태천 법무 이사가 이 상황을 수습하려고 나섰다.

"좋아. 애국, 매국. 그런 몇날며칠을 떠들어도 답 안 나오는 이야기들은 잠시 제쳐두고, 우리는 우리의 이야기를 해 보는 게 어떻겠나? 딱 여기 모인 사람들만을 위한 얘기 말이야."

민혁이 나오려는 콧방귀를 겨우 참으며 대꾸했다.

"들어는 보겠습니다."

"강양범은 이미 자기가 반 일본 노선이라는 걸 회사 임원들한테 너무 많이 내비쳤어. 본사뿐만 아니라 계열사에까지 쫙 다 알려졌다고. 그래서 우리가 폐기 처분하기로 한 거야. 그런데 강민혁 군, 자네는 다르지 않나?"

"조금 전에 분명히 강양범 회장님의 뜻을 따르겠다고 말씀드렸는데, 뭐가 다르죠?"

"속마음이야 언제든지 바뀔 수 있는 거고, 자네가 지금 무슨 생각하고 있는지는 여기 있는 사람들 빼면 아무도 모르지 않나? 그러니까 겉으로라도 태도를 살짝 바꿔 보는 거야. 아버지와 큰형의 정신을 잇겠다고."

"제 생각이나 태도가 바뀌는 게 그렇게 중요합니까?"

크흠-. 여기부터가 본론이라는 듯 황태천 법무 이사가 크게 헛기침한 뒤에야 대답을 이어갔다.

"중요하지. 솔직히 요즘 회사 일은 여기 왕 이사랑 내가 다 하고 있네만, 겉으로는 계속 강양범이 회장인 것처럼 내세워 놓고 있지 않나? 그래, 자네가 방송에서 말한 대로 치자면 가짜 기사까지 내 보내면서 말이야."

"분명히 잘못하신 일입니다."

"여기가 법정도 아니고, 자네가 판사도 아니잖나? 잘잘못을 따지자는 게 아니야. 우리 모두한테 이익이 될 방법이 있다는 걸 일러주려는 거지. 민혁이 자네, 사생아로 태어나서 인지도 늦게 받고, 어렸을 때 마음고생 많이 하면서 지냈던 거 내가 바로 옆에서 봐서 잘 알아."

좋게 구슬리려는 척하더니 자신의 아픈 곳을 찌르는 말에 민혁이 눈썹을 꿈틀거렸다.

"그때 도와주신 건 언제나 감사하게 생각하지만, 그 보답으로 지금 저한테 무언가를 요구하신다면 그게 뭐가 됐든 거절하겠습니다. 아버지께 충분한 보수를 받고 하신 일로 알고 있습니다."

"대가, 거래 이런 게 아니야. 상호 이익이지. 자네도 힘들게 자라면서 한 번쯤 생각은 해 보지 않았나? '나도 성모그룹 아들인데'

'그러면 나도 회장 한번 해 볼 수도 있는 거 아닌가?' 하고 말이야."

"마음속에서 지운 지 오래된 생각입니다."

"그 생각을 다시 해 보자는 거지. 민혁이 자네가 성모그룹 차기 회장이 되고 싶다고만 하면 여기 있는 우리 둘이 밀어주겠네. 아니지, 여기 한석진 변호사까지 셋이서 같이."

"저한테 강양범 회장님 자리를 차지하라는 말씀이십니까?"

짜작-. 이제야 말이 통한다고 생각했는지 황태천 이사가 박수까지 쳤다.

"옳거니. 그렇게만 해 주면 우리도 강양범 회장이 불의의 사고를 당하셨고, 그 뒤를 엄연한 적통인 강민혁 군이 이었다고 포장할 수 있으니 얼마나 좋은가?"

"지금 하시는 말씀은 저를 회장직에 앉혀 두고 회사 경영은 계속해서 두 분이 하시겠다는 말씀으로 들립니다만?"

"성모그룹을 영원히 강씨 집안한테서 뺏겠다는 게 아니야. 원래 회장 됐어야 할 강준범 부회장님이 곧 사면이든 가석방이든 돼서 나오시지 않겠나? 우리가 그렇게 만들 거니까. 딱 그때까지만 우리가 회사를 맡아 두겠다는 거야."

옆에서 듣고 있던 왕갑수 재무 이사도 맞장구치고 나섰다.

"그렇지, 그렇지. 민혁이는 소원하던 대로 회장 되고, 우리는 회사 정상적으로 운영하고, 망한 건 자기 멋대로 굴던 강양범이 딱 하나야.”

도대체 어디부터 반박해야 할지가 먼저 고민될 정도의 헛소리였다. 자기들이 다 해 먹는 동안 바지사장을 맡아달라는 것도 불쾌했는데, 그게 민혁이 감옥에 넣은 강준범이 석방될 때까지 버티는 임시 조치라니? 게다가 유일하게 마음 붙이고 있던 혈육 강양범을 배신하라니?

여기에 입장을 하나하나 다 표명하려면 점심 무렵에 시작한 이 미팅이 자정이 지나도 끝나지 않을 것만 같았다. 그래서 민혁이 결정했다. 반박하는 대신 가지고 놀아 주기로.

“그 회장직 제의 수락하죠. 임기는 지금부터로 하면 되겠습니까?”

“아니, 회장 임기라는 것은 그래도 형식상 주주총회 의결을 거쳐야 해서...”

“지금부터로 알겠습니다. 첫 번째 지시입니다. 왕갑술 재무 이사님, 황태천 법무 이사님, 두 분 오늘, 아니지. 이것도 너무 길다. 지금 이 시간부로 즉시 해고합니다. 더 이상 이곳에 계실 자격도 이유도 없으시니 이만 나가 주십시오.”

* * *

푸흡-. 민혁의 목걸이를 통해 휴대폰으로 성모그룹 사옥 회장실 상황을 실시간으로 중계받던 혜영이 웃음을 터뜨리고 말았다. 조금 전 같이 점심 먹을 때만 해도 아이처럼 굴던 민혁이 큰아버지 뻘쯤은 돼 보이는 임원들을 휘어잡고 있었다. 이쯤 되면 민혁이 말빨로 호랑이를 잡을 수도 있다는 말이 꼭 허언은 아닌 것처럼 느껴졌다.

하지만 중계 실황은 새롭게 나타난 변수로 인해 재편되고 있었다. 지금까지 현장 관중처럼 지켜만 보던 한석진 변호사가 자리에서 일어섰다. 그러고서는 마치 법정에서 신문하는 검사라도 된 것처럼 목소리를 높였다.

- 장내가 지나치게 어수선해졌네요. 제가 정돈을 하겠습니다. 강민혁 씨는 방금 받으신 성모그룹 회장직 취임 제의를 거절하신 것으로 보입니다. 맞습니까?

- 네. 안 합니다.

- 그렇다면 앞으로 뭘 하실 생각이십니까?

- 강양범 회장님의 무사 귀국을 위해 노력할 겁니다.

- 어떻게요? 목 빠지게 기다려도 안 오는 강양범 회장 출입국 기록 기다리다가 결국 목이 빠져버려도 계속 기다리시기만 하시려고요?

민혁의 눈썹이 다시 한번 꿈틀거렸다. 라이브 방송에서도 언급하지 않았던 내용이기 때문이었다.

- 그걸 당신이 어떻게 알고 있죠?

- 어떻게 알긴요? 그게 못 나오게 제가 막고 있으니까 아주 잘 알고 있죠. 제가 검사 시절에 잠깐 법무부 출입국 관리 기록 본부장도 했었거든요. 거기 아는 사람도 많고요, 잘 모르시겠지만, 법적 절차라는 게 잘하는 사람이 트집 잡아서 시간 끌면 영원히도 가능합니다.

그 말에 가장 경악한 건 대화 당사자였던 민혁이 아닌, 멀리서 이어폰을 꽂은 채로 듣고 있던 혜영이었다. 영상에 처음 자신의 옛 사수 한석진 변호사가 나왔을 때부터 기분이 좋지는 않았다. 그래도 변호사로서 중재 역할을 하러 들어가 있는 것이라고 믿어 보려고 했다.

그런데 이제 그런 억지 해석은 불가능해졌다. 한석진은 명백히 저들과 한패였다. 이러고 나니 쉽게 이해되는 것도 있었다. 우혜이 신야를 처음 혜영에게 소개해 준 사람이 한석진 변호사였다. 사건 맡겨 주려는 호의는 거짓이었고, 그저 혜영에게 신야를 붙이려는 술책이었다.

저런 인간한테 법을 배웠다는 사실에 혜영이 욕지기를 참는 동안 영상 속 민혁이 한석진 변호사를 똑바로 바라보며 물었다.

- 방금 한 말 후회하지 않으실 자신 있으십니까?

민혁은 그 발언이 녹화되고 있다는 것을 은근히 암시한 것이었으나, 상대는 전혀 눈치채지 못하고 여전히 자아도취에 빠져 있었다.

- 후회요? 제가 왜요? 원래 그렇게 잘 아는 사람들이 잘 써먹으라고 또 잘 아는 사람들끼리 만드는 게 법입니다.

툭툭-. 민혁이 자리에서 일어서며 한석진 변호사의 어깨를 쳤다.

- 저는 이만 돌아가 보겠습니다. 형 만나러 왔다가 웬 더러운 소리만 많이 들어서, 오늘은 발보다 귀를 잘 씻고 자야 할 것 같네요.

- 잠깐만요, 강민혁 씨. 오실 때는 편하게 오셨어도 가실 때는 아닙

니다. 이렇게 많은 비밀을 듣고서 저희의 제안을 거절하셨을 때는 응당한 대가가 따를 거라는 각오 정도는 하셨어야죠.

그 말에 민혁이 뒤를 돌아보는데 어느새 한석진의 몸에서 빠져나온 귀신 한 위가 민혁을 내려보고 있었다. 혜영은 자신의 눈에 보이는 저것을 민혁도 알아차리길 바랐지만, 귀신은 그럴 새도 없이 민혁을 덮쳤다.

웅녀의 도움이 없었더라면 혜영도 속수무책으로 당할 뻔했던 빙의가, 악귀인 게 분명해 보이는 저것에 의해, 지금 민혁에게 이루어지려고 하고 있었다. 혜영이 정말 오늘 점심이 민혁과의 마지막 식사였을지도 모른다는 절망감에 빠지기 직전이었다.

팅-. 민혁에게 닿은 귀신이 몸 안으로 들어가지 못하고 그대로 튕겨져 나왔다. 그러더니 허공에서 중얼거렸다.

<이 영력도 없는 인간이 탄혼술(彈魂術)을 쓴다고?>

그러고서 이어진 한석진의 말에서 귀신의 정체가 혜영에게도 밝혀졌다.

- 기묘사, 뭐 하는 거야? 생전에 그렇게 영험한 무당이었다면서 저깟 인간 하나 제압 못 해?

<영력의 문제가 아닙니다. 탄혼술은 귀신들끼리 서로 접촉하는 걸 싫어해서 다른 귀신이랑 닿으면 어떻게든 떨쳐 내려는 몸부림 같은 거란 말이죠. 살아 있는 사람이 그걸 이걸 익히는 경우는 거의... 아! 저 인간 한 번 죽었다가 살아났었구나. 내가 죽였었지, 하.>

- 그래서 빙의가 안 돼? 어떡할 건데?

<저렇게 정신이 멀쩡한 상태에서는 안 될 것 같거든요?>

그 대화 중 한석진 변호사의 말만 들을 수 있던 민혁이 비웃음을 날렸다.

- 사람 불러다 놓고 예의 없게 구는 방법도 참 다채롭게 보여주시네요. 이제는 이렇게 세워두고서 혼잣말이신가요?

그런 와중에 훨씬 더 현실적으로 자신에게 닥친 곤란을 해결하는 사람도 있었다. 왕갑술 재무 이사가 책상 위에 있던 업무용 전화기에 대고 다급하게 소리쳤다.

- 들어와, 들어와. 연장 꼭 챙겨서.

25화. 절계 속의 남친 (1)

그 명령을 받은 사람은 민혁을 회장실로 안내했던 경호팀 팀장이었다. 그리고 그 이행은 신속했다. 민혁이 한석진 변호사에게 다음 한마디를 따져 묻기도 전에 손에 곤봉을 든 경호팀 팀장이 들어왔다.

- 저기 저놈 쳐!

검지를 치켜든 황태천 법무 이사의 그 짧은 명령에 훈련받은 경호팀장의 몸이 즉각 반응했다. 손가락이 가리킨 민혁과 눈을 마주치기가 무섭게 곤봉을 치켜들었고, 마주친 눈이 한 번 깜박할 겨를도 없이 발이 바닥을 박찼다.

다음 순간, 경호팀장의 몸과 함께 붕 떠올랐던 곤봉이 뒤로 한껏 젖혀지더니 그대로 민혁의 머리에 내리 찍혔다. 주륵-. 민혁의 얼굴을 타고 흘러내린 굵은 핏줄기가 메고 있던 목걸이의 카메라를 붉게 덮었다.

허, 허헙-. 그 장면을 아무런 여과 없이 생중계로 봐 버린 혜영이 터지려는 비명을 억누느려 자기 손으로 입을 막았다. 너무 충격적이라 차마 휴대폰 화면을 끄지도 못하고 있는데, 빨갛게 가려진 화면 속에서 여전히 살아 있는 마이크를 통해 한석진과 기묘사의 대화가 들려 왔다.

- 이제 할 수 있겠어? 잘해 봐. 다시 내 몸에 들어올 생각하지 말고.

<이젠 가능합니다. 보세요. 됐죠?>

가장 경멸했던 원수 기묘사가 사랑하는 민혁의 몸을 잠식했다는 게 확인되고 있었다. 혜영이 어쩔 줄을 몰라하며 의자에 앉은 채로 발을 동동 구르는 동안에도 둘의 이야기는 계속되었다.

- 그 몸 주인이랑 잘 얘기해서 거기 쭉 있어라. 잘 어울린다. 한때 자칭 조선제일무(朝鮮第一巫) 소리 하고 다니던 놈이 힙합 바지라니. 비트 틀어 주면 랩 대신에 경전 암송하겠다?

<흥이 필요하시면 퀴퀴한 귀신 말고 생기발랄한 여자를 부르시죠.>

흡사 지옥에서 갓 탈출한 악마들이 하는 것 같은 말장난에 혜영이 떨리는 손을 억지로 부여잡아서라도 휴대폰 화면을 끄려고 했을 때였다. 문이 여닫히는 소리가 한 번 더 들리더니, 예상치 못했던 익숙한 목소리가 들렸다.

- 죄송합니다. 늦었습니다.

뒤이어 왕갑술 재무 이사의 한껏 올라간 아부하는 목소리가 뒤따랐다.

- 우헤이 신야 상, 오셨습니까? 안 계시는 동안 재밌는 일이 많았는

데 못 보셔서 아쉽게 됐습니다.

- 어쩔 수 없죠. 저는 제가 해야 할 일이 있었으니까요.

- 가셨던 일은 잘 되셨습니까?

- 네. 절계에 바칠 영혼이 더 필요하다고 해서 일본에서 잘 알고 지내던 야쿠자 조직, 히나시겐즈 형님들 입국 도와드리고 오는 길입니다. 앞으로는 배터리 떨어질 걱정 안 하셔도 될 겁니다.

- 아이고, 감사합니다, 감사합니다.

신야가 목걸이에 더 가깝게 다가섰는지 이어폰을 통해 전해지는 목소리가 한 층 더 크게 울렸다.

- 보아 하니 저 없이도 일은 다들 잘 끝내신 것 같네요? 여기 머리에서 피 흘리시면서도 팔짱 끼고 편하게 서 계신 분, 지금은 강민혁 씨가 아니시겠죠?

<인사드립니다. 기묘사입니다.>

- 좋습니다. 이제 그 몸에 온전한 정신 들어 있는 채로 돌려받고 싶으면 어떻게 하셔야 하는지, 착하기만 한 우리 유혜영 변호사님한테 알려드릴 일만 남았네요. 일단, 강양범 회장 실종 뉴스는 오해였다는 사과 방송하라고 하고, 또 뭐 있죠?

이번에는 황태천 법무 이사가 나섰다.

- 많이 있습니다만, 저희 성모그룹 사건 전담 변호사로 위촉 꼭 받으라고 먼저 해 주실 수도 있겠습니까? 다른 사건은 수임 못 한다는 조항 콱 넣어서요. 저희 그룹에서 사건 안 주면 콱 굶어 죽을 처지가 될 테니 그러고 나면 발발 기겠죠. 위촉 기간은 10년

정도면 어떨까요?

계속 재생하기에는 휴대폰 배터리가 아까울 정도로 천박하다 싶은 그 발언이 중간쯤 진행되었을 타닥타타닥-. 이어폰을 통해 다급한 발소리가 섞여서 전해져 왔다. 그러더니 마치 마이크에 입을 딱 붙이고 말하는 것처럼 신야의 목소리가 쩌렁쩌렁 울렸다.

- 이 목걸이 뭡니까?

여기에 왕갑술 재무 이사가 별거 아니라는 듯 대답했다.

- 민혁이가 올 때부터 차고 있던 겁니다. 그래도 나름 격식 차린 자리인데, 복장이 요란하죠? 얘가 어렸을 때부터 철이 없었는데, 사춘기가 오래 가나 봅니다.

- 그런 문제가 아니잖습니까? 이렇게 큰 펜던트 안에 뭐가 들어 있을 줄 알고 이걸 들여보냈습니까? 강민혁 씨 들어올 때 신체 수색한 사람 누구예요?

매섭게 내려치는 질타에 경호팀장이 들고 있던 피 묻은 곤봉을 뒤로 은근슬쩍 감추며 손을 들었다.

- 제, 제가 했습니다. 전자기기랑 무기류만 압수하라고 하셔서 액세서리는 마쳐 신경 쓰지 못했습니다. 죄송합니다.

- 자석 가져오세요. 당장이요!

- 네? 잘 못 들었습니다.

- 자석이요. 자, 석. 자기들끼리는 붙기도 하고 떨어지기도 하는데 쇠에는 착 잘 달라붙는, 그거요. 초등학교에서 안 배웠어요?

신야의 질타에 경호팀장은 후다닥 회장실을 나갔다. 아무리 큰 기업의 본사라고 해도 자석이 어디 있는지까지 메뉴얼화되어 있지는 않았기에 각 층의 사무실을 한참 돌고서야 경호팀장이 자석을 들고 돌아왔다.

- 여기 있습니다.

탁, 탁, 탁, 탁-. 그 뒤로 가벼운 금속성 충돌음이 몇 번 들리더니 기어이 신야의 노성(怒聲)이 터져 나오고 말았다.

- 으아아악! 이거 백프로 안에 특수 장비 설치돼 있습니다. 보세요. 목걸이 다른 부분은 자석에 안 붙는데, 여기 펜던트 부분만 착착 달라붙지 않습니까? 이 안에 금속 재질로 된 뭔가가 있는 거예요. 카메라는 무조건 들어가 있다고 봐야 하고, 녹음기도 갖춰져 있을 확률이 높습니다.

거기에 당황한 기색이 역력한 왕갑술 재무 이사의 목소리가 따라왔다.

- 역시 우헤이 상이 빨리 오셨어야, 아니, 아니, 우헤이 상 스케쥴에 맞춰서 저희가 진행을 했어야 했던 걸까요? 이렇게 돼 버렸으면 저희는 이제 어쩌죠?

- 어쩌긴요? 일단 이건 제가 비밀 보장 장담할 수 없는 업체에 맡겨서 감식할 테니까 저한테 넘기시고요, 절망할 건 없습니다. 녹음기를 이용한 도청은 반드시 두 단계를 거쳐야 합니다. 심어야 하고, 뽑아야 하죠. 이걸 심은 사람은 결국 뽑지는 못했습니다. 정밀 감식 후에 저희가 파기 처리하면 그만입니다. 안심하십시오.

푸흡-. 물론 저기 있는 사람들을 안심시키려고 한 말이었겠지만,

그래도 혜영은 자기가 세상에서 제일 똑똑한 현자인 척하는 신야의 태도에 비웃음을 참을 수 없었다. 받아쓰기가 가능할 정도로 이렇게 실시간 수신이 되고 있는데, 녹음기 회수가 왜 필요하단 말인가?

혜영과 같이 해결했던 사건에서 신야는 이제 인공지능으로 없는 동영상도 만드는 세상이 되었다는 것까지는 못 배웠던 듯하다. 심지어 저기 모인 그 지체 높다는 사람들은 그 못 배운 신야한테 감복까지 하고 있다.

- 아이고, 천만다행입니다.

- 그러게요. 늦게라도 우혜이 상이 오셨기에 망정이지 아니면 저희가 일을 크게 그르칠 뻔했습니다.

혜영에게는 소리만 들리고 있었지만, 오히려 그 덕분에 저 사람들이 어떤 동작을 취하고 있을지, 무슨 표정을 짓고 있을지 더 잘 상상되었다. 처음에는 도저히 넘을 수 없는 산처럼, 다음에는 상종했다가는 스스로의 인격이 더러워질 것 같은 악마처럼 느껴졌던 이들이 이제는 바보들의 모임으로 보이고 있었다.

그러면서 공포와 충격 일색이었던 혜영의 감정도 서서히 바뀌어 갔다. 분쇄해야 할 적이 명확해졌고, 그들을 무찌를 무기도 손에 쥐었다. 심지어 적들은 혜영이 그 무기를 갖고 있다는 사실조차 파악하지 못하고 있다.

저런 적들이라면 혜영의 힘으로 충분히 이길 수 있다는 자신감이 차올랐다. 오히려 저런 허접한 인간들이 찍어 누르면 '찍' 소리도 못 하고 찍혀 죽는 힘 없는 변호사 한 명으로 자신을 규정했던 게 억울할 지경이었다.

자신감이 생기자 다른 부분에서 여유도 찾아왔다. 민혁을 구출하는 일, 물론 신속하게 해내야 한다. 그렇다고 해서 1분 1초를 다투는 일은 아니었다. 기묘사가 민혁의 몸을 통해 멀쩡하게 말까지 하는 걸 보면 당장은 생명에 큰 지장은 없다고 봐도 좋다.

또한, 저들은 민혁을 이용해서 혜영을 옭아맬 생각이니, 그게 불가능하다는 걸 깨닫기 전까지는 함부로 추가 위해를 가하지는 않을 것이다. 그전까지만 민혁을 구하면 된다. 곤봉이 휘둘러질 때 심장이 시키던 것처럼 당장 뛰쳐나가 성모그룹 사옥으로 달려 나갈 필요는 없다.

그리고 놀랍게도 이 모든 일은 민혁이 말해 주고 간 계획에 완벽하게 들어맞고 있었다. 가장 가능성이 크다고 했던 대로 호랑이굴에 찾아간 민혁은 호랑이에게 아주 불법적인 방식으로 잡아먹혔고, 이제 혜영은 그 계획의 마지막 장에 따라 경찰을 데리고 호랑이굴을 털러 가면 된다.

* * *

목걸이를 가져가겠다던 신야가 밀폐된 곳에 잘 감추었는지 어느새 아무 소리도 전해지지 않고 있었다. 혜영이 휴대폰 화면을 책상에 덮어놓고 기지개를 켰다. 이제 본격적으로 움직여야 할 시간이 찾아왔다.

혜영이 사무실을 나가자 석원이 반갑게 맞이했다.

"변호사님, 다행이에요. 오후에는 선임 취소 문의 한 건도 안 들어왔어요. 상담 예약 꽤 있으니까, 펑크난 것들 어찌저찌 채울 수 있을 것 같아요."

"우리 형석원 소장님 저 부려 먹을 계획 벌써 다 짜놓으셨나 보네요. 열심히 일해 줘서 고마워요. 그런데 저 오늘은 꼭 먼저 해야 할 일이 있어요. 개인적인 부탁 하나만 들어주실래요?"

"네. 얼마든지요. 중요한 일 끝내고 오셔야 상담도 하고 새 사건 수임도 하시죠. 부탁이 뭐예요?"

"서울지청 강중혁 경위님이랑 약속 잡아 주실 수 있을까요? 가능하면 빨리요. 오늘 중이면 더 좋고요. 장소는 제가 서울지청으로 가도 괜찮아요."

"에이, 되게 어려운 건 줄 알고 괜히 긴장했네요. 전화해 보고 금방 시간 장소 잡아서 말씀드릴게요."

시원하게 대답하는 석원의 옆에는 민아가 컴퓨터 모니터에 집중하는 척하면서 무슨 일인지 호기심을 참기 힘들다는 듯 슬쩍슬쩍 혜영을 쳐다보고 있었다. 그러다가 결국 혜영과 눈이 딱 마주치고 말았다.

"저는 뭐 도와드릴 거 없어요?"

"그렇지 않아도 제가 먼저 부탁드리려고 했어요. 민아 씨, 오늘 하루 반차 안 쓰실래요?"

"네? 도와드리는 게 아니라 저 퇴근해요? 제가 알면 안 되는 일이에요?"

"그게 아니라요, 너무 개인적인 일이라 사무소 업무 시간에 해 달라고 말씀드리기가 어려워서요. 오늘 휴가 쓰시고 제 사무실에서 도와주셨으면 하는 일이 있어요. 오늘치 급여는 제 사비로 따로 챙겨 드릴게요."

민아가 감동한 표정이 되어 입을 살짝 가렸다.

"어머, 너무 스윗하세요. 저 법률사무소 간다고 했을 때 친구들이 거기가 노동법 제일 안 지킨다고 걱정했는데, 완전 헛소문이었어요."

"대신 이건 꼭 지켜 주셔야 해요. 오늘 저랑 하시는 일은 아무리 개인적으로 만나는 사람한테라도 절대 말하면 안 돼요. 비밀 유지 서약서 서명도 해 주셨으면 좋겠어요."

"네! 그렇게 할게요."

26화. 절계 속의 남친 (2)

민아와 함께 자신의 사무실로 들어온 혜영이 민혁의 목걸이에서 전송되어 분할 저장된 영상 파일들을 민아에게 보내며 당부를 덧붙였다.

“오늘 해 주실 일은 제가 지금 보내드리고 있는 영상을 말씀드리는 주제에 맞게 편집해 주시는 거예요. 편집이라고 해서 없는 내용을 있는 것처럼 보이게 만드시면 절대 안 되고요, 제가 드리는 주제가 잘 드러나도록 자르고 이어 붙이기만 해 주세요. 영상 보시기 전에 마음의 준비는 꼭 하시고요.”

“마음의 준비는 왜요?”

“보기 어려우실 수도 있는 장면들이 꽤 있어요. 확실히 전체 연령 관람 가능 영상은 아니거든요.”

혜영은 나름 심각하게 경고한 거였는데, 민아의 상상이 엉뚱한 방향으로 튀고 말았다.

“야한 거예요? 그래서 사무소 공식 업무 시간에 하기에는 곤란한 업무라고 하셨던 걸까요?”

"아니에요! 처음부터 끝까지 쭉 남자들만 나와요. 지금 전송 완료된 것들부터 빠르게 한 번 훑어보세요. 어떤 장소랑 분위기 속에서 대략 무슨 주제의 이야기가 오갔는지 정도는 파악하실 수 있을 거예요."

남자들만 나오는 영상이 더 야할 수도 있지 않나 하는 내심의 기대를 못 버렸던 민아는 곧 자신이 완전히 잘못 짚었음을 깨닫고 말았다. 옷을 벗는 사람은 단 한 명도 없었고, 오히려 피가 튀는 장면까지 있었다. 심지어 그 피를 흘린 사람은 민아도 아는 민혁이었다.

"저 왜 비밀 유지 서약서까지 사인해야 했는지, 마음의 준비는 왜 필요했는지 완전히 이해했어요."

"제가 부탁드리는 주제들로 그 영상들 다 편집하시려면 오늘 밤 늦게까지 계속 보고 계셔야 할 수도 있어요. 너무 힘드실 것 같으면, 여기서 그만하셔도 괜찮아요."

"아니에요. 하기로 한 일인데 시작도 하기 전에 발빼고 싶지 않아요. 그리고 무엇보다, 제가 하는 일이 강민혁 씨 도와드리는 거 맞죠? 아직 다 본 건 아닌데도, 너무 불쌍하세요."

"네. 그래서 편집해 주셔야 할 첫 번째 주제가 '강민혁 씨가 성모그룹 본사 사옥 꼭대기 층에 갔다가 습격을 당해서 정신을 잃었다'라는 내용이에요. 이건 당장 필요해서 서둘러 주실 수 있을까요?"

"네! 중간에 대화 많이 나오는 부분이랑 뒤쪽만 잘라내면 될 것 같아요. 금방 해서 드릴게요."

민아가 첫 번째 영상 편집을 마쳐 갈 무렵, 오늘은 혜영의 사무실에 출입을 자제해 달라는 부탁을 받은 석원이 메시지를 보내왔다.

- 강중혁 경위랑 통화됐는데요, 잠깐 나와서 말씀 나누셔도 괜찮으세요?

지근 거리에 있었기에 혜영이 답장하는 대신 바로 사무실에서 나가 석원에게 물었다.

"네. 오 경위님이 뭐라고 하세요?"

"지금 회의 하나 들어가야 할 게 있어서 당장은 안 되고, 두 시간쯤 뒤에 서울청으로 오시면 딱 좋겠다고 해요. 그런데 오히려 강중혁 경위가 변호사님한테 묻고 싶은 게 있대요."

"뭔데요?"

"혹시 강민혁 씨랑 지금 연락 가능하시냐는데요? 강양범 회장 출입국 기록 발급 관련해서 요청 드릴 게 있는데, 계속 전화기가 꺼져 있대요."

"두 시간 뒤. 이동 시간까지 생각하면 딱 좋네요. 강민혁 씨 이야기 하러 가는 거니까 연락 왜 안 되는지도 가서 말씀드린다고 전해 주세요."

* * *

혜영은 첫 번째 영상 편집이 완료된 걸 확인하고서 자신의 휴대폰에 옮겨 담은 뒤, 민아에게 나머지 편집 주제들의 목록도 만들어서 넘겼다. 그러고는 곧장 강중혁 경위와의 약속 장소로 향했다.

두 시간 뒤 서울지방경찰청 안의 카페, 차분한 표정으로 마주 앉은 혜영의 앞에서 강중혁 경위가 머리를 긁적였다.

"강양범 회장 출입국 기록이 아무리 상식적으로 생각을 해 보려고 해도 너무 안 나오네요. 변호사님도 얼마나 답답하셨으면 그런 라이브 영상을 올리셨을지 짐작이 또 돼서 이렇게 뵈니까 면구스럽기도 하고요. 그래서 혹시 강민혁 씨가 직계 가족 자격으로 법무부에 직접 요청을 해 보는 루트는 어떨까 고민하고 있었습니다."

당장 어제만 했더라도 굉장히 무겁게 들릴 이야기였지만, 오늘은 상황이 달랐다. 이제는 강양범 회장의 출입국 기록 따위는 아무래도 좋았으니까. 지금은 그보다 훨씬 중요하고 급한 일이 있었다.

혜영이 자연스럽게 화제를 자신이 말하고 싶은 쪽으로 이끌어 갔다.

"그래서 강민혁 씨랑 연락 안 된다고 석원 씨한테 말씀하셨나 보네요."

"네. 변호사님이랑은 아무래도 친분이 있으니까 혹시 아시는 게 있으실까 해서요."

"지금은 저도 연락 안 돼요. 그리고 이유도 알고 있어요."

"이유가 뭔가요? 혹시 강민혁 씨 신변에 안 좋은 일이라도 생겼나요?"

"네. 이거 잠깐 봐 주실래요?"

혜영이 고개를 끄덕이며 단호하게 대답한 뒤 휴대폰에서 민아가 편집해 준 영상을 재생했다. 그리고 영상이 채 끝나기도 전에 강중혁 경위의 목소리가 경악으로 물들었다.

"이게 언제 일어난 일이죠?"

"아직 반나절도 안 됐어요. 강민혁 씨 지금도 성모그룹 본사 사옥에 갇혀 계십니다. 이거 들고 일선 경찰서 가면 저랑 강민혁 씨 관계가 어떻게 되느니, 입수 경로는 어떻게 되느니 이런 잡다한 것들 한참 따지고 있을 것 같아서, 말씀 바로 통할 것 같은 강중혁 경위님 뵙고 싶었어요."

"네, 네. 잘하셨어요. 112로 신고하셨어도 성모그룹 얘기 나오면 장난전화 취급하고 넘어갔을 공산이 커요. 잠시만요. 반나절이라고 하셨죠? 그러면 여섯 시간이 채 안 됐다는 거니까 아직 납치 골든 타임 남아 있습니다. 지금 한 시간, 아니 삼십 분만 기다려 주세요."

"네? 왜요?"

"당장 출동해야 할 것 같은데, 아무래도 성모그룹 본사 안으로 진입해야 하니까 저 혼자서는 안 되겠고 즉시 가용 경력 얼마나 되는지 알아보고 오겠습니다."

그 누구보다 빠르게 말을 마친 강중혁 경위가 말보다 훨씬 더 빠르게 자리에서 일어나 후다닥 청사 계단을 뛰어 올라갔다. 그러더니 혜영에게 양해를 구했던 시간의 반도 지나지 않아 네 명의 다른 경찰들과 함께 다시 나타났다.

"벌써 오셨어요?"

"벌써가 아니죠. 납치 사건인데요. 제가 석원이랑 통화하면서 두 시간 있다가 오라고 말씀드린 것도 죄송할 판이에요. 이 인원으로 진입이 가능할지는 모르겠는데, 현장 상황 봐서 어려울 것 같으면 본청에 특공대라도 지원 요청하겠습니다. 가시죠!"

구설수가 많긴 해도 우리나라 경찰이 민중의 지팡이 노릇은 톡톡히 한다고 생각하며 혜영이 난생 처음 경찰 기동 차량에 탑승했다. 그리고 얼마 걸리지 않아 성모그룹 사옥에 도착할 수 있었다.

건물 안으로 진입했을 때 낯설지 않은 남자가 혜영과 강중혁 경위를 맞았다. 지난번 이 건물 꼭대기 층에 냉동돼 있던 시신들을 수습하러 왔을 때도 똑같이 이곳에서 길을 막아섰던 경호팀장이었다.

강중혁 경위가 리더답게 먼저 앞으로 나섰다.

"비켜 주십시오. 납치 신고를 받고 출동했습니다. 저번처럼 실랑이 벌일 시간이 없습니다."

정확히 같은 대립구도였고 이번에는 오히려 강중혁 경위가 데려온 경찰이 훨씬 더 적었지만, 경호팀장으로서는 주눅들 수밖에 없었다. 꼭 지난번에 결국 길을 열어 줬던 패배의 기억 때문만은 아니었다.

납치 사건이라고 했다. 그렇다면 필시 피해자는 강민혁일 수밖에 없었다. 그리고 경호팀장은 강민혁을 납치하기 위해 직접 머리를 내리친 장본인이었다. 여기에 상대가 경찰과 변호사라니, 아무리 봐도 뻗대서는 안 될 것 같았다.

갑작스러운 명령에 훈련받은 대로 몸이 움직였던 걸 후회하던 경호팀장이 겨우 머리를 굴려 미봉책을 짜냈다.

"잠시만, 1분만 기다려 주십시오. 위에 말씀만 올리고 바로 찾으시는 곳으로 안내해 드리겠습니다."

그러더니 황급히 뒤를 돌아 황태천 법무 이사에게 메시지를 남겼다. 회장실 출입 허락을 구하는 건 아니었다.

- 어떻게 알았는지, 경찰이 벌써 왔습니다. 변호사라는 강민혁 씨 여자친구도 같이요. 저는 일단 안내하는 척하겠습니다. 회장실 문 안에서 잠그면 밖에서 못 열게 되어 있으니 지금은 이렇게 버티는 게 어떻겠습니까?

그러고는 답장이 오는 걸 기다리지도 않은 채 도로 휙 돌아 강중혁 경위를 바라보았다.

"1분 용무 끝나셨습니까?"

"네. 양해해 주셔서 감사합니다. 저희 회사에서 납치 같은 끔찍한 범죄가 일어났다는 게 잘 상상은 안 되는데, 경찰분들이 직접 오셔서 보셔야 할 게 있다면 또 응당 보여드려야죠."

"꼭대기 층 회장실입니다."

"회장실로 가는 엘리베이터는 이쪽입니다. 같이 타고 올라가시죠."

생각보다 순조로운 흐름에 혜영이 미소 지었다. 이대로 목걸이가 보내준 영상 속 악마들을 일거에 소탕하고 기묘사까지 잡을 수 있을 것만 같았다. 그렇게만 되면 민혁이 곤봉에 머리를 얻어맞고 기절했던 건, 마음이 너무 아프긴 해도, 좋은 일을 위한 약간의 액땜 정도로 칠 수도 있겠다고 생각했다.

곧 경호팀장이 안내한 엘리베이터 문이 열렸고 혜영이 영상 속에서 봤던 딱 그곳에 기시감을 느끼며 탑승했다. 이 기시감이 쭉 이어져 회장실 문이 자신의 앞에 활짝 열리기를 기대했다. 그러나 순조로운 흐름도, 좋은 예감도 딱 거기까지였다.

텅-. 엘리베이터가 꼭대기 층에 도착하기 직전이었다. 잘 올라가던 엘리베이터 천장이 웬 고무판에 부딪히기라도 한 것처럼 도로 튕겨 나왔다. 예상치 못한 충격에 강중혁 경위와 동행한 경찰들이 눈살을 찌푸렸다.

그렇지 않아도 죗값을 받을까 봐 두려워 가시가 돋은 구두를 신은 것처럼 얼굴이 구겨져 있던 경호팀장은 사색이 되었다.

"저, 저는 정말 아무것도 안 했습니다. 이게 정상적으로는 끝까지 올라가야 되는 게 맞거든요? 몇 시간 전만 해도 잘 운행됐습니다. 정말입니다."

그러는 사이에도 엘리베이터 천장은 몇 번 더 알 수 없는 무언가에 부딪혔다가 튕겨 나오기를 반복했고, 급기야 기계 시스템이 이걸 고장으로 간주했는지 경보까지 울리기 시작했다. 좁은 공간이 소란스러워지자 강중혁 경위가 재빨리 상황을 정리하고 나섰다.

"괜찮습니다. 엘리베이터야 고장 날 수도 있는 거죠. 다시 한번 말씀드립니다만, 저희는 정말 시간이 없습니다. 맨 위층으로 들어가는 다른 루트 빨리 다시 안내하십시오."

"네, 네. 알겠습니다. 그 문이 열려 있을지는 모르겠는데, 비상계단 통해서 들어가는 길이 하나 더 있습니다."

"서두르십시오!"

근엄한 표정의 강중혁 경위는 아마도 조금 전 혜영이 그랬던 것처럼 이 큰 사건이 아주 쉽게 풀릴 거라는 순진한 기대를 버리지 못한 것 같았다. 하지만 이미 한 번 눈으로 본 적이 있는 경험자로서, 그리고 강력한 영력을 지닌 사람으로서 혜영은 이미 직감하고 있었다. 이건 물리적으로도 영적으로도 한 공간이 바깥 세계로부터 완전히 떨어져 나가는 절계(切界)였다.

27화. 설계 속의 남친 (3)

혜영이 절망에 빠져 있는 동안에도 수색은 계속되었다. 경호팀장을 따라 비상계단으로 진입했고, 한 층을 순식간에 뛰어 올라가 꼭대기 층으로 통하는 문 앞에 섰다. 덜컥, 덜컥, 쿠콰과쾅-. 몇 번이고 손잡이를 비틀고 문을 두드렸지만, 애석하게도 안에서 잠긴 문이 열리지는 않았다.

강중혁 경위가 문에 어깨를 부딪치는 동안 동행한 경찰 한 명이 경호팀장의 멱살을 잡았다.

"마스터키 가져오십시오."

"어, 없습니다. 정말입니다. 맨 위층은 애초에 설계가 안에서 잠그면 안 열리게 돼 있습니다."

휴우-. 거친 몸놀림으로 인해 땀에 젖어 흘러내리는 머리를 쓸어 넘긴 강중혁 경위가 차분하게 명령했다.

"안 되겠다. 소방에 전화해."

긴급 상황에 맞게 몇 분이 채 걸리지 않아 도착한 소방관들이 온

갖 장비들을 이용해 잠긴 문을 뜯어내려고 시도했다. 쇠지레를 갖고 문과 벽의 틈을 벌려 보려고 했고, 거대한 망치로 손잡이를 내리쳐 보기도 했다. 끝내는 전기 절삭기까지 동원해 문 자체에 구멍을 뚫으려고도 했지만, 모두 실패했다.

"제가 소방관 20년 하면서 이런 경우는 없었는데요, 공사를 도대체 어떻게 한 겁니까? 이 문 외계인 고문해서 만들었다고 해도 믿겠어요."

쿠궁-. 답답함에 한 발을 바닥에 거세게 구른 강중혁 경위가 휴대폰을 꺼내 들었다.

"청장님, 조금 전에 급히 보고드렸던 강민혁 씨 납치 현장입니다. 피해자가 있을 것으로 추정되는 스팟에 물리적으로 도저히 접근이 불가능합니다. 소방 쪽도 두 손 들었습니다."

- 그런 건 현장에서 해결해야지, 나더러 안 된다고만 하면 어떡하라는 거야?

"현재 피해자는 이 건물 맨 위층에 감금되어있는 것으로 보입니다. 청장님이 허락해 주신다면 옥상 바닥을 뚫고 내려갔으면 합니다. 동원할 수 있는 다른 방법이 있다면 저도 그쪽으로 따르겠습니다."

핸드폰 너머로 들려 복도에 울리는 서울지방경찰청장의 목소리가 높아졌다.

- 지금 제정신이야? 동네 개집도 아니고, 지금 나가 있는 데가 성모그룹 본사 사옥이라며? 그 건물 옥상에 구멍을 뚫겠다고? 어떻

게? 헬기에 드릴 싣고 줄 타고 내려가서?

“그 방법이라도 동원해야 하지 않겠습니까?”

- 강중혁 경위, 네가 너무 긴급이라고 하니까 출동 허락까지는 했는데, 가기 전에도 조용히 처리하라고 분명히 얘기했잖아. 성모그룹에 경찰이 출동한 것만 기자들이 알아도 눈에 불을 켜도 달려들 텐데, 뭐? 옥상에 구멍을 뚫어? 내일 아침 신문 양면에 쫙 걸쳐서 대문짝만하게 날 일 있어?

“납치 사건입니다. 피해자 아직 생존해 있을 확률이 높습니다.”

- 절대로 성모그룹이랑 경찰 조직 전체가 맞서는 그림이 나오면 안 된다고 몇 번을 얘기해야 알아들어? 나 곧 본청 청장 청문회인 거 몰라? 떨어지는 낙엽까지는 아니어도, 대기업은 조심 좀 하자. 끊어.

전화가 끊어진 휴대폰 화면을 바라보며 강죽혁 경위가 시뻘개진 얼굴로 씩씩거렸다.

“이런 제길! 이게 무슨 경찰이야.”

그 모습에 혜영이 조심스럽게 어깨에 손을 얹었다.

“여기까지 해 주신 것만 해도 감사드려요. 경찰이 지켜보고 있다는 걸 알았을 테니까 저쪽도 강민혁 씨한테 함부로 위해를 끼치지는 못할 거예요. 강민혁 씨를 인질로 삼아서 저한테 받아내려고 하는 것도 있고요.”

“그래도 들어가서 구출을 해야 하는 거 아닙니까? 그래요. 옥상 바닥에 구멍을 뚫겠다는 건 제가 너무 나갔어요. 그래도 헬기 타고 내려가서 창문 정도는 깨고 들어갈 수 있지 않겠습니까?"

합리적으로 들리는 방책이었다. 하지만 혜영은 소방관이 휘두른 망치가 고작 문 손잡이 따위에 맞고 튕겨나올 때 이미 확신하고 있었다. 이 절계는 물리력으로 깨고 들어가는 게 불가능하다. 옥상 바닥이든, 창문이든 모두 부질없는 짓이었다.

"아니에요. 통화하시는 거 들어보니까 여기에 경찰 헬기 띄운다는 계획이 승인이 날 것 같지는 않더라고요. 이제부터는 제가 해 볼게요. 감사했습니다."

"그렇게까지 말씀하시니 일단은 철수하도록 하겠습니다. 피해자가 있는 현장에 접근이 어려운 납치 사건은 많아요. 그런 사건이라고 해서 저희 경찰이 포기하지는 않습니다. 성모그룹 경영진이 자진해서 문 열 수 있도록 청으로 돌아가서 협상에 최선을 다하겠습니다."

결국 위풍당당하게 성모그룹 사옥에 진입했던 혜영과 경찰들을 어깨를 늘어뜨린 채로 웃음 짓는 이 하나 없이 갔던 길을 그대로 돌아 나와야 했다. 그 뒤로 경호팀장의 안도 섞인 한숨이 이어졌다.

* * *

성모그룹 사옥에서 나온 혜영이 향한 곳은 어머니가 운영하는 신당, 연화당이었다. 살아 있는 사람들의 일만으로 따지자면, 스스로 호랑이 미끼가 되겠다는 민혁의 작전은 성공했어야 했다. 꼭대기 층 회장실의 문은 열렸어야 했고, 민혁은 구출되고 납치범들은 줄줄이 체포되어 연행되는 게 맞았다.

이게 실패한 이유는 절계, 즉 저승의 일이 개입되어 있기 때문이었다. 그렇다면 해결 방법을 누구한테 물어봐야 할지도 명확했다. 그 옛날 절계를 금지된 술법으로 지정한 장본인, 웅녀였다. 연화당의 빈방에서 혜영이 눈을 감고 웅녀의 모습을 떠올렸다.

<찾으셨나요?>

"네. 웅녀님. 도움이 필요해요. 제 남자친구가 절계에 갇혀 있어요."

<절계요? 결국 그 사술이 부활했군요. 저번에 강의정 회장의 부활을 대가로 미등록 영혼 아홉 위를 모으려고 했던 저승 대법관이 하려던 짓이 그거였어요. 그게 인간 세상에서 쓰이고 있다니, 저승 관리에 책임이 있는 제 불찰이 큽니다.>

"웅녀님을 탓하려고 모신 건 아니에요. 혹시 절계를 파훼할 방법을 웅녀님이라면 알고 계실 수도 있지 않을까 했어요."

웅녀가 얼굴에서 온화한 미소를 지우고서 고개를 가로저었다.

<절계 안과 밖은 서로 다른 세상입니다. 밖에서 무엇을 한다고 하더라도 그 안에 영향을 미칠 수는 없어요. 안쪽 공간의 주인은 그 세계를 구성하고 있는 자들이기에, 만약에 제가 그 안에 들어간다고 해도 그곳에서는 제 힘조차 약화됩니다.>

"꼭 절계를 깨지 않더라도 그 안에 있는 제 남자친구만 데리고 나올 방법도 없을까요?"

<기다려 볼 수는 있어요. 절계를 유지하는 데에는 상당히 큰 영력이 소모됩니다. 사용된 아홉 위의 영혼 중 하나라도 영력을 다하면 절계는 더 이상 작동하지 않게 됩니다. 지금처럼 치안이 좋은 시대라면 새 영혼을 계속 투입하는 건 어려울 거예요.>

후우우-. 혜영의 입에서 긴 한숨이 흘러나왔다. 감히 범접할 수 없는 절대적인 존재처럼 여겨지던 절계에도 어쨌든 약점이 있다는 걸 알게 된 순간이었으니까. 여기에서 민혁을 구할 방법을 찾을 수 있을 거라는 희망이 생겨났다.

똑똑-. 그때 혜영이 들어와 있던 방에 노크 소리가 들려왔다.

"네."

문을 열고 들어온 건 혜영의 어머니이자 이곳 연화당의 주인인 아랑 선녀였다.

"아이구야, 신당에 너무 큰 기운이 느껴져서 혹시나 하고 와 봤습니다. 만신(萬神)의 어머니를 뵙습니다."

"엄마, 웅녀님이 부담스러워하시는 것 같은데?"

<호호. 저 보자마자 절까지 하실 필요는 없으세요. 저한테는 계약자의 어머니 되시는 분인데요.>

아랑 선녀가 굽힌 허리는 펴지 못한 채 고개만 들어 눈을 깜박였다.

"저도 잠시 들어가 봐도 괜찮을까요?"

"엄마 손님 밀린 거 아니면, 나는 괜찮아."

<들어오셔요. 마침 제가 아랑 선녀님께 여쭤볼 것도 있었어요.>

곧 셋은 방안에 둘러앉았고, 아랑 선녀의 질문이 이어졌다.

"웅녀님께서 저한테 하문하실 것이 있다고 하시니 무엇일지 상상이 잘 안되네요."

푸훗-. 이제 절은 하고 있지 않지만, 평소와는 다르게 한껏 딱딱해져 있는 아랑 선녀의 말투에 혜영이 웃음을 터뜨리고 말았다. 그러는 사이 웅녀의 이야기가 이어졌다.

<이 이야기를 먼저 해 드려야 할 것 같아요. 저번에 찜질방에서 혜영님한테는 잠깐 말씀드렸었는데요, 일본의 한국 경제 식민지화가 진행되고 있습니다.>

충격적인 단어였고, 그 단어를 말한 사람은 허언과는 거리가 멀었다. 혜영이 놀란 눈으로 얼른 질문을 이었다.

"그런 게 어떻게 가능해요?"

<지금 성모그룹에서 일어나고 있는 일을 재계 전반에 걸쳐서 하려고 하고 있습니다. 재계 주요 인사 중에서 말 안 듣는 사람은 강양범 회장처럼 납치해서 감금하고, 그 자리는 식민지화에 협조적인 사람들로 채우면서요. 이게 끝이 아니라, 그다음 계획이 또 있습니다.>

"뭔가요?"

<지금 시대 한국에 일본에 협조적인 기업인들이 많지는 않을 거라는 걸 저들도 알고 있나 봅니다. 히나시겐즈라는 도쿄를 기반으

로 한 야쿠자 조직이랑 같이 빙의에 능한 일본 무당들이 입국한 걸 확인했어요.>

"기업을 장악하는 데에 무당들이요?"

웅녀가 무겁게 고개를 끄덕였다.

<네. 납치, 감금뿐만 아니라 강제 빙의로 몸을 뺏어서 의사 결정권 자체를 가져가려는 것 같아요. 이게 아랑 선녀님께 여쭤보고 싶은 지점이었는데요, 근자에 들어서 국내의 일본 무당들 활동이 늘어나지 않았나요?>

아랑 선녀가 대답에 앞서 이마를 타 쳤다.

"맙소사. 아직 저한테까지는 안 왔는데, 재계 유력 인사 고객들 정보를 사겠다고 무당들한테 접근하는 사람들이 있어요. 만나 본 사람들 말로는 외국인 느낌이 물씬 났다고 하더라고요. 이게 큰 손님 뺏어 가려는 건 줄만 알았는데, 그 사람들한테 강제 빙의를 시키려는 거였다고요?"

<이미 진행 중이네요. 혜영님, 아랑 선녀님, 도와주세요. 인간 세계의 일이 얽혀 있어서 저 혼자 해결할 수가 없어요. 제가 잘 관리했어야 하는 영적 영역에서 있어서는 안 될 일이 벌어져서 또 우리나라가 일본의 식민지가 된다면, 견딜 수 없이 괴로울 거예요.>

아랑 선녀가 먼저 굳세게 고개를 끄덕였다. 그리고 혜영도 이를 따르려는데, 휴대폰이 울렸다. 민아가 보낸 메시지였다.

- 변호사님이 말씀해 주신 주제에 맞춰서 영상 편집 다 끝냈고요,

마지막에 편집 없이 전체 파일 다 합친 통파일도 만들어서 변호사님 이메일로 보냈어요. 확인 한번 해 주실 수 있으세요?

- 약속드린 오늘 급여 송금했어요. 파일 확인은 시간이 조금 걸릴 것 같은데, 이만 퇴근하셔도 괜찮아요. 추후에 추가 편집 필요하면 따로 말씀드릴게요.

- 네!

심각한 대화 중에 떠오른 민아의 생기발랄한 모습에 혜영이 잠시 웃음을 지었다. 그런데 휴대폰이 한 번 더 울렸다. 영상통화가 걸려오고 있었고, 그 발신인을 확인한 혜영의 눈살이 찌푸려졌다.

- 강민혁♥

어제만 하더라도 너무나 반갑게 받았을 전화였겠건만, 지금은 도저히 그럴 수 없는 상황이라는 걸 잘 알고 있었다. 이 전화를 걸고 있는 사람은 민혁 자신이 아닐 가능성이 컸다. 그런 사정을 모르는 아랑 선녀의 얼굴에 그만 웃음이 번지고 말았다.

"어머, 민혁이네? 너희 통화도 영상으로 하니? 많이 보고 싶은가 보다."

28화. 조선인의 한국 침략 (1)

차마 화를 낼 수도, 이 다급한 와중에 그 긴 이야기를 다 할 수도 없었던 혜영이 잠시 벙 쪄 있는 동안 웅녀가 나섰다.

<절계에 갇혀 있다고 하셨던 혜영님 정인분이시죠? 좋은 소식은 아닐 것 같지만, 받아 보시는 게 어때요? 저쪽이 뭘 원하는지는 들을 수 있을 거예요. 그게 정인분에 관한 것이든, 경제 식민지화에 관한 것이든지요.>

혜영이 결심한 표정으로 고개를 끄덕였다. 민혁은 호랑이를 잡겠다며 호랑이굴로 직접 들어가기까지 했다. 그럼으로써 지금 혜영은 저들을 한 방에 날려버릴 수 있는 무기까지 손에 쥐게 됐다. 그에 비하면 전화를 받는 일쯤은 아무것도 아니게 느껴졌다.

"네. 민혁 씨."

이걸 다행이라고 해야 할까? 휴대폰 화면에 등장한 사람은 민혁이 맞았다. 하지만 그 목소리와 말투는 혜영이 기대했던 것과는 사뭇 달랐다.

<유혜영 변호사님? 오랜만입니다. 저희 처음 봤을 때나 지금이나

어깃장 참 잘 놓으십이다. 어렸을 때 엄마 말 되게 안 들으셨죠? 이런. 마침 그 어머니가 뒤에 딱 계시네요. 여어, 아랑 선녀님도 간만입니다. 기묘사입니다.>

민혁이 기묘사한테 빙의당했다는 건 목걸이를 통해 들려온 대화로 이미 알고 있었다, 그런데도 남자친구의 입에서 차라리 원수에 가까운 기묘사의 스산한 목소리가 흘러나오는 건 소름이 돋았다.

혜영이 애써 침착하며 휴대폰 카메라가 가리키는 중앙에 자리잡고 앉았다.

“저한테 할 말 있어서 전화하신 거 아닌가요? 저랑 얘기하시죠.”

<좋습니다. 저도 어차피 그 뒤에 있는 귀신이랑은 상종하고 싶지가 않으니까요. 이거 잠깐 봐주시겠습니까?>

얼마 전 기묘사의 집에 찾아갔을 때처럼 옆에서 내려 비치는 석양 아래에 기묘사가 수정구 하나를 내밀었다.

“이걸로 뭘 하시겠다는 거죠?”

<영혼을 가둬 둘 수 있는 신물(神物)입니다. 지금 이 몸 안에는 저 기묘사와 강민혁 군의 영혼이 같이 들어 있습니다. 이런 불편한 동거 저는 마음에 안 들어서요. 강민혁 군의 영혼을 이 안에 넣고, 제가 강민혁으로 살면 어떨까 생각 중입니다.>

“저승 규칙이 그런 걸 허락할 리가 없잖아요!”

<규칙? 법? 그런 거 안 지킨 지 오래됐습니다. 앞으로도 쭉 그럴 생각이고요. 뒤에 계신 분이 화가 많이 나신 것 같네요?>

혜영이 뒤를 슬쩍 돌아보니 웅녀의 얼굴에 지금까지 보인 적 없는 노기(怒氣)가 서려 있었다.

<네 놈을 당장 소멸시키고 말리라!>

대담하게도 기묘사는 그 위협에 협박으로 맞섰다. 창-. 주머니에서 꺼낸 단검을 뽑아들더니 그것을 자신, 아니 민혁의 목에 가져다 댔다. 정말 이 몸 따위는 어떻게 되든 상관없다는 것처럼 힘까지 주어 칼끝과 목이 만나는 지점에서는 피 한 방울이 흘러내렸다.

"안 돼요!"

혜영의 비명에 기묘사가 자신의 의도대로 상황이 흘러가는 게 만족스럽다는 듯 한쪽 입꼬리를 꿈틀거렸다.

<이 몸도 이 몸을 쓰던 영혼도 모두 제 손안에 있습니다.>

"그래서 원하는 게 뭐죠?"

<그건 답변해 주실 분이 따로 있습니다.>

휴대폰 화면 속 기묘사가 손짓 하자 한 남자가 카메라 앞에 나타났다. 우헤이 신야였다.

- 유혜영 변호사님, 그러길래 제가 협업 제안했을 때 말을 잘 들으셨어야죠. 본인이 어떤 일을 당하든 견딜 수 있다고 생각하셨을지 모르겠습니다만, 소중한 남자친구가 이런 꼴이 될 거라고는 상상을 못 하셨겠죠?

"이렇게까지 하시는 이유가 있을 거잖아요!"

- 이유라. 유혜영 변호사님이 말을 안 들으셨기 때문입니다. 해결책은 반대로 말을 잘 들으시면 되죠. 당돌하게도 저희가 나눈 내밀한 대화를 몽땅 전송받으셨더라고요? 일단 그 파일부터 저희가 보는 앞에서 삭제하시고, 사본이 없다는 확인서에 서명하십시오.

"그렇게만 하면 민혁 씨를 풀어 주시겠다는 건가요?"

- 아니죠. 이것만으로는 부족합니다. 앞으로 저희가 하는 일에 절대 관여하지 마십시오. 그리고 이제부터는 저희 성모그룹에서 드리는 사건만 맡으십시오. 전담 변호사 위촉 계약서 이미 준비되어 있습니다.

혜영이 대답을 망설이는 동안 기묘사가 한마디를 덧붙였다.

<주저하시는 걸 보니 남자친구를 덜 사랑하시나 봅니다? 미리 경고드립니다. 그 영상 중 이부라도 밖으로 나간 게 확인되면 이 남자의 몸과 영혼 모두 끝장입니다. 명심하세요.>

혜영의 얼굴이 고통으로 일그러지고 있었다. 대한민국 경제계를 일본의 식민지로 넘겨주느냐, 남자친구를 잃느냐, 둘 중 하나를 선택하라고 강요받고 있었다. 머리로는 당연히 경제를 구하는 게 먼저라고 생각하고 있었지만, 가슴은 그걸 쉽사리 받아들일 수 없었다.

그 모습을 보던 아랑 선녀가 전면으로 나섰다.

"이봐, 기묘사. 너한테 예의 따지는 것도 웃기다만, 그래도 이런 큰 일은 만나서 얼굴 보고 이야기하는 게 인지상정 아니겠어?"

<맞는 말씀이십니다. 그 이야기를 하려고 이렇게 전화를 드렸죠. 닷새 뒤 제가 쓰던 신당에서 뵈었으면 합니다. 아랑 선녀님은 말

고, 유혜영 변호사님 혼자 오시면 되겠습니다.>

“무당 대 무당으로 나랑 이야기해. 아무것도 모르는 순진한 애 끌어들여서 구워 삶을 생각하지 말고.”

<이런. 아무것도 모른다고 하시기에는 이미 너무 깊숙이 들어와 계신 걸요? 이건 협상이 아니라 통보입니다. 닷새 뒤 말씀드린 장소에서 저녁 7시에 유혜영 변호사님만 뵙겠습니다. 그 전에 갖고 계신 동영상이 유출되는 일이 생긴다면 이 몸이든 영혼이든 어떻게 될지는 장담할 수 없습니다.>

남자친구의 생사가 걸린 일이었기에 다급해진 혜영이 얼른 물었다.

“왜 오늘도, 내일도 아니고 5일이나 있다가 보자는 거죠? 저는 지금 당장이라도 갈 수 있습니다.”

<통보라고 말씀드렸습니다. 시간과 장소 변경은 없습니다.>

그러고서는 예의 따위는 안중에도 없는 기묘사답게 그대로 영상통화가 종료되었다. 혜영과 아랑 선녀는 긴장감이 타 풀리며 잠시 바닥을 바라보았다. 그 침묵을 깬 건 웅녀였다.

<저기, 혜영님>

“네?”

<이런 말씀 드리기 죄송하기도 하고 조심스럽기도 하지만, 나누시는 말씀 들어보니 저들의 약점이 되는 동영상을 갖고 계신 것 같아요. 그게 공개되면 저들의 경제 식민지화 계획이 틀어지나 본데, 제가 이해한 게 맞나요?>

혜영이 고개를 끄덕였다. 민혁이 목숨을 걸고 전송해 온 영상은 민아의 수고 덕분에 누구나 금세 내용을 파악할 수 있게 정리까지 끝나 있다. 그리고 여기에는 저들이 꾸미는 음모의 전모가 고스란히 담겨 있다.

이게 공개만 된다면 전국민적 반향이 일어날 것이고 공권력이 나설 것이다. 이후에는 뒤에서 일본 자본과 귀신들을 동원해 한국 기업들을 장악하려는 시도는 설 자리가 없게 된다. 이미 강양범 회장의 실종이 화제가 되었기에 그 속도가 빠르리라는 것도 짐작할 수 있다.

"네. 말씀하신 대로 될 거예요. 그런데요, 만약에 제가 그 영상들을 공개하면요, 민혁 씨는 어떻게 되는 거죠?"

웅녀가 쉽게 대답을 잇지 못했다. 한 사람을 희생해서 나라를 구하라는 말은 너무 잔인했다. 민혁의 목에 서슬 퍼런 칼날이 닿아 선혈이 흘러내리던 걸 혜영과 같이 본 뒤였기에 더욱 부탁하기 어려웠다.

혜영과 웅녀 사이에 차마 말로 오갈 수 없는 대화를 간파한 아랑 선녀가 제3의 해결책을 제시했다.

"제가 아는 기묘사는 누구한테 사주를 받고 움직이는 사람이지 자기가 직접 이런 큰일을 짤 위인은 못 된단 말입니다. 저번에도 난리는 기묘사가 쳤어도, 그 뒤에는 강준범이랑 강의정이 있었잖아요."

<네. 그랬었죠.>

"이번에도 마찬가지일 거라고 생각해 보면, 뒤에서 사주한 사람이 따로 있을 거예요. 그놈을 잡으면 그 경제 식민지화도 막고 민혁이도 구할 수 있지 않을까요?"

<그렇게만 되면 저도 참 좋겠는데요, 그 사람을 찾는 것조차 쉽지 않아요.>

"나를 알고 적을 알면 백전불태라는데, 누군지는 알고 계세요?"

웅녀가 무거운 표정으로 고개를 끄덕이며, 언젠가 혜영이 들은 이름을 꺼냈다.

<네. 지금은 일본에서 최고 무당이 된 젠코 렌타입니다.>

같은 이름에 붙은 다른 설명에 혜영이 고개를 갸웃했다.

"젠코 렌타 씨라고 하면, 일본 지하 경제를 주름잡고 있다는 기업인 아니에요? 성모그룹 설립 초기에 자금을 댔다고 들었어요."

<여러 정체성을 갖고 있는 사람이죠. 한때는 제가 긍휼히 여겼던 아이이기도 하고요.>

그 뒤로 젠코 렌타의 일생에 대한 웅녀의 이야기가 이어졌다.

* * *

젠코 렌타라는 이름을 갖기 전, 그는 일제 치하 조선에 살던 전옥현이었다. 이제 갓 열 살이 된 아들 전옥현에게 아버지는 늘 고조부가 조정에서 나랏돈을 관리하는 큰 벼슬을 했다며 집안 자랑을 하곤 했다. 하지만 그 자긍심이 밥을 먹여 주지는 않았다.

조선 말 위세를 떨치던 세도 가문에 잘못 보인 뒤로 전옥현의 가문은 고조부 대를 마지막으로 몰락의 길을 걸었다. 가문의 재산은 모두 몰수당하거나 가난을 버티지 못하고 이곳저곳에 팔아넘겼다. 그 결과 전옥현의 아버지 대에 이르러서는 허울뿐인 족보만 남은, 소위 말하는 잔반(殘班)이 되었다.

더군다나 이미 일본으로 넘어가 버린 나라에서 한때 양반이었다는 허울은 아무 의미가 없었다다. 전옥현의 집안은 그저 대지주 밑에서 땅을 빌려 농사를 짓는 수많은 소작농 중 하나일 뿐이었다. 그의 아버지는 고된 농사일을 마치고 집에 들어오는 날이면 근본도 없는 천것이 일본에 빌붙어서 남의 땅을 훔쳤다고 지주를 욕하곤 했지만, 그렇다고 살림살이가 나아질 일은 없었다.

그러던 어느 날 그 풍요롭지도 행복하지도 않은 삶마저 풍비박산 나는 일이 생기고 말았다. 전옥현의 집안에 땅을 빌려주었던 지주의 아들이 '양반 계집'을 탐하겠다며 그의 집을 찾아왔다. 십 대에 접어든 지도 몇 달 되지 않던 전옥현은 왜 그 남자가 자꾸만 옷을 벗으려고 하는지, 손위 누이는 왜 겁에 질려 가슴팍을 움켜쥐고 있는지도 몰랐다.

그저 직감적으로 누이가 부엌에서 비명을 지르고 있어서는 안 된다고만 생각했다. 몸이 저절로 움직여 땔감용으로 패 놓은 장작을 집어 들었다. 그러고서는 달음박질쳐 뛰어올라 지주 아들의 뒤통수를 갈겼다. 그때 차라리 기절이라도 시켰으면 도망칠 기회라도 얻었으련만, 열 살 아이의 힘은 그렇게 세지도 않았다.

머리에서 피를 뚝뚝 흘리며 지주의 아들은 자기 집으로 도망쳤고,

전옥현에게 죽임을 당할 뻔했노라고 고자질했다. 그때부터 전옥현 가족들의 생이별이 시작되었다. 가장 먼저 사라진 건 험한 꼴을 당할 뻔했던 누이였다. 그날 저녁부터 집에서 보이지 않더니, 다음날부터 지주의 집으로 끌려 들어가는 걸 누군가 봤노라 하는 소문만 마을에 무성했다.

어머니는 딸을 돌려달라며 그 집 앞에서 일주일을 식음을 전폐한 채로 통곡하다가 세상을 떴다. 아버지는 가족을 지키지 못했다는 죄책감으로 낫을 들고 지주의 집에 혼자서 쳐들어갔다가 멍석말이를 당해 장독이 올라 유명을 달리했다.

그렇게 천애 고아로 남겨진 전옥현에게 다가오는 사람들이 있었다.

29화. 조선인의 한국 침략 (2)

그들은 자신이 일본인이라고 소개했지만, 전옥현에게 국적 따위는 중요하지 않았다. 지주의 눈치를 보며 마을 사람 중 누구도 찾아오지 않는 빈집에서 며칠을 굶던 아이의 눈에 들어오는 건 오직 그들이 내민 주먹밥이었다.

허겁지겁 한 덩어리를 다 먹어 치우고 나자, 그다음은 고깃국이 같이 들어왔다. 일 년에 한두 번 마을 잔치가 있는 날에나 국물 정도를 맛볼 수 있었던 설렁탕이었다. 열 살 인생 동안 처음 먹어본 덩어리 소고기에 전옥현은 영혼을 팔아도 좋겠다고 생각했다. 설렁탕 한 그릇을 다 비웠을 때 그들이 내민 세 번째 선물은 정말 영혼에 닿을 만한 것이었다.

자신들이 무당이라며 추가로 정체를 밝힌 그들이 전옥현을 데리고 간 곳은 마을 어귀에 있는 한 오래된 창고였다. 보관 중인 물건 보다 쳐진 거미줄이 더 많지 않을까 싶을 정도로 낡은 그곳에는, 놀랍게도 전옥현의 집안을 풍비박산 낸 원흉인 지주의 아들이 가운데 기둥에 묶여 있었다. 그리고 열 살 아이의 손에는 다시 몽둥이가 쥐어졌다.

죽이지만 않는 선에서 뭐든 해도 좋다고 했다. 하지만 전옥현의 분노는 그 선을 지키기에는 너무 컸다. 일본 무당들이 자리를 비켜주자 지주의 아들을 향해 몽둥이를 휘두르고 또 휘둘렀다. 타격 부위는 머리에 집중되었다. 그때 한 번에 죽이지 못한 후회를 풀어내기라도 하듯 손속에는 거침이 없었다.

일본 무당들이 창고로 돌아왔을 때 지주의 아들은 이미 얼굴이 피로 뒤덮인 채 죽어 있었다. 그리고 그 죽음은 곧 전옥현을 옥죄는 올가미가 되었다. 이후로 자신의 살인 행위를 덮어준 그들의 말을 전옥현은 무조건적으로 따를 수밖에 없게 되었다.

일본 무당들이 하려던 일은 조선의 명산대천(名山大川)을 지키고 있는 수호귀를 몰아내고 그 자리에 일본 귀신들을 심는 것이었다. 그 일에 전옥현은 미끼로 활용되었다. 일본 무당들은 제거하려는 귀신이 있는 곳으로 찾아가 전옥현을 목을 베어 처형하려는 일종의 굿을 펼쳤다.

자신이 관장하는 지역에서 조선의 아이가 무고하게 희생되는 걸 참지 못한 수호귀들은 어김없이 모습을 드러내었고, 그때마다 미리 준비하고 있던 일본귀들에 의해 소멸되었다. 이 악행이 멈춘 건 웅녀가 이 일에 개입했을 때였다. 일본 무당들이 서울의 북한산 산신령을 불러낸 자리에 웅녀가 나타났다.

초월격의 힘 앞에서 일본귀들은 무참히 소멸되었고, 무당들은 사지가 결박당한 전옥현을 두고 그 자리에서 도망쳤다. 웅녀가 전옥현의 이야기를 들은 것도 그때였다. 짧은 만큼이나 슬펐던 그 인생 역정을 듣고 난 뒤 웅녀가 물었다.

<만약에 저 자들이 지주의 아들이 아니라 사라진 누님을 데려다 줬다면, 옥현이가 지금보다는 덜 슬프지 않았을까?>

"아니오. 저는 천한 조선 것 하나라도 제 손으로 쳐 죽일 수 있어서 기뻤어요. 이제 제가 물을 차례에요. 당신은 누구죠? 누구길래 제 은인들의 일을 방해하시죠?"

<많이들 나를 웅녀라고 불러. 이 땅을 지키는 귀신이라고 생각하면 돼.>

"이 땅이요? 조선을 지킨다고요? 이 쓸모없고 천박한 나라를 왜요?"

<소중한 내 아이들이 살아가는 나라이니까. 너도 마찬가지야.>

웅녀의 진심이 담긴 눈빛에도 전옥현은 나이에 어울리지 않게 콧방귀를 뀌었다.

"그 소중한 아이들에서 저는 빼 주실래요? 저는 이 나라가 싫어요. 그리고 당신도요."

<옥현이는 이제 어떻게 살아갈 생각이야?>

"이미 한 번 죽었던 목숨이에요. 그 운명 다시 따라가겠죠. 당신이 저한테 주어질 뻔했던 새 운명을 걷어차 버렸으니까요. 혹시 또 한 번 새 삶이 주어진다면 이 나라를 제 손으로 찢어발길 거예요. 그게 싫으면 여기서 저를 죽이세요."

살아 있는 사람을, 그것도 이 땅의 명산대천을 수호하던 귀신들이 지키려던 아이를 웅녀가 자신의 손으로 해할 수는 없었다.

<아직 잘 모르겠지만, 옥현이는 큰 능력을 지녔어. 언젠가는 피어날 그 능력을 선한 일에 썼으면 좋겠어.>

"그래요? 듣던 중 반가운 소리네요. 그 능력으로 돈이나 많이 벌었으면 좋겠어요."

너무나 비뚤게 웃자라 버린 아이에게 웅녀가 더 해 줄 수 있는 말은 많지 않았다. 인간 세계의 일에 개입하지 않는다는 자신의 원칙을 잠깐 어기더라도 그의 누이를 찾아 줄까도 생각해 봤지만, 이내 관두기로 했다. 어쨌든 조선 사람인 누이에게조차 전옥현이 위해를 가할지도 모른다는 불안이 엄습해 왔기 때문이었다.

웅녀는 긍휼히 여기는 마음만을 남긴 채 그 자리를 떴고, 일본 무당들은 다시 전옥현을 찾아냈다. 한국의 수호귀들을 제거하고 그 자리에 일본 귀신을 심는다는 계획이 알려지는 걸 막기 위함이었다. 그들은 전옥현을 일본으로 데리고 갔다. 일본 무당 밑에서 전옥현 역시 무당으로 자랐다. 새로운 이름도 받았다. 젠코 렌타. 조선에서 받은 '전옥현'보다 훨씬 더 마음에 들었다.

젠코 렌타는 웅녀를 알아볼 뿐만 아니라 기세에서도 밀리지 않을 정도의 타고 난 엄청난 영력을 기반으로 일본에서 큰 무당으로 성장했다. 어느덧 사춘기를 보내고 자신의 이름으로 신당을 내고 스스로 점사를 볼 나이가 되었을 때, 전옥현은 또 다른 세계에 눈을 떴다. 주요 고객들이었던 재계 인사들과 야쿠자들 사이에서 자신의 길을 보았다.

일본이 원자 폭탄을 맞고 전쟁에서 패망한 대혼돈의 시기에 재벌들은 이권을 지키기 위해 어둠의 힘이 필요했다. 반대로 야쿠자들은 살아남기 위해 돈이 있어야 했다. 둘의 이해관계는 딱 맞아떨어졌고, 젠코 렌타는 그 중간에서 둘을 연결해 주는 척 자신의 몸집을 불려 갔다. 숱한 죽을 고비가 있었지만, 이미 한 번 죽었다고 믿는 그는 그 위험을 기꺼이 감수했다.

한국이 육이오 전쟁을 겪는 동안 젠코 렌타는 조국을 마음껏 비웃으며 세계적 경제 대국이 되어 가는 일본에서 지하 경제의 거물로 성장해 갔다. 도쿄 근방에서 돈과 칼은 모두 그를 통해야 한다는 뒷소문까지 돌 정도였다. 한국이 전쟁을 끝내고 겨우 나라 꼴을 다시 갖춰갈 때 젠코 렌타의 복수를 위한 씨앗이 뿌려졌다.

한국에서 기업을 일으켜 보겠다며 찾아오는 사람들에게 기꺼이 돈을 대주었다. 그리고 그 돈은 어린 시절의 자신에게 주어졌던 주먹밥과 설렁탕처럼 미끼가 되어 한국의 경제인들을 옭아매었다. 그들은 젠코렌타에게 충성을 다했고, 그중 하나가 성모그룹을 창립한 초대 회장 구의정이었다.

하지만 한국 재계에서도 세대는 지났고, 슬슬 젠코 렌타에게서 창업 자금을 지원받은 사람들은 세상을 뜨거나 경영 일선에서 물러났다. 새롭게 경영권을 잡은 세대는 일본을 적대시하거나 심지어 이제는 한물 간 나라라고 무시하기까지 했다. 조선 것들의 이런 태도를 참을 수 없었던 젠코 렌타는 직접 움직이기로 했다.

한 가지 문제는 있었다. 예전처럼 야쿠자들을 호령하고 재벌들과 기싸움을 하며, 나아가 한국과 일본을 오가며 일하기에 젠코 렌타는 너무 늙어 버렸다. 그러던 중, 좋은 후계자가 나타났다. 가정 폭력과 한국의 입시가 주는 중압감을 이기지 못해 집에서 훔친 돈으로 비행기 값만 마련해 일본으로 건너온 김승규였다.

젠코 렌타는 언젠가 자신이 받았던 것처럼 김승규에게 우헤이 신야라는 새로운 일본 이름을 주었다. 그 뒤로 도쿄대학교 법학부를 졸업하고 일본 사법시험에 합격할 때까지 지원했다. 그리고 자신의 인맥을 그대로 물려주어 도쿄 근방의 재벌들과 야쿠자들을 쥐락펴락하는 어둠의 실세로 성장시켰다.

* * *

웅녀의 긴 이야기를 들은 혜영이 눈을 깜박였다.

"젠코 렌타라는 사람, 일제 강점기에 태어났다고 하셨는데, 지금 몇 살이에요?"

<80세가 훌쩍 넘었고, 곧 90세를 바라보고 있어요.>

"이런 말씀 조금 무례할 수도 있지만, 아직 살아 있는 건 맞아요?"

<저도 정확히 확인은 못 해 봤지만, 건강 관리에 워낙 신경을 많이 썼다고 들었어요. 한창 잘 먹었어야 할 어렸을 때 겪은 영양 결핍이 심해서 그랬는지, 평생 잔병을 달고 살았다고 하더라고요. 야쿠자들이랑 분쟁이 있을 때도 자기가 직접 싸움에 나서는 일은 없었대요.>

같이 이야기를 듣고 있던 아랑 선녀가 옆에서 혀를 찼다.

“쯧쯧. 골골 팔십이 아니라 골골 구십이네요. 저는 그런 인간한테 예의 같은 거 잘 모르겠고요, 몇 년만 더 기다리면 죽을 것 같은데 그러면 그 경제 식민지화 계획인가 뭔가도 없어지는 거 아닌가요?”

그 의견에는 혜영과 웅녀 모두 고개를 가로저었다.

“엄마, 아까 영상통화 같이 봤잖아. 지금 민혁 씨는 몇 년이 아니라 며칠 안에 어떻게 될지 모른단 말이야.”

<그 몇 년 안에 경제 식민지화가 완료되면 한 번 고착화된 체계는 계속해서 돌아갈 거예요. 젠코 렌타가 없더라도 한국의 자본은 계속 일본으로 넘어갈 텐데, 그걸 두고 볼 수는 없어요.>

아랑 선녀가 자신의 생각이 짧았음을 깨닫고 고개를 끄덕이며 다시 물었다.

“그렇다면 그 젠코 렌타라는 자를 지금 당장 제압할 방법은 없을까요? 결국 그놈이 문제잖아요. 사람인 이상 약점이 하나라도 있지 않을까요?”

<거의 백 년에 가까운 세월 동안 그 약점을 다 극복하고 지금 있는 그 자리에까지 올라간 사람이에요. 남은 약점이라면 자신의 조국에 대한 바닥 없이 깊은 증오심인데, 그게 지금은 저희를 옥죄고 있네요.>

상황을 이해한 혜영이 굳은 표정으로 고개를 끄덕였다. 민혁을 구해야 했고, 젠코 렌타의 한국 경제 식민지화 계획도 막아야 했다. 우회로는 없다. 정면 돌파만이 답이었다.

"5일 뒤에 저를 만나자고 했어요. 그 자리에 제가 나갈게요. 나가서 담판을 짓든 싸워서 이기든, 해결하고 돌아올게요."

<정말 괜찮으시겠어요? 상대는 성모그룹을 등에 업은 기묘사예요. 장소도 하필이면 기묘사가 쓰던 그 신당이라고 했어요.>

웅녀의 걱정에 이어 아랑 선녀가 더욱 적극적으로 말리고 나섰다.

"그래, 혜영아. 네가 가기에는 너무 위험해. 차라리 내가 가마. 무당은 무당이 상대해야지. 내가 기묘사보다는 한 수 위야."

그런 아랑 선녀를 뚱하게 바라보던 혜영이 정곡을 찔렀다.

"엄마, 저번에도 거기 가서 기묘사 상대하다가 잡귀들한테 빙의당해서 위험했었잖아. 그때 여기 웅녀님이 구해주셨고."

아랑 선녀는 그만 말문이 막혀 버렸고, 옛일을 떠올린 웅녀가 살짝 웃어 보였다.

<위험할지도 모르는 일에 혜영님이 나서 주시겠다니 감사드려요. 제가 같이 가면 협상이 안 될 것 같으니, 주변에서 언제라도 갈 수 있게 대기하고 있을게요.>

"감사해요. 저도 사고가 일어나면 바로 출동할 수 있게 경찰 쪽에 부탁해 놓을게요."

나름의 안전 조치가 강구되고 있는데도 여전히 불안한 얼굴이던 아랑 선녀가 한마디를 보탰다.

"정 너 혼자 가야겠다면, 이거 하나는 배우자. 저놈들이 자꾸 빙의를 하려고 들잖아."

30화. 현 남친의 전 여친 (1)

혜영이 고개를 갸우뚱했다.

“빙의를 막을 수 있는 기술이 있어?”

“응.”

확신을 담아 고개를 끄덕인 아랑 선녀가 평소에 자주 모시던 북한산 산신령 귀신을 소환했다. 엣헴-. 연화당에 올 때면 최상급 귀신답게 늘 그렇듯 헛기침하며 주변을 살피던 북한산 산신령이 화들짝 놀라며 급히 허리를 숙였다.

<이곳에서 웅녀님을 뵙습니다. 지난번 일본 귀신들한테 당할 뻔한 저를 구해주신 뒤로 처음인 것 같습니다.>

<맞네요. 오랫동안 격조했습니다. 다만, 오늘은 제가 아니라 여기 계신 아랑 선녀님께서 부탁하실 일이 있어서 모셨습니다.>

시선을 넘겨받은 아랑 선녀가 얼른 혜영을 가리켰다.

“제 딸아이 기억하시죠?”

<이 아이는 얼마 전에 봤었지. 그때 강준범인가 하는 작자 몸 안

팎으로 온갖 잡귀들이 들끓던 걸 이 아이 부탁으로 내가 처리해 줬었던 기억이 나. 이번에도 물리쳐야 할 잡귀들이 있는 겐가?>

“아닙니다. 오늘은 제 딸아이한테 가르쳐주셨으면 하는 게 있습니다.”

<가르쳐? 교육이라. 내가 오래전에 북한산에 나무하러 온 청년한테 정직하게 살면 복 받는다는 교훈을 가르쳐준 적은 있네만, 자주 하는 일은 아니거든. 예화 무당이 직접 가르치는 건 어떤가? 이쪽 세계 일이라면 나만큼이나 훤히 꿰고 있잖은가?>

“너도 그런 술법이 있다는 것만 들었지, 실제로 사용할 줄은 모릅니다. 귀신들은 쉽게 쓰지만, 살아 있는 인간이 이 능력을 발휘하는 경우는 극히 드물다고 알고 있습니다. 하지만 저 아이의 영력이라면 가능하리라고 생각해 이렇게 부탁드립니다.”

북한산 산신령이 혜영을 물끄러미 바라보았다.

<그래. 볼 때마다 참 감탄이 나오는 영력이야. 예화 무당 딸이라는 것만으로는 설명이 잘 안될 정도랄까? 그래서 내가 가르쳐줬으면 하는 그 술법이 뭔가?>

* * *

그 뒤로 닷새 동안 혜영과 아랑 선녀, 그리고 웅녀와 북한산 산신령까지 결전을 위해 만반의 준비를 마쳤다. 그리고 약속한 당일, 혜영이 기묘사의 신당을 찾았다. 아랑 선녀는 웅녀와 함께 언제든 달려올 수 있는 거리에서 대기하고 있었고, 강중혁 경위의 지휘하에 사복 경찰들이 주변에 깔려 있었다.

신당에 들어간 혜영을 맞이한 자는 의외로 기묘사가 아닌 우헤이 신야였다.

“오셨습니까? 혼자 오시겠다는 약속을 지켜 주셔서 감사합니다. 눈빛이 양옆으로 흔들리시는 걸 보니 아무래도 찾으시는 사람이 따로 있나 봅니다. 아무래도 남자친구분이시겠죠? 조금만 기다리십시오. 곧 올 겁니다.”

“기묘사가 아니라 강민혁 씨를 만나고 싶습니다.”

“어차피 그 둘이 지금은 떨어지기 곤란한 상황이라서요. 같이 올 겁니다.”

여전히 기묘사가 민혁의 몸에 빙의되어 있다는 안 좋은 소식이었다. 그때, 신령원의 영력을 온몸으로 돌리고 있던 혜영의 눈에 이상한 광경이 포착되었다. 신당 밖이 ‘안 보였다’. 주변을 서성이던 귀신들도, 대기 중이던 경찰들도 감지되지 않았다.

이게 무엇을 의미하는지 이제는 혜영도 확실히 알고 있었다. 이 신당에 절계가 펼쳐졌다. 바깥에 혜영을 지원하기 위해 해 놓았던 모든 준비가 한 순간에 무력화되었다. 동시에 한 가지 희망적인 생각도 떠올랐다. 이곳에 절계가 쳐졌다면, 성모그룹 본사 사옥에는 이제 경찰이 접근할 수 있을지도 모른다.

혜영이 급하게 휴대폰을 꺼내는데, 그사이에 민혁의 모습으로 등장한 기묘사가 그 모습을 비웃었다.

<그 전화기로 어쩌시려고요? 밖에 깔아놓은 경찰들을 성모그룹

본사로 보내실 생각이십니까? 소용없습니다. 절계 밖으로 전파 같은 게 통할 리가 없잖습니까?>

"잠시 나갔다가 다시 오겠습니다."

<소용없다는 말을 너무 가볍게 들으셨습니다. 절계를 하나만 칠 수 있다고 생각하셨나 봅니다. 신선한 영혼들만 충분히 공급된다면 천 개든, 만 개든 원하는 만큼 칠 수 있는 게 이 절계입니다. 물론 아무나 그렇게 할 수 있다는 건 아니고, 저만요.>

그 말에 혜영은 망치로 뒤통수를 맞은 기분이었다. 북한산 산신령에게서 수련을 받던 중 잠시 쉬어갈 때 봤던 기사가 있었다. 전국 각지에서 동시다발적으로 살인 사건이 일어나고 있다는 내용이었다. 그 숫자가 벌써 두 자리 숫자를 넘어서고 있다고 했다.

민혁을 구하고 경제 식민지화를 막는 게 너무 급박해서 그때는 경찰이 알아서 해결할 사건이라고만 생각했다. 그런데 그 살인 피해자들은 결국 이 절계를 치기 위한 희생양이었다. 기묘사가 요구했던 닷새라는 말미도 이 두 번째 절계를 준비하기 위해 필요했던 것이었다.

사망 원인이 하나같이 도검에 의한 자상(刺傷)이었다는 걸 생각해 보면, 신야가 입국시켰다는 야쿠자 조직 히나시겐즈가 실행범이었다는 것도 분명했다. 분노한 혜영이 기묘사와 신야의 영혼을 날려버릴 기세로 고함쳤다.

"당신들이 인간이야? 이게 인간으로서 할 도리냐고!"

<이런, 이런. 변호사님이 화가 많이 나셨네요. 일단 저는 귀신입니

다. 당신한테 방해받는 바람에 제 몸을 스스로 포기했거든요. 지금은 제가 강민혁 씨 모습을 하고 있는데, 오랜만에 보는 남자친구한테 너무 대드시는 거 아닙니까?>

“저번에 중학생들까지 죽여 놓고, 이번에는 또 몇 명을 죽일 건데?”

<몇 명이요? 생각해 본 적 없습니다. 필요한 만큼 취하고, 방해되는 것들은 제거하면서, 다들 그렇게 살지 않습니까?>

이번에도 행간은 명확히 읽혔다. 방해돼서 제가하겠다는 건 혜영을 가리키는 게 분명했다. 물론 이에 대한 대비도 충분히 되어 있었다. 혜영이 들고 있던 휴대폰 화면을 몇 번 두드려 기묘사와 신야를 향해 내밀었다.

“앞으로 세 시간이야. 그 안에 내가 여기에서 못 나가면, 여기 예약 업로드돼 있는 동영상이 그대로 너튜브에 공개될 거야. 당신들이 강민혁 씨한테 했던 짓이 고스란히 담겨 있어.”

<그런가요? 그깟 예약 취소해 버리면 그만 아닐는지요?>

탁, 빠직-. 절대로 기묘사가 바라는 대로 두지 않겠다는 의지를 담아 혜영이 바닥에 휴대폰을 떨어뜨린 뒤 구두 뒷굽으로 온 힘을 다해 밟았다. 그 모습을 본 신야의 얼굴이 일그러졌다.

“그까짓 거로 저희가 업로드 취소를 못 하게 할 수 있다고 생각하십니까? 기술적인 방법이라면 얼마든지 있습니다. 특히 당신의 생체 정보를 저희가 마음껏 활용할 수 있다면 더욱 쉽죠. 지문이라든가, 안면이라든가.”

"제 몸을 마음대로 쓰게 내가 가만히 둘 것 같나요?"

"가만히 계실 수밖에 없을 겁니다."

그 말이 신호라도 된 것처럼 신야의 몸에서 귀신 한 위가 훅 튀어나오더니 혜영을 덮쳤다. 이번에는 알아볼 수 있었다. 찜질방의 토방에서 신야와 이야기할 때 똑같은 방식으로 혜영에게 빙의를 시도했던 그 영력 높은 귀신이었다.

절계가 쳐져있었기에 이번에는 웅녀가 도와주러 올 수 없었다. 하지만 이럴 때를 대비해서 혜영의 어머니가 미리 취해둔 조치가 있었다. 혜영은 자신을 향해 다가오는 귀신을 피하지 않았다. 대신 몸안의 영혼을 격하게 떨었다. 북한산 산신령에게서 배운 탄혼술이었다. 팅-. 혜영의 방어는 성공적이었고, 빙의를 시도했던 귀신은 도로 신야의 몸에 닿을 거리까지 튕겨 나갔다.

그 장면을 본 기묘사가 불만족스러운 표정으로 고개를 가로저었다.

<커플끼리 닮는다는 말이 이럴 때도 통하는 건가요? 둘이 똑같이 탄혼술을 쓰다뇨. 인간 주제에. 이번에도 대가리를 한 대 쳐서 기절시키고 일을 도모해야 할까요?>

기묘사가 내놓은 방안에 신야가 고개를 가로저었다.

"저 몸은 최대한 멀쩡하게 보존하라는 젠코 렌타 상의 명령이 있었습니다. 가방 여십시오."

그러고 보니 기묘사는 처음 신당의 마당에 나타날 때부터 웬 검은색 가방을 들고 있었다. 신야의 지시에 기묘사는 그 안에서 수정구 하나를 꺼냈다. 그러더니 주변에서 적당한 돌멩이 하나를 집어다가 수정구를 스스로 깨뜨렸다.

혜영도 저 수정구가 영혼을 가둬 두는 감옥 역할을 한다는 것과 저게 깨지면 그 안에 봉인되어 있던 혼이 귀신의 형태로 나타난다는 것 정도는 알고 있었다. 하지만 나타난 귀신이 누구일지는 차마 짐작도 할 수 없었다.

<변호사님?>

“허수지님?”

혜영과 수지는 한동안 서로를 멍하게 바라본 채 말이 없었다. 양쪽 다 할 말이 너무 많아서 무엇부터 말해야 할지 몰라 말문이 쉽게 열리지 않았다. 혜영의 당황한 표정을 보고서 기묘사가 만족스러운 웃음을 지으며 신야에게 물었다.

<두 분 편히 이야기 나누실 수 있게 저희는 잠시 빠져 드릴까요?>

“그렇게 하시죠.”

기묘사와 신야가 팔짱을 낀 채로 동시에 크게 한발 물러서며 만들어진 대화의 공간에서 먼저 질문을 던진 쪽은 수지였다.

<제 재판은 어떻게 됐나요?>

“무죄예요! 법률 용어로는 공소기각이라고 하는데, 피고인이 사망해서 처벌할 사람이 없어졌으니 재판을 더 이상 진행하지 않는다는 뜻이에요. 공소기각이 되면 무죄추정의 원칙에 따라 피고인은

무죄가 돼요."

<제 무고함이 증명된 게 아니라, 그냥 제가 없어졌으니까 판결을 안 했다는 말씀이신 것 같은데, 맞나요?>

그 순간 혜영은 그저 무죄 소식을 빨리 전해야 한다는 생각만으로 크게 실수했음을 깨닫고서 황급히 설명을 덧붙였다.

"아니에요. 다른 재판에서 강민혁 씨의 살인미수범은 기묘사와 채경욱이었다는 게 밝혀졌어요. 이건 대법원에서도 확정 판결됐고요, 언론에서도 대대적으로 보도했어요. 이제는 아무도 허수지님이 살인범이라고 생각하지 않아요."

혜영은 분명히 자신이 희소식을 전하고 있다고 생각했다. 그런데도 수지의 표정에서는 침울함이 지워지지 않았다.

<재판 결과도 무죄이고 사람들도 저를 범죄자라고 생각하지 않는데, 제가 받은 형벌은 사형이었네요.>

"허수지님..."

이번에는 정말 할 말이 없어서 혜영의 말문이 막히고 말았다. 미결수로 구치소에 수감되어 있는 의뢰인이 부당한 대우를 당하지 않도록 막는 것 역시 변호사인 자신이 해야 할 일이었다. 혜영은 그 책임을 다하지 못했고, 그 결과는 너무나 참담했다.

차라리 수지가 화라도 내 줬으면 좋겠다고 생각했을 때, 오히려 차분한 목소리가 들려왔다.

<저를 다시 살려달라고 하지는 않을게요. 변호사님이 하실 수 있

는 일도 아닐 테니까요. 대신 부탁이 하나 있어요.>

"뭐든 말씀하세요. 제가 해 드릴 수 있는 건 다 들어드릴게요."

대답을 잇기 전 수지가 뒤를 슬쩍 돌아보았고, 기묘사와 신야가 수지의 뒤에 바짝 붙어 섰다. 뭔가 눈치를 보는 듯 잠시 망설이던 수지가 다시 입을 열었다.

<잠시만 저한테 변호사님 몸을 빌려주세요.>

"혹시 저한테 빙의하고 싶으시다는 말씀이실까요?"

<네. 이 세상에 큰 미련은 없어요. 그래도 죽기 전에 잠깐이라도 행복한 시간을 보내게 해 줬던 민혁 오빠한테 할 말이 있어요.>

31화. 현 남친의 전 여친 (2)

그 말에 기묘사가 맞장구쳤다.

<인간의 도리 따지시는 변호사님, 이 정도는 들어드리는 게 맞지 않겠습니까? 얘가 변호사님 몸에 들어가면 저도 강민혁 씨 혼을 정면으로 내보내 드리지요.>

혜영이 고민에 빠졌다. 인간적으로 수지의 부탁을 들어주지 않을 수는 없었다. 그렇다고 해서 그게 꼭 지금 해 줘야 하는 일은 아니었다. 혜영은 민혁을 구할 것이고, 그러고 나면 수지와의 대화 자리를 만들어 줄 기회는 얼마든지 가질 수 있다.

"죄송해요. 조금만 기다려 주세요. 제가 이 자들이랑 해결해야 할 일이 있어서요. 아무리 늦어도 세 시간은 넘지 않을 거예요."

여기에 수지 대신 신야가 대답하고 나섰다.

"우리 유혜영 변호사님이 자신감이 아주 넘치십니다? 그까짓 예약 업로드 동영상으로 세 시간 안에 저희를 구워삶기라도 하실 수 있다고 믿으시나 본데, 뭐 좋습니다. 다른 복안이 있으실지도 모르니 그럴 수도 있다고 쳐 드리죠. 그런데 허수지 씨에게 남은 시간은 그리 길지 않습니다."

"허수지님한테 남은 이승 체류 기간이 세 시간도 안 되나요? 그럴 리가 없잖아요."

"또 그 말랑말랑한 이야기를 하시네요. 저 여자가 이승 체류 기간을 얼마나 허가받았든 변호사님이 그 부탁을 거절하시면 바로 소멸됩니다. 제 명령을 받은 저자들이 그렇게 할 거니까요."

말을 마친 신야가 허공을 향해 누군가를 부르는 듯한 손짓을 해 보였다. 그러자 신당 지붕에 수십 위의 일본귀들이 나타났다. 대부분이 일제 강점기를 배경으로 한 사극에서나 볼 법한 일본군 헌병 복장을 하고 있었다.

심지어 그중 우두머리로 보이는 귀신은 임진왜란 때나 입었을 것 같은 갑옷에 오징어 머리 모양의 투구를 쓰고 있었다. 다들 죽은 지 수십 년에서 수백 년씩은 된 중급 내지는 상급 귀신들이었다. 귀신 나이로 치면 이제 갓 한 살이 된 수지가 감당할 수 있는 자들이 아니었다.

일본귀들이 마치 먹잇감을 앞에 두고 으르렁거리는 늑대 무리처럼 각자 한마디씩을 내뱉었다.

<日本帝国は敗北しなかった。(일본제국은 패망하지 않았다.)>

<朝鮮を再び天皇陛下の膝の下に。 조선을 다시 천황 폐하의 무릎 아래에.)>

<朝鮮を越えてアジアへ。アジアを越えて世界へ。 조선을 넘어 아시아로. 아시아를 넘어 세계로.)>

웅녀가 말했던, 한국 재계를 장악하기 위해 불러들였다는 귀신들이었다. 그 흉흉한 기세에 혜영이 주눅 들지 않으려 애쓰며 신야에게 따져 물었다.

"왜 이렇게까지 하시는 거죠? 사정을 모르시겠지만, 정말 힘들게 사셨고 억울하게 죽음을 맞으신 분입니다. 인간의 도리까지는 아니어도 최소한의 연민이라는 건 보여주실 수 있지 않나요?"

"허수지 씨의 사정 저도 이미 들어서 잘 알고 있고요, 그래서 말씀하신 최소한의 연민으로 잠시 옛 남자친구와 대화할 배려를 해드리겠다는 겁니다. 그걸 변호사님이 거절하시면, 제 배려심이 호의를 거절당하고도 남아 있을 만큼 깊지는 않다고 말씀드리겠습니다."

말이 되는 척 지껄이고 있으면서도 잘 따져보면 어딘가 이상한 궤변이라는 걸 금방 알 수 있었다. 가볍게 표현하자면, 밴댕이 소갈딱지라고 면박을 한 바가지 퍼 부어줄 수도 있었다. 하지만 혜영은 이미 신야가 논리로 설득되는 사람이 아니라는 걸 직접 경험했다.

심지어 절계가 쳐져서 외부의 도움도 받을 수 없는 이 공간의 주도권이 신야에게 있다는 것도 인정할 수밖에 없었다. 혜영이 인간으로서 아무리 영력이 출중하다고 한들, 웅녀와 같은 초월격이 아닌 이상 지붕 위에서 노려보고 있는 수십 위의 중상급 귀신들을 한 번에 상대하는 건 불가능했다.

그러던 중 한없이 슬퍼 보이는 수지의 눈이 보였고, 결국 혜영의 마음이 기울었다. 이번 일이 어떻게 처리되든 수지의 부탁을 들어

주지 못한 채 소멸을 보게 된다면, 그 상처는 평생 지워지지 않을 것만 같았다.

"허수지님이 강민혁 씨랑 대화하는 동안에는 허튼짓하지 않겠다고 약속해 주세요."

신야가 너무 당연하다는 듯 과장되게 어깨를 으쓱해 보였다.

"그럼요. 싸움에도 예의가 있고 전쟁에도 규칙이 있습니다. 저를 어떻게 보셨는지는 모르겠지만, 그렇게 막돼먹은 사람은 아닙니다. 예의범절의 나라, 일본에서 왔는걸요."

그 말이 어딘가 어색하고 잔뜩 과장돼 있다는 찝찝함을 느꼈을 때였다. 여전히 슬픈 눈을 한 수지가 말을 걸어왔다.

<저 이제 변호사님 몸에 들어가도 되나요?>

혜영이 굳은 결심을 한 표정으로 고개를 끄덕였다.

"네."

혜영이 탄혼술을 쓰지 않으리라고 마음먹고 눈을 감았다. 그때 신야의 몸으로 돌아가 있던 늙은 일본 귀신이 다시 튀어나왔다. 그리고 다음 순간, 혜영의 몸에 빙의된 건 수지가 아니라 그 일본 귀였다. 그는 빙의에 익숙한 듯 빙의에 성공하자마자 혜영의 몸을 장악하려고 시도했다.

뭔가 이상한 낌새를 느낀 혜영이 온 영력을 다해 저항해 보려고 했다. 혜영의 몸 안에서 두 영혼 간의 거센 충돌이 일어났고, 얼마 지나지 않아 버티지 못한 채 마당의 흙바닥에 풀썩 쓰러지고 말았다.

그 모습을 본 수지가 한없이 슬퍼 보였던 그 눈을 질끈 감았다.

<변호사님, 정말 죄송해요. 이렇게 해야 제가 귀신으로서나마 자유로워질 수 있다고 했어요. 저 다시는 유리구슬에 갇히고 싶지 않아요. 그리고 제가 없을 때도 민혁 오빠 자주 웃게 해 주셔서 감사드려요. 지금 두 분 다 어려움에 처해 계시는데, 잘 극복하셨으면 좋겠어요.>

당연하게도 정신을 잃은 혜영이 그 말을 들을 수는 없었다. 그런데 수지가 전혀 의도하지 않았던 엉뚱한 자들이 수지를 보며 쑥덕거렸다. 기묘사가 여전히 팔짱을 낀 채로 신야에게 물었다.

<저 여자 아무래도 끝까지 우리한테 진심으로 복종하지는 않을 것 같습니다만?>

"동감입니다. 극복하긴 뭘 극복하나요? 이제 유혜영, 강민혁 둘 다 우리 손에 떨어졌는걸요."

<저 썩음썩음한 태도만 문제가 아니에요. 저 여자 우리가 하는 일을 너무 많이 알고 있습니다. 쓸모가 다했으니 역시 계획대로 처리하는 게 좋을까요? 아니면 도로 수정구에 넣어서 절계 배터리로나 쓸까요?>

오직 지유를 위해 한때 은인이었던 혜영도, 남자친구였던 민혁도 배신한 수지가 공포에 질린 목소리로 물었다.

<처, 처리라니요? 배터리는 또 뭔데요? 시키는 대로만 하면 저 풀어주시기로 약속했잖아요. 저 죽기 직전까지도 감옥에 갇혀 있

었어요. 제발 부탁드려요. 제가 보고 들은 거 아무한테도 말 안 할게요. 저를 놓아주세요.>

그 애원에 신야의 대답은 목소리로 이루어지지 않았다. 그 대신 수지와 눈을 마주한 채로 지붕을 향해 손짓해 보일 뿐이었다. 그에 반응한 오징어 머리 모양의 투구를 쓰고 있던 일본귀가 갑옷에 차고 있던 칼을 뽑아 들었다.

그러더니 수지를 향해 그 칼을 휘둘러 염동력을 뿜어냈다. 귀신이 되어서는 인간일 때보다 더 나약한 수지는 그 공격을 버텨내지 못했다. 한마디의 애원조차 더 하지 못한 채, 수지는 저승에조차 가지 못하고 소멸되었다.

* * *

바깥에서 그 끔찍한 일이 벌어지는 동안, 혜영은 자신의 몸에 들어온 일본귀와 대치 중이었다. 찬찬히 뜯어본 그 귀신의 모습은 흉악한 기운에 비해 너무나 초라했다. 굽은 허리 탓에 그의 키는 혜영의 가슴에도 미치지 못했다.

게다가 얼마 남지도 않은 머리는 하얗게 세어 있었고, 그 아래의 얼굴은 원래 피부가 무슨 색인지 알 수 없을 정도로 잔뜩 피어난 검버섯에 뒤덮여 있었다. 그 검버섯 아래에서 핏기 없는 입술이 씰룩였다.

<나한테 빙의되고도 이렇게 꼿꼿이 마주할 수 있다는 거지? 역시 보통 영력이 아니다 했어.>

<당신은 누구죠?>

<나? 어떤 이름을 말해 줄까나? 처자가 우헤이 신야한테도 꼬박꼬박 승규라고 부르던 걸 보니 전옥현이라고 소개해 주면 좋아하려나? 아니야, 아니야. 조선 이름은 영 마음에 들지가 않는단 말이지. 나는 젠코 렌타야. 강양범이랑 웅녀가 나를 애타게 찾고 있다더군.>

일본까지 가서라도 찾아내려고 했던 젠코 렌타가 눈앞에 나타났다. 어쩌면 이 위기가 모든 것을 한 번에 끝낼 기회가 될지도 모른다는 생각이 들었다. 그러려면 먼저 이 자를 제압해야 했다. 혜영이 어머니에게 배운 대로 전신에 영력을 돌리려 명치에 정신을 집중해 보았다.

하지만 이전과는 확연히 다른 텅빈 느낌에 신음만이 흘러나왔다.

<끄응.>

<쯧쯧. 영력은 다룰 줄 아는 사람한테나 쓸모가 있는 게야. 풋내기 주제에 어디서 주워들은 건 있는 모양인데, 네 신령원은 이 몸에 들어오자마자 이미 내가 장악했어. 곧 손, 발, 눈, 코, 입 다 내 의지대로만 움직일 테니까 괜히 애쓰지 말고 포기하라고. 아주 오래 푹 잔다고 생각하면 마음이 편할 게야.>

<왜 저한테 이런 짓을 하시죠? 김승규 씨 몸 안에서도 이승 체류 기간이랑 상관 없이 한 생을 더 누리실 수 있었잖아요. 육신의 주인이 빙의를 허락한 이상 저승사자들도 그 안의 영혼을 거둬갈 수는 없다고 알고 있어요.>

<맞아, 다 맞는 말인데, 우헤이는 내가 그 안에 안 들어가 있어도 내 말을 거역할 놈이 아니거든. 거기 얽매여 있을 필요가 없어서 갖고 싶었던 걸 갖기로 했을 뿐이야.>

<뭘 갖고 싶으셨는데요?>

그 물음에 젠코 렌타가 기분 나쁜 웃음을 지으며 혜영을 위에서 아래로 쭉 훑어보았다.

<누구나 자기가 가져본 적 없는 것에 탐이 나는 법 아니겠나? 유복한 가정에서 자란, 건강하고, 젊고, 예쁜 여자의 몸으로 사는 삶. 나도 누려보고 싶었다고. 태어나자 마자 걸린 가난이라는 병은 늙어서 돈을 얼마를 때려 부어도 고쳐지질 않더란 말이지.>

<돈 많고 건강하고 외모가 출중한 사람이라면 저 말고도 많을 텐데요? 왜 꼭 저한테 집착하시죠?>

<그렇게 변태 늙은이 보듯이 눈 흘기지 말게나. 처자 말마따나 속세에 그런 조건들 넘치게 갖춘 사람들은 널렸지. 그런데 이런 영력을 가진 사람은 일본에서도 한국에서도 본 적이 없어. 이런 힘은 나처럼 쓸 줄 아는 사람이 가져야 돼. 앞으로 이 영력을 갖고 뭘 할 수 있을지 상상만 해도 즐겁구먼. 어디 이것뿐이던가?>

너무나 당연하게 자신의 것이라고 여기던 것들을 모조리 빼앗아가겠다는 젠코 렌타의 선언에 혜영이 신경질적으로 되물었다.

<저한테서 더 가져가실 게 있나요?>

<그럼. 있고말고. 처자 남자친구가 찍어갔다던 그 동영상 무슨 예약을 걸어놨다면서? 이 몸이 있으면 그 예약 내가 취소하면 그

만 아닌가? 삭제도 그냥 해 버리면 되는 거고.>

젠코 렌타가 짜놓은 계획의 최종판을 알게 된 혜영이 경악했다. 애초에 영상의 복사본이 없다는 확인서에 서명을 하라는 얘기는 그럴듯하게 둘러댄 것에 불과했다. 편집을 맡았던 민아가 가지고 있을 사본도 젠코 렌타가 혜영의 몸을 갖고 삭제하라고 지시하면 그만이었다.

어떻게든 이 자를 자신의 몸에서 몰아내야 한다는 것을 깨달은 혜영이 언젠가 찜질방의 토방에서 웅녀가 했던 행동을 떠올렸다. 그리고 그걸 그대로 따라 손을 앞으로 쭉 내밀고서 남은 영력을 짜내 정면을 향해 발사했다. 그러자 서로에게 물리력을 행사할 수 없는 귀신들이 싸울 때 쓰는 염동력이 젠코 렌타를 향해 뻗어 나갔다.

32화. 세계의 주인 (1)

하지만 혜영이 스스로 염동력을 구사했다는 기쁨은 너무나도 짧은 시간에 끝나 버렸다. 젠코 렌타가 뿜어내고 있는 기운이 거대한 호수였다면, 혜영이 기껏 뻗어 낸 염동력은 시골 마을 주변을 흐르는 실개천 정도에 불과했다.

얼굴에 비웃음을 잔뜩 머금은 젠코 렌타가 그 실개천을 향해 간단하게 손가락을 튕겼다. 그러자 호수의 물결이 거대한 쓰나미를 일으키며 도로 혜영에게로 덮쳐 왔다. 본디 젠코 렌타가 갖고 있던 힘에 혜영의 신령원에서 흡수한 기운이 더해져 있었다.

이게 영혼이 소멸되는 기분일지도 모른다는 생각까지 하며 혜영이 그 자리에 쓰러졌다. 그래도 이대로 포기할 수는 없다며 이를 악물고 일어나 젠코 렌타를 다시 마주했을 때, 더 큰 절망이 눈에 들어왔다.

탄혼술을 쓸 수 없게 된 혜영의 몸에는 어느새 신당 지붕에 있던 일본 헌병 복장을 한 귀신 수십 위가 더 빙의해 있었다. 젠코 렌타는 마치 자신이 독립군을 토벌하던 일본군 지휘관이라도 된 것처럼 손을 높이 들었다가 척 소리가 나게 내렸다.

그와 동시에 일본 헌병 귀신들이 혜영에게 겨누고 있던 총에서 염동력이 총알처럼 발사되었다. 수십 발의 총알이 동시에 혜영의 영혼을 꿰뚫었다. 이건 도저히 정신력으로 버틸 수 없는 압도적인 힘이었다.

영혼이 신체의 모든 부분과 단절되는 것을 느끼며 혜영이 깊은 내면세계로 침잠해 들어갔다. 그러면서 지금까지 살아왔던 순간들이 시간을 거슬러 하나씩 떠올랐다. 고등학교에 입학한 뒤로 로스쿨을 졸업할 때까지 장장 10년에 걸쳐 치열하게 공부했던 기억이 가장 먼저 지나갔다.

초등학교, 중학교에 다닐 때 여느 아이들처럼 친구들과 깔깔거리며 놀던 기억이 떠올랐다가 가라앉았다. 그다음으로 다가온 기억은 아버지의 장례식이었다. 너무 어려서 무슨 일이 일어난 건지도 정확히 모른 채 찾아오는 사람들이 울어서 혜영도 따라 울기만 했었다.

기억 속 아버지의 흑백 영정 사진이 점점 또렷해지고 색을 찾아가는가 싶더니, 아버지의 살아생전 모습도 떠올랐다. 아버지가 어린 혜영에게 입버릇처럼 하던 말이 있었다.

"네 세상의 주인은 너야. 이걸 알면 너는 뭐든지 할 수 있는 사람이 되는 거야."

그때는 그게 무슨 뜻인지도 모르고서 고개만 끄덕거렸다가, 나중에 어머니에게 듣기로 검사였던 혜영의 아버지는 정말 그런 삶을 살았다고 했다. 위에서 덮으라고 지시가 내려오는 수사도 자기가 처벌해야 한다고 생각하면 끝까지 물고 늘어졌다.

그러다 보니 윗선에서 찍히고 찍혀, 승진은 고사하고 매번 지방으로 발령받아 예화와는 꽤 오래 주말부부처럼 지내기도 했다. 그 이야기를 해 주던 어머니도 입버릇처럼 덧붙이던 말이 있었다.

"혜영아, 네가 동생이 없는 건 나 때문이 아니니다."

푸훗-. 이제는 그 말이 무슨 뜻인지 이해할 나이가 된 혜영이 가벼운 웃음을 터뜨렸다. 그러면서 역행해 가던 기억 속 시간이 다시 현재를 향해 흘렀다. 그러던 중, 불과 며칠 전 웅녀에게서 들은 이야기가 생각났다.

<안쪽 공간의 주인은 그 세계를 구성하고 있는 자들이기에, 만약에 제가 그 안에 들어간다고 해도 그곳에서는 제 힘조차 약화됩니다.>

완전히 현재로 돌아오기 직전 이 말에 천착하던 혜영의 이해가 한층 더 깊어졌다. 웅녀가 귀신들에게 초월격의 힘을 행사할 수 있는 까닭은 그녀가 귀신들의 세계, 즉 저승을 구성하고 있는 일원이기 때문이다.

만약 혜영의 내면이 저승 또는 절계 안의 공간처럼 별개의 세계라면? 그 세계를 구성하고 있는 유일한 힘은 혜영 본인의 것일 수밖에 없다. 이건 어쩌면 극히 일부의 사람들만 꾼다는 자각몽(自覺夢, Lucid Dream)과 같은 원리일 것이다.

꿈속에서 자신이 꿈을 꾸고 있다는 것을 깨달은 사람은 그 안의 모든 것을 자신의 의지대로 통제할 수 있다. 원하는 곳으로 꿈의 배경을 바꾸든, 죽은 사람을 살려내든, 현실에서는 불가능한 것들이 그 안에서만큼은 가능해진다. 자각몽을 꾸는 사람이 꿈의 주인이기 때문이다.

스르륵-. 염동력의 총탄에 온몸, 아니 온 영혼이 갈기갈기 찢겼던 혜영이 마치 부활이라도 하는 것처럼, 고통도 상처도 없이 자리에서 일어났다. 그리고 깨달았다. 젠코 렌타와 싸우는 이 세계의 주인은 자신이라는 것을.

그 모습을 본 젠코 렌타가 뭔가 잘못 돌아가고 있다고 생각하며, 급기야 말을 더듬었다.

<뭐, 뭐야? 그 꼴을 당하고도 이렇게 멀쩡하게 회복한다고? 이건 영력이 출중하고 말고의 문제가 아니잖아.>

그러더니 또다시 일본군 지휘관 흉내를 내며 손을 치켜들었다가 재빨리 내렸다. 일본 헌병 복장의 귀신들은 이번에도 그 지휘를 따라 혜영에게 염동력으로 만들어진 총탄 수십 발을 발사했다. 조금 전 혜영을 무너뜨렸던 탄막이 똑같이 형성되었지만, 그때처럼 당할 리는 없었다.

지난 세기말에 나왔던 어느 영화의 한 장면처럼, 혜영에게는 날아오는 총알이 너무나 느리게 보였다. 마음만 먹는다면 한 발, 한 발을 모두 손으로 잡아낼 수도 있을 것 같았다. 그렇다고 그런 수고로운 일은 하지 않았다.

그저 손바닥을 내밀 뿐이었다. 그러자 마치 세계가 주인의 명령을 따르듯 허공을 가르던 총알이 그 자리에서 멈췄다. 그리고 다음 순간, 초겨울의 강풍을 맞은 단풍나무 잎들보다 더 힘없이 아래로 후두둑 떨어져 내렸다.

장애물을 제거한 혜영은 그대로 뚜벅뚜벅 걸어 젠코 렌타의 앞에 섰다. 그리고 한 손을 뻗어 그의 주름이 자글자글한 얼굴을 꽉 쥐었다.

<이 세계의 주인으로서 명합니다.>

그제야 상황 파악이 된 젠코 렌타가 양팔을 버둥거리며 혜영의 말을 잘랐다.

<내가 알아서 나갈 테니까 놔 줘. 제발, 부탁이야!>

처음 젠코 렌타를 정면으로 마주했을 때부터 민혁의 구출과 경제 식민지화의 저지 모두 이곳에서 끝내겠다고 결심한 혜영이었다. 그런 부탁 따위는 들어줄 리가 없었다. 세계의 주인이 명령의 끝을 맺었다.

<소멸되십시오.>

<안 돼! 하지 마. 이 천한 조선년아, 내 발로 나간다고!>

그 욕지거리 섞인 비명은 무시되었고, 혜영의 염동력이 젠코 렌타의 얼굴을 향해 발사되었다. 이 세계를 구성하는 초월격의 힘 앞에서 젠코 렌타의 얼굴은 무참히 터져나갔다. 그 아래로 목과 가슴, 배와 팔, 다리가 차근차근 가루가 되어 허공에 흩날리다가 사라졌다.

지휘관을 잃자 일본 헌병 귀신들의 질서정연했던 대오가 흐트러졌다. 젠코 렌타의 마지막 절규에서 단서를 잡았는지, 모두가 앞다투어 혜영의 몸에서 빠져나가려 하고 있었다. 혜영으로서는 그걸 가만히 두고 볼 수 없었다.

저들 모두가 절계가 쳐진 바깥 공간으로 나간다면, 혜영 혼자서 감당하기는 역부족이라는 걸 잘 알고 있었다. 자신이 주인인 이 공간에서 끝을 보아야 했다. 혜영의 팔이 좌우로 쫙 펼쳐졌고, 허공에서 염동력이 번개처럼 쏟아져 내려 남은 일본귀들을 모두 소멸시켰다.

휴우-. 큰일을 마친 혜영이 숨을 깊게 들이마셨다가 내쉬었다. 동시에 잃어버렸던 신체의 각 부분과 영혼의 연결이 되살아났다. 심장이 뛰는 게 느껴졌고, 손가락을 움직일 수 있었다. 텅 빈 것만 같았던 명치 부근의 신령원에도 다시 하얀 기운이 차 있는 게 느껴졌다.

* * *

다음으로 귀가 열리며 기묘사의 목소리가 들려 왔다.

<영상 업로드 예약 시간까지 이제 30분도 안 남은 것 같습니다만, 이걸 어쩌면 좋겠습니까? 일단 영상이 공개되고 나면 저희 무당들의 일이 아무리 잘 돼도 한국과 일본 정부 간의 일로 번질 겁니다. 그렇게까지 커지면 감당할 수 없습니다.>

이어서 당혹스러움이 역력하게 묻어나는 신야의 대답이 따라왔다.

"저도 같은 의견입니다. 젠코 렌타 상이 저까짓 몸뚱아리 하나 장악하는 데에 이렇게 오래 걸릴 줄은 미처 생각하지 못했습니다. 일단 이 휴대폰 잠금이라도 풀어서 예약은 취소해 놓고 기다리는 게 좋겠습니다. 유혜영 변호사가 평소에 쓰는 비밀번호 몇 개 알아둔 게 있습니다."

<어떻게요? 액정이 이렇게 박살 나 있는데 무슨 수로 비밀번호를 입력합니까? 유혜영 변호사가 원래 저렇게 뾰족하고 굽 높은 구두를 신고 다녔습니까? 자주 만난 건 아니었어도, 제가 봤을 때는 늘 단화를 신고 있었는데요.>

"오늘따라 예뻐 보이고 싶은 사람이 있었나 보죠."

<누구요?>

"저요. 비밀번호는 도저히 안 될 것 같으니, 지문 인식이라도 시도해 봅시다. 이게 전원버튼이고 보통 지문 감지 센서가 이쯤 있지 않습니까?"

기묘사가 고개를 끄덕였고, 신야가 아직 바닥에 누워 있는 혜영의 손목을 잡았다. 그 순간 혜영의 눈이 번쩍 뜨이며 서로의 동공에 상대방의 상이 맺혔다. 혜영이 내면세계에서 깨어날 때보다 더 벌떡 일어나 신야의 손을 뿌리쳤다. 쫘악-. 그러고는 그 손으로 그대로 귓방망이를 날렸다.

"일본에서 오셔서 예의범절에 밝으시다던 우헤이 신야 씨, 미치셨어요? 당신한테 예뻐 보이고 싶어서 구두 신고 온 거 아니고, 지금 들고 계신 그 폰 박살내려고 신었어요. 똑바로 아세요."

예상과는 너무나 다르게 전개되는 상황을 받아들이지 못해 얼떨떨한 표정이 된 신야갸 억지웃음을 지어 보였다.

"젠코 상, 이렇게 깨어나셔서 활달히 움직이시는 걸 보니 그 몸을 장악하시는 데에 완전히 성공하셨나 봅니다. 축하드립니다."

"한 대 더 맞고 싶어요? 젠코 렌타가 아니라 멀쩡한 정신의 유혜영입니다."

"그, 그럼 저희 젠코 상은 어떻게 되셨습니까?"

"소멸되셨습니다."

그 짧고 단호한 대답에 신야가 몇 번이고 눈을 껌벅였다. 그리고 곧 혜영이 거짓말을 하고 있는 게 아니라는 것을 깨달았다. 젠코 렌타는 물론, 혜영의 몸에 같이 빙의했던 일본귀들의 기운이 전혀 느껴지지 않고 있었다.

"이건 말이 안 되는데요?"

"말은 잘 되고, 당신들이 계획한 일이 안 되는 겁니다. 예전에 제 휴대폰 위치 추적까지 해서 쫓아오셔서는 저한테 조언이랍시고 무슨 사건 맡으라고 강요하신 적 있으시죠? 저도 조언 하나 할게요."

"뭔가요?"

"우혜이 신야 씨가 한국에서 쓰시는 휴대폰에 이미 감청 영장 발부돼 있었어요. 제가 범죄 의심 정황 있다고 신고해서 잘 알고 있거든요. 요 며칠 사이에 전국적으로 일어난 도검 연쇄 살인 사건들, 우헤이 씨가 뒤에서 조종한 거 맞죠? 경찰이 이미 증거 다 잡았을 겁니다. 도망칠 생각하지 마시고, 여기서 나가는 대로 죗값 치르세요."

혜영의 조언이 지나치게 충심 어렸기 때문일까, 신야의 얼굴에 사색이 돌고 있었다. 그러더니 그 조언만큼은 도저히 받아들일 수 없다고 온몸으로 강변하듯, 가타부타 답도 없이 신당 뒷문을 향해 질주했다.

반대로, 도망치는 대신 마지막 결사항전의 의지를 불태우는 자도 있었다. 기묘사가 혜영에게 걸어오며 한껏 낮춘 목소리로 뇌까렸다.

<유혜영, 당신은 내가 소멸되는 한이 있더라도 같이 갑니다.>

33화. 세계의 주인 (2)

그러더니 혜영에게 달려들어 양손으로 목을 콱 졸랐다. 협박을 받고 이 신당에 오기로 했을 때부터 걱정했던 일이었다. 민혁의 몸을 지배하고 있는 기묘사와 완력으로 다퉈서 혜영이 이길 수는 없었다.

그래서 강중혁 경위에게 부탁해 주변에 경찰을 배치했건만, 절계가 쳐진 지금은 구조 요청도 할 수 없는 상황이었다. 숨은 점점 막혀왔고 이러다가는 정말 공포 영화에서 흔히 나오는 장면처럼 쓰러진 채로 기도가 막혀 죽을 것만 같았다.

그런 와중에 답답하게 느껴지는 게 있었다. 혜영은 한 시간도 안 돼서 수십 위의 빙의귀들을 떨쳐내고 의식을 되찾았건만, 민혁은 도대체 일주일이 다 되어가는 지금까지 저 몸 안에서 무엇을 하고 있단 말인가?

다른 한편으로는 서러움도 밀려왔다. 언젠가 민혁이 편지 한 통만 남기고 훌쩍 떠나 버렸다가 돌아온 뒤에 굳게 약속했었다. 다시는 혜영을 혼자 남겨두고 어딘가로 가 버리지 않겠다고. 그러더니 호랑이 사냥을 한답시고 쳐들어갔다가 아직도 못 돌아오는 중이다.

혜영이 터질 것 같은 눈물을 참고서 지금은 기묘사가 쓰고 있는 민혁의 눈을 똑바로 바라보며, 잘 나오지도 않는 목소리로 외쳤다.

"야! 강민혁, 당장 안 튀어나와?"

후흡-. 그 순간 막혀 있던 기도가 뚫리며 숨이 내뱉어졌다. 기묘사의 손에서 힘이 빠지고 있는 게 목을 통해 고스란히 전해졌다. 한 몸에 들어 있는 영혼은 그 정도의 차이가 있을 뿐 어느정도의 감각을 공유한다.

이건 저 몸의 원래 주인인 민혁이 혜영의 목소리에 반응해서 기묘사에게 저항하고 있다고 봐야 했다. 그 짐작이 맞다는 걸 보여주기라도 하듯, 기묘사의 손이 혜영의 목에서 완전히 떨어지더니 앞으로 내민 손을 덜덜 떨며 뒤로 몇 걸음 물러나기까지 했다.

그것도 잠시. 기묘사의 떨리던 손이 진정되었고, 민혁이라면 결코 혜영 앞에서 보이지 않을 날카로운 눈이 되었다. 그리고 그 눈매보다 훨씬 더 차가운 목소리로 말했다.

<저, 기묘사랑 이야기하지요.>

저 몸 안에서 민혁의 영혼이 다시 기묘사에게 제압당한 게 확실해졌다. 기묘사가 바닥에서 수지의 혼이 들어 있던 수정구를 깼던 짱돌을 다시 집어 들었다. 목을 조르는 건 시간이 오래 걸린다고 생각했는지, 이번에는 머리를 찧어서 죽일 작정이었다.

불과 몇 분 전 젠코 렌타가 짜놓은 치밀한 함정에서도 빠져나온 혜영이었다. 눈빛에 살기를 담아 한 걸음씩 다가오는 기묘사를 바라보면서도 침착하게 생각했다. 빙의에서 풀려난 뒤 몸에서 이

전과는 다른 기운이 느껴지고 있었다.

지금 혜영이 하고 있는 생각이 들어맞는다면, 육체적 힘으로는 도저히 어쩔 수 없는 기묘사를 꺾을 방법이 있었다. 혜영이 크게 숨을 들이쉬며 몸 한가운데에 있는 신령원에 집중해 영력을 온몸으로 돌렸다.

그리고 팔을 뻗어 그 기운을 손끝에 집중했다. 젠코 렌타를 소멸시킬 때의 기억을 떠올리며, 혜영이 자신의 영력을 염동력으로 발사했다. 이게 성공한다면 귀신인 기묘사는 타격을 입을 수밖에 없다.

펑-. 혜영이 쏜 염동력이 점점 더 빠른 걸음으로 다가오던 기묘사의 가슴팍에 명중했다. 그 효과는 혜영의 예상을 뛰어넘었다. 염동력을 맞은 몸이 허리를 중심으로 반으로 접히더니, 그 안에 빙의되어 있던 기묘사의 혼이 잠시 들떴다가 가라앉았다.

혜영이 놀란 눈으로 염동력을 뿜어낸 자신의 손을 바라보았다.

“이게 현실에서도 되는 거였어?”

놀랍고 당황스럽기는 기묘사 쪽이 더했다. 바닥에 나동그라져서 흙바닥을 구르느라 뒤집어쓴 먼지를 털어낼 생각도 하지 못한 채 멍한 눈을 혜영에게 고정한 채로 중얼거렸다.

<염동력은 영혼의 힘입니다. 육신에 갇혀 있는 살아있는 인간은 거의 바깥으로 꺼낼 수가 없단 말입니다. 아주 가끔 성공하는 인간들이 있지만, 기껏해야 흉내나 내는 정도이지 이토록 강한 힘을 낼 수는 없습니다.>

영적 지식으로 치자면 단연코 혜영을 압도하고 아랑 선녀와도 비

견될 만한 기묘사가 저렇게 말하는데, 반박할 방법은 마땅치 않았다. 다만, 그의 주장과는 다르게 살아 있는 몸으로 그 힘을 구현해낸 혜영으로서도 시도해 볼 만한 설명은 있었다.

영혼과 육신이 분리될 수 있다는 느낌을 처음 받았던 건 닷새 동안 북한산 산신령한테서 탄혼술을 수련받을 때였다. 몸은 가만히 두고서 영혼만 떨라는 말이 쉽게 이해되지는 않았다. 이것 때문에 한참을 고생하기도 했다.

그러다가 결국 탄혼술을 익히는 데에 성공하고 나자, 육신과 영혼을 분리해서 움직이는 데에 익숙해지게 되었다. 약한 수준의 유체이탈이랄까? 그리고 젠코 렌타와 싸우며 영혼의 힘으로 강력한 염동력을 다루는 방법까지 터득했다.

방금 혜영이 기묘사한테 한 일은 이 둘을 하나로 합친 것이었다. 탄혼술을 쓸 때처럼 몸에서 영혼을 살짝 떼어냈다. 그 상태로 염동력을 쏘자, 육신에 구애받지 않은 영혼의 힘이 그대로 발휘되었다.

물론 이 가설을 확언할 수는 없었다. 집에 돌아가거든 어머니랑 이야기해 봐야겠다는 생각도 들었다. 반대로 지금 확신할 수 있는 것도 있었다. 완력으로 기묘사를 이기는 건 불가능했지만, 영력으로는 충분히 가능하다.

아랑 선녀는 늘 자신이 기묘사보다 한 수 위라고 말했고, 혜영은 지식이 부족할 뿐 영력만 놓고 본다면 그 아랑 선녀보다도 더 높다고 평가받곤 했다. 이제는 혜영이 압도적인 우위를 점할 수 있는 것으로 종목이 바뀌었다.

이에 따라 다가가는 사람과 피하려는 사람, 즉 공격과 수비의 전환도 이루어졌다. 혜영이 젠코 렌타를 잡을 때의 그 기세로 기묘사를 향해 뚜벅뚜벅 걸어갔고, 기묘사는 다 일으키지도 못한 몸으로 염동력을 맞은 가슴을 움켜쥔 채 슬금슬금 뒷걸음질 쳤다.

"제 남자친구 몸에서 당장 나가세요."

<나가란다고 나갈 거였으면 애초에 들어오지도 않았습니다. 어디 한번 해보겠습니다.>

혜영이 구마 의식을 치르는 사제처럼 기묘사의 얼굴에 손을 뻗어 재차 염동력을 뿜어냈다. 묘사가 그 힘을 정통으로 다시 맞아서는 승산이 없다는 걸 깨닫고는 크게 한 걸음 물러서서 얼굴을 손으로 가린 채 염동력을 짜내어 혜영의 공격을 막아내려고 했다.

싱겁게도 그 대치는 오래가지 못했다. 딱 기묘사 본인이 말했던 대로 육신에 갇힌 영혼은 염동력을 제대로 발휘할 수 없었다. 결국, 기묘사의 영혼은 혜영의 힘을 이기지 못하고 민혁의 몸 밖으로 튕겨 나가고 말았다.

더 이상 민혁의 몸을 자신이 쓸 수 없다는 것이 명확해지자 기묘사가 전략을 바꿨다. 육신에서 빠져나와 훨씬 더 강력해진 염동력으로 혜영의 공격을 슬쩍슬쩍 받아치기만 할 뿐 정면충돌은 피했다. 어느 모로 보더라도 도망칠 궁리를 하는 게 분명했다.

혜영이 기묘사를 여기에서 소멸시켜 이 악연을 끝내겠노라고 결심하고서 구두까지 벗어 던진 채 맹렬하게 쫓았다. 하지만 이번 전장은 혜영이 초월격의 힘을 쓸 수 있는 내면세계가 아니었고, 상대는 잠시나마 조선제일무 칭호를 듣던 최상위급 무당이었다.

그런 기묘사가 작정하고 도망만 다니니 혜영으로서도 소멸에 이르게 할 만한 일격을 맞추기가 어려웠다. 이러다가는 또 기묘사를 놓치고, 그는 어디에선가 다른 악의 세력과 손을 잡고 새로운 음모를 꾸미는 일이 반복될 것만 같았다.

그런 불안감이 점점 고점을 향해 치달을 때, 갑자기 혜영의 시야가 탁 트였다. 신당 밖에 살아 있는 사람이 몇인지, 죽어서 떠도는 귀신은 얼마나 있는지 눈에 들어왔다. 재료로 사용된 영혼의 영력이 다해 절계가 풀린 것이었다.

그러자 하늘에서부터 묵직한 기운이 신당 전체를 뒤덮으며 내려왔다. 마치 솥뚜껑이 파리를 덮치는 형국으로, 기묘사가 도망갈 틈새 따위는 남겨놓지 않은 채 저 높은 곳에서 아래로 이 순간만을 기다려 온 웅녀가 강림하고 있었다.

<혜영님, 잘 버텨주셨군요. 다친 곳은 없으시죠?>

"발이 조금 따가운 것 말고는 다 괜찮습니다. 걱정하시던 젠코렌타는 제가 직접 소멸시켰습니다. 자세한 이야기는 차근차근 드릴게요."

<정말요? 저도 수십 년간 못 하던 일인데, 대단하시네요. 지금은 저 기묘사부터 잡도록 하겠습니다.>

넓게 펼쳐져 내려오던 웅녀의 기운이 기묘사에 초점을 맞추고서 점점 그 범위를 좁혔다. 없던 폐쇄공포증마저 유발할 것만 같은 그 위기에 기묘사의 얼굴에 체념의 그림자가 드리워졌다. 모든 것이 끝났다는 생각이 들었을 때, 혜영의 외침이 들려왔다.

"웅녀님, 잠깐만요. 저 자한테 확인해야 할 게 있어요."

<네. 잠시 기다리겠습니다.>

혜영이 행여나 웅녀의 기운에 스치기라도 할세라 잔뜩 몸을 사리고 있는 기묘사에게 다가가 눈을 마주치며 물었다.

"허수지님은 어떻게 되셨죠?"

중간 과정이 어찌 됐든 민혁을 만나게 해 주겠다는 약속을 아직 지키지 못한 혜영이 당연히 가질만한 의문이었다. 그런데 기묘사의 반응이 이상했다. 바닥에 주저앉아서는 얼굴이 깨질듯이 일그러지는가 싶더니, 폭소를 넘어선 광소(狂笑)가 터져 나왔다.

<그게 궁금하십니까? 걱정이 되세요? 유혜영 변호사님을 배신한 자 아닙니까? 허수지, 그 여자 때문에 변호사님 하마터면 젠코한테 그 몸이랑 대단한 영력까지 다 뺏길 뻔했다고요. 그 복수 저희가 대신해 드렸다고 생각하시면 되겠습니다.>

"복수라고 하시면, 허수지님한테 위해를 가하셨다는 말씀이신가요?"

<네. 위해라고 치면 아주 큰 위해지요. 허수지는 소멸되었습니다. 우헤이가 지시했고, 변호사님도 보셨던 오징어 머리 투구 쓴 귀신이 실행했습니다. 이렇게 좋은 소식을 전해 드리는데도 어째 얼굴이 통쾌해 보이질 않으십니다?>

혜영은 자신의 내면세계에서 수십 발의 총탄을 맞으면서도 수지를 원망한 적은 없었다. 오히려 마음의 빚이 조금이나마 덜어진다고 생각했고, 승리 후에 현실로 돌아왔을 때는 나머지 빚도 어떻

게든 다 갚을 수 있길 바랐다.

분노에 가득 찬 눈으로 혜영이 기묘사를 찌르듯 노려보았다.

"당신은 그걸 그냥 보고만 계셨습니까?"

<아니죠. 적극적으로 동조했습니다. 저희 일에 대해 지나치게 많이 알고 있어서 위험했거든요.>

혜영의 시선이 잠시 하늘로 향했다.

"웅녀님, 이 자 마무리는 제가 지어도 될까요?"

<네. 이미 몸 밖으로 영력을 끌어내는 경지에까지 오르셨으니, 그렇게 하셔도 괜찮겠습니다.>

웅녀의 허락이 떨어지자 혜영이 양손에서 영력을 뽑아내어 염동력을 긴 칼 모양으로 만들었다. 길이가 한 발에 달했을 때 혜영이 그 장검을 기묘사의 정수리에 수직으로 꽂아 넣었다. 기묘사의 소멸 모습은 젠코 렌타와는 또 달랐다. 몸이 세로로 갈라지며 그 가운데부터 가루로 흩날리다가 마침내 가장 바깥쪽에 있던 어깨까지 사라졌다.

* * *

혜영이 기묘사와 싸우는 동안 예약이 걸려 있던 동영상들은 그대로 혜영의 너튜브 채널에 업로드되었고, 즉시 전국이 격랑에 휩싸였다. 성모그룹과 관련된 속보가 실시간으로 쏟아져 나왔고, 첫 폭로 이후 묻히는가 싶던 강양범의 실종이 다시 화제로 대두되었다.

34화. 모든 것들이 제자리로 돌아가는 풍경 (1)

그런 와중에 의외로 고요한 것도 있었다. 혜영의 휴대폰이었다. 이래저래 깨 버리길 잘했다고 생각하며 방긋 웃은 혜영이 자신의 법률 사무소로 향했다. 슬쩍 눈치를 보니 아직 이곳까지 기자들이 찾아오지는 않고 있었다.

행여나 들킬까 봐 후다닥 사무소로 들어간 혜영을 민아가 맞이했다.

"어머, 변호사님. 오늘까지 휴가 아니셨어요?"

"휴가 마지막 날 저녁은 민아 씨랑 보내고 싶은데요, 곧 퇴근 시간이죠? 저녁 약속 있어요?"

"아뇨. 치킨 먹고 싶은데 혼자 한 마리 다 못 먹을 것 같아서 누구랑 같이 먹자고 할지 고민하고 있었어요."

"그러면 하던 일만 끝내시고 저랑 같이 나가요. 치킨보다 더 맛있는 거 사 드릴게요."

"진짜요? 저 쓰던 이메일 하나만 보내고 바로 일어날게요! 아참,

서유윤 선배가 조금 전에 전화와서 좋은 일 있다고 조만간 한번 보자고 했는데 불러도 돼요?"

살짝 고민되는 지점이었다. 기자들을 피하고 싶은 날이면서도 서유윤이라면 이야기가 달랐다. 혜영과 같이 방송하다가 받은 내용증명 때문에 법률 상담을 해 주기로 하고 닷새나 휴가를 내 버리기도 했고, 무엇보다 참림뉴스에서 나오고 난 뒤의 근황도 궁금했다.

"그래요. 셋이 같이 먹어요. 저희 식사할 곳이 사무소 건너편에 있는 회오랑이라는 가게거든요? 주소 검색해서 서유윤 기자님한테 보내주실래요? 제 휴대폰이 망가졌네요."

"네! 형석원 씨는 같이 안 가도 안 삐치실까요?"

"석원 씨는 오늘 따로 저녁 드실 분 계세요."

"아, 그래서 외근 나갔다가 바로 퇴근한다고 하셨었나 보네요."

"네. 제가 맡기고 온 일 때문에 지금 한창 바쁘실 거에요."

잠시 후, 이메일 작성을 마친 민아가 자리에서 일어나 혜영과 함께 거리로 나섰다. 그런데 사무소에서는 자세히 보지 못했던 혜영의 꼴이 말이 아니었다.

"변호사님, 저 잠깐만 봐봐요."

"네? 왜요?"

"지금 다크서클이요, 조금만 더 깊어지면 뒤통수에 닿을 것 같고요, 살짝만 잡아당기면 턱 뚫고 목까지 내려올 것 같으세요. 휴가

갔다 오신 분이 어떻게 이래요? 큰일 치르셨어요?"

"큰일이 있긴 했죠. 민아 씨도 대충 알지 않아요?"

"제가 편집한 영상들 공개된 거요? 그거야 올릴 때가 됐다고 판단하셨으니까 그러셨겠거니 했죠. 영상 업로드하는 게, 힘들어도 컴퓨터가 고생이지, 사람이 이렇게 피폐해질 일은 아니잖아요. 무슨 일 있으셨는데요?"

뭘 어디부터 어디까지 설명해야 할지 잠시 생각하던 혜영이 좋은 답을 찾아냈다.

"제가 그걸 올리려고 하면 그 영상에 나오는 사람들이 가만히 있었겠어요?"

그 되물음 한 번에 민아가 박수까지 치며 이해가 완료됐다는 듯 고개를 끄덕였다. 이게 혜영이 다른 곳으로 가지 않고 휴가가 끝나기도 전에 민아가 있는 법률 사무소로 찾아온 이유이기도 했다.

너무나 큰일을 겪은 직후였기에 아무리 생각하지 않으려고 해도 오늘 기묘사의 신당에서 있었던 한 장면, 한 장면이 자꾸만 떠올랐다. 자신이 직접 소멸시킨 젠코 렌타와 기묘사, 눈으로 보지는 못했지만, 같은 일을 겪었을 수지, 기묘사의 혼이 몸에서 빠져나온 뒤에 쓰러진 민혁 등.

고작 세 시간이 조금 넘는 그 사이에 있었던 수많은 사건이 머릿속에서 마구 날뛰다가 스스로 잠잠해지기를 반복하고 있었다. 이것들을 이야기하며 정리할 사람이 필요했지만, 기자들 앞이나 경찰서는 꺼려졌다. 도저히 영적인 부분을 걷어내고 앞뒤가 맞게 정리해서 말할 수 있는 상태가 아니었으니까.

처음에는 연화당으로 갈지도 생각했었다가 금세 관뒀다. 엄마는 보고 싶었지만, 사건에 깊숙이 관여되어 있었기에 시간 순서에 따라 미주알고주알 털어 놓게 될 게 뻔했다. 그때 순간순간 정리되지 않은 채로 터질 감정을 감당하기에는 혜영이 아직 준비가 덜 됐다.

지금 혜영에게는 독도 새우 크래커를 사러 다닐 때부터 함께해 줘서 사건에 대해 에둘러 말해도 찰떡같이 알아들어 주는 데다, 명랑함으로는 혜영이 아는 사람 중 따를 사람이 없는 민아가 최고의 친구였다.

고맙게도 민아가 혜영에게 필요한 그 명랑함을 계속해서 보여주었다.

"변호사님, 신발은 왜 그래요? 정장에 안 어울리게 그 삼선 슬리퍼 신고 다니셨어요?"

"완전 뾰족한 구두 신고 나갔거든요? 그런데 굽이 똑 하고 부러졌지 뭐예요. 그래서 오는 길에 보이는 신발 하나 아무거나 샀어요. 편하고 좋네요."

"어머, 굽이 어쩌다가 부러졌어요? 그 영상에 나오던 나쁜 사람들이 변호사님 막 쫓아와서 도망 다니셨어요? 어떡해요. 불쌍해요."

"아닌데요? 그 반대예요. 제가 그 나쁜 사람들 혼내주려고 쫓아가다가 부러졌어요. 깔끔하게 무찌르고 나니까 배고파져서 지금 저녁 먹으러 가고 있잖아요."

"우와, 우리 변호사님 멋있으시다. 원래도 제 롤 모델이셨는데 두 배로 존경할래요."

한없이 무거웠던 사건을 사실에 한 치도 어긋나지 않게 이야기하면서도 혜영의 마음은 풍선을 매단 것처럼 조금씩 가벼워졌다. 그러는 사이 둘은 식당에 도착했고, 자리에 앉은 혜영이 민아에게 물었다.

"법학전문대학원 준비한다고 했던 건 어떻게 됐어요? 부모님이 이제 허락하세요?"

"부모님이야 제가 하겠다고 하면 억지로 막으실 분들은 아니신데요, 변호사님 일하시는 거 보다가 제가 자신이 없어졌어요. 너무 어려워 보이더라고요. 제가 로스쿨 입학만 생각했지, 가서 어떻게 공부할지는 한 번도 고민을 안 해 봤더라고요. 그래서 계속 변호사님이랑 일하면서 다음 학기부터 방송대 법학과 편입해서 다녀보기로 했어요. 어, 변호사님?"

"네?"

메뉴판을 보던 민아의 시선이 올라와 혜영과 눈을 마주쳤다.

"설마 이거 저한테 사 주시는 마지막 식사, 그러니까 최후의 만찬 같은 거예요? 혹시 로스쿨 이야기도 제가 알아서 가 줬으면 해서 물어보신 거예요? 저 다음 달부터 사무소 못 나오나요?"

푸핫-. 떨리는 민아의 눈동자에서 절대로 해고당하고 싶지 않다는 진심이 전달되어 버렸고, 그 귀여운 모습에 혜영이 그만 웃음을 터뜨렸다.

"아뇨. 이번에도 반대인데요, 일 년만 일해 보고 법학전문대학원 갈지 말지 결정할 거라고 했잖아요. 민아 씨가 그것보다는 오래 같이 있어 줬으면 했어요. 방송대 법학과 편입하기로 하셨으면 졸업하실 때까지 이 년은 걸리시겠네요. 그동안은 저희 같이 일해요. 그런데 왜 제가 민아 씨를 내보낼 거라는 생각을 하셨어요?"

"여기 그냥 저녁 식사 한 끼로 먹기에는 너무 비싸잖아요. 설마 이 돈을 저한테 내라고 하지는 않으실 것 같고, 최후의 만찬 대접해 주시려는 건 줄 알았어요. 요즘 사무소 자금 사정 안 좋은 건 저도 알거든요."

"저희 사무소 가난해졌다고 누가 그래요? 석원 씨가요?"

"… 네. 요즘 선임 취소 많은데, 변호사님 휴가 가 계시는 동안 잡혀 있던 상담도 못 하게 됐다고 걱정 많이 하셨어요."

"그분이야 사무소 살림 책임지고 계시니까 그런 걱정하시는 게 당연하고요, 지금 진행 중인 사건들 성공 보수만 대략 계산해 봐도 저희 사무실 재정 튼튼해요. 앞으로 이 년 안에는 민아 씨 월급 깎을 일, 내보낼 일 없고, 이 정도는 제 사비로 얼마든지 사 드릴 수 있으니까 편하게 드세요."

자기가 단단히 오해했다는 걸 깨달은 민아의 얼굴이 금세 웃음이 돌았다.

"네!"

그리고 곧이어 주문을 받으러 온 점원에게 혜영이 주문하는 걸 들으며 눈이 동그래졌다.

"오마카세 디너 세 명이요, 음식은 일행 다 오면 받을게요."

다행히 근처에 있던 서유윤 기자가 금방 도착해서 배고픈 혜영이 음식을 오래 기다리지는 않게 되었다. 민아가 자신의 옆자리에 앉은 유윤에게 착 달라붙어 물었다.

"선배, 좋은 일이 뭔데요? 결혼해요?"

"얘는 무슨. 내가 연애도 못 한 지가 몇 년짼데 결혼을 어떻게 하냐?"

"21세기니까 백마 탄 왕자님은 아니어도, 번쩍거리는 차 타고 멋진 남자가 어느 날 짠 나타날 수도 있지 않아요?"

"그것보다 내가 이번 주에 로또 당첨될 확률이 더 높겠다. 좋은 소식이 청첩장은 아니고 이거."

유윤이 지갑에서 명함을 두 장 꺼내 혜영과 민아에게 각각 내밀었다. 적혀 있는 회사 이름은 KBC, 우리나라 3대 공영 방송국 중 하나였다.

"우와, 선배 이거 청첩장만큼 대박인데요? 진짜 이렇게 빨리 재취업 된 거예요?"

"응. 오늘 전화 와서 다음 주부터 출근하라고 하네."

"연봉은요? 아무래도 참림보다는 많이 주죠?"

"세전으로 따져서이긴 한데, 딱 두 배 부르더라. 드디어 쥐구멍에 볕 들 날 왔다. 그런데 이거 제가 아무리 생각해 봐도 변호사님 덕분이에요."

좋은 소식에 그저 웃음을 짓고 있던 혜영이 고개를 갸웃했다.

"제가 특별히 한 일은 없는데요?"

"엄청난 일을 하셨죠. 들어 봐요. 제가 변호사님이랑 강양범 회장 실종 알리는 방송 하면서 나름 얼굴이랑 이름이 알려졌잖아요. 그러다가 오늘 딱! 변호사님이 성모그룹 내부 친일 비리 증거 동영상을 풀어 주신 거예요."

"그게 KBC 취직이랑 관련이 있어요?"

"그럼요. 전화가 그 직후에 오기도 했고요, 어느 언론사에서든 저를 유혜영 변호사님이라는 엄청난 취재원을 물고 있는 기자로 보고 있을걸요? 면접 본 다른 회사에서도 연락 더 올 것 같긴 한데, KBC에서 제안한 자리가 마음에 들어서 바로 가겠다고 했어요."

"기자 자존심 잘 지켜 주기로 했나 봐요."

오늘 받은 전화가 정말 만족스러웠던 유윤이 흐뭇한 미소를 지었다.

"네. 이번에 보도국에서 분리해서 탐사국을 새로 만든다고 하더라고요. 취재비 따로 지급되고요, 취재팀이 보도 결정하면 데스크에서 싹뚝 하는 일 없이 작게라도 보도는 되는 거로, 내부 방침 정해졌대요. 돈에 제 기사 팔아먹는 참림보다 훨씬 나아요."

유윤의 이야기를 쭉 들으며 왠지 불안한 눈빛을 하고 있던 민아가 혜영을 보호하러 나섰다.

"선배, 그렇다고 그 대단한 취재원 오늘 당장 인터뷰하러 온 건 아니죠? 오늘 변호사님 많이 힘드셨어요. 구두굽도 부러지시고 핸드폰도 망가지셨대요."

"나 이번 주까지는 실업 급여 받는 사람인데 왜 벌써 열심히 일하냐? 변호사님, 제가 먼저 캐물을 일은 영원히 없을 테니, 공영방송 통해서 대대적으로 하고 싶은 말씀 있으시면 그 명함에 적힌 번호로 제일 먼저! 연락만 부탁드립니다."

"알겠어요. 머리까지 안 숙이셔도 돼요. 저 이렇게 밥 같이 먹는 기자분 딱 한 명밖에 없어요. 혹시 제가 KBC 탐사국 취재 능력 빌리고 싶을 때ㄷㅎ 연락드려도 될까요?"

"물론이죠!"

유윤이 도착한 걸 확인한 점원이 오마카세 전채(前菜)를 내왔고, 세 사람 사이에 웃음이 끊이지 않는 만찬이 이어졌다.

* * *

다행히 다음 날부터 혜영은 휴가 기간에 밀린 업무에 집중할 수 있었다. 망가진 휴대폰을 바꾸며 번호도 같이 이동한 덕분에 직접 오는 전화는 없었고, 사무소로 오는 연락은 민아가 밝힐 입장이 있을 때 보도자료 형태로 배포하겠다며 잘 대응해 주고 있었다.

그 대신 혜영이 시간과 마음을 쓰는 데가 있었다. 오늘도 어김없이 오후 두 시가 되어 알람이 울리자, 서류 작성을 멈추고 사무실에서 나왔다. 혜영이 향한 곳은 민혁이 입원해 있는 병원이었다.

35화. 모든 것들이 제자리로 돌아가는 풍경 (2)

병실로 들어간 혜영이 병상에 누워 있는 민혁을 바라보았다. 기묘사가 혜영의 목을 조르려던 걸 막았던 마지막 활동 이후 벌써 삼일째, 민혁은 의식 불명 상태에 빠져 있었다. 이 시간에 혜영이 온다는 걸 알고 있었던 담당 의사가 찾아왔다.

"안녕하세요. 매일 오시는데 죄송하다는 말씀밖에 드릴 게 없네요."

"어제 추가로 검사한다고 하셨던 항목들 결과가 안 좋게 나왔나요?"

"아뇨. 모든 게 정상입니다. 이런데도 의식이 돌아오지 않는다는 건 정말 이상한 일이에요. 정말 티끌 만한 문제점이라도 찾자면, 첫날 말씀드렸던 뇌진탕으로 인한 경미한 뇌출혈 흔적밖에 없습니다."

민혁의 머리에 곤봉이 휘둘러지던 장면을 떠올린 혜영이 인상을 찌푸렸다.

"아무리 경미해도 뇌에서 피가 났다면 그걸 의식 불명의 이유로

볼 수는 없을까요?”

“그렇지는 않습니다. 영상의학과 교수님도 집중해서 안 보셨으면 놓칠 뻔했다고 하실 정도로 너무 작은 출혈이었어요. 기능이나 의식에 영향을 줄 수 있는 수준이 아니라고 판단하셨고, 이건 신경과 전문의인 제 소견도 마찬가지입니다. 환자분은 정맥이나 동맥 같은 큰 혈관을 다치신 게 아니라, 머리카락보다 열 배는 가는 모세혈관에 살짝 생채기가 난 정도예요.”

“다른 과 협진 요청도 한다고 하셨었는데, 뭐라고 하시던가요?”

“역시 같습니다. 신경외과에서는 아무런 시술이나 수술이 필요 없다고 했고, 내과에서는 수치만 봤을 때 오히려 굉장히 건강한 사람이라고 평가했습니다. 의사로서 조심스럽습니다만, 이런 경우는 심리적인 원인이 있다고 보기도 합니다. 혹시 환자분께서 입원하시기 전에 심적으로 큰 충격을 받을 만한 일이 있었을까요?”

“심리적인 문제라면 정신건강의학과에 문의해 볼 수는 없을까요?”

의사가 곤란하다는 듯한 표정으로 고개를 가로저었다.

“글쎄요. 정신건강의학과 교수님께 협진 요청이야 드려볼 수는 있겠습니다만, 그 과에서 의식이 없는 환자를 진료하는 걸 저는 본 적이 없습니다. 이건 명확하게 저희 신경과 영역인데, 답을 못 드려서 거듭 죄송합니다.”

“언제쯤 의식이 돌아올지 전망도 어려우신가요?”

“의학적으로만 봤을 때는 지금 당장 깨어나셔도 전혀 놀라울 게 없습니다. 스스로 식사를 못 하시는 문제만 없으면 당장 퇴원하셔도 될 정도예요."

이쯤 되니 더 이상 물을 말도 들을 대답도 없었다. 의사는 병실을 나가면서 고개를 숙였고, 혜영 역시 의사도 자신만큼이나 답답할 것을 알았기에 별다른 탓은 하지 않은 채 성실히 답변해 줘서 감사하다는 인사로 배웅했다.

민혁과 단 둘만이 병실에 남게 된 혜영이 이미 두 번이나 했던 일을 반복했다. 신령원의 영기를 전신으로 돌려 영적 감각을 극대화한 뒤 민혁의 몸은 물론 병실 곳곳을 탐지했다. 이번에도 역시 의학적 검사 결과만큼이나 깨끗했다. 감지된 귀신은 한 위도 없었다.

드르륵-. 잠시 후 병실의 문이 열리며 아랑 선녀가 들어왔다.

"어? 엄마. 연화당은 어쩌고 평일 이 시간에 여기 왔어?"

"너 요즘 교수님들 근무 시간에 맞춰서 민혁이 간병한다고 오후 내내 이 병실에 와 있다가 매일 야근하고 자정 다돼서야 집에 오는 거 뻔히 아는데, 걱정이 좀 돼야지. 괜찮아?"

"검사 결과는 다 괜찮대. 의식만 돌아오면 되나 봐."

"아니, 민혁이 말고, 너 괜찮냐고. 야근도 야근이다만, 네가 겪은 게 보통 일이었어야지. 귀신한테 속아서 원치 않는 빙의 당하고, 그 영력 높다는 귀신들을 둘씩이나 네 손으로 소멸시킨 거 아무나 할 수 있는 일이 아니잖아."

"나는 정말 괜찮아. 민혁 씨 의식만 돌아오면 더 괜찮아질 것 같아."

아랑 선녀가 못마땅한 표정으로 혜영을 바라보았다.

"마냥 괜찮다고만 하지 말고, 스스로한테 잘 물어봐. 힘든데 억지로 참고 있는 건 아닌지. 안 되겠다 싶으면 간병만 하지 말고 너도 병원 진료받고, 응?"

어머니의 진심 어린 걱정에 혜영이 며칠 전 민아와 나누었던 대화에 살을 붙여서 들려주었다.

"엄마, 나 변호사잖아."

"그렇지?"

"변호사가 지켜야 되는 게 뭔지 알아?"

"법? 말고 또 있나?"

"좁게는 법인데, 궁극적으로는 정의를 지켜야 돼. 나 젠코 렌타랑 기묘사 둘 다 내 손으로 처단하면서 되게 뿌듯했다? 이승 말고 저승의 질서까지 내가 다 지킨 것 같았거든."

그제야 아랑 선녀의 표정이 풀리며 혜영을 향해 웃음을 지어 보였다.

"그래. 장하다, 내 딸."

"엄마, 기왕 왔으니까 이 병실에 귀신 있는지 한번 봐주고 가면 안 돼? 나한테는 한 위도 안 보이거든? 혹시 더 많이 아는 엄마가 보면 뭔가 다를지 해서."

"민혁이가 접때 나처럼 귀신 들려서 못 깨어나는 걸까 봐 그러지? 그럴까 봐 오면서 복도부터 쭉 훑었어. 이 병실 주변으로는 깔끔해."

휴우-. 혜영이 틀리지 않았다는 안도감과 민혁의 의식이 돌아오지 않는 이유를 알 수 없다는 불안감이 섞인 이질적인 한숨을 내쉬었다.

"그건 그렇고, 내가 염동력 쓸 수 있게 된 건 어떻게 가능해진 건지 물어봤어?"

"응. 여기저기 수소문해 봤는데, 다 대답이 똑같아. 귀신들은 살아 있는 몸이 없으니까 어떻게 된 건지 모르겠다고 하고, 무당 중에는 염동력 쓰는 사람이 없으니까 또 이상하다고만 해. 네가 얘기했던 그 유체 이탈 상태로 염동력을 쓴다는 이야기에는 많이들 끄덕끄덕 하더라."

"결국 아무도 답은 모르는 거네. 우리나라 최고 무당이라는 엄마도 그렇고."

그 말에 아랑 선녀가 손을 내저었다.

"나 이제 국내 최고 아니야."

"왜? 유일한 경쟁자였던 기묘사도 없는데?"

"네가 있잖아. 초월격 귀신이랑 계약하고, 살아 있는 몸으로 탄혼술에 염동력까지 쓰는데, 내가 어디 연화당 홍보 전단지나 내밀겠니?"

"엄마 나 질투해?"

"엄마가 딸을 질투하기는 무슨. 아쉬워서 그런다. 저번에 변호사 때려치우고 연화당 취직한다고 할 때 날름 받았어야 했던 건데. 인재를 유혜영 법률 사무소에 뺏겼어."

잠시 후 농담을 이해한 모녀가 서로를 바라보며 웃음을 터뜨렸고, 혜영이 한마디를 덧붙였다.

"유혜영 법률 사무소는 유혜영 없으면 안 돌아가는데, 연화당에는 아랑 선녀가 있잖아."

"그래. 각자 자리에서 열심히 하자. 나는 오랜만에 해 떠 있을 때 너 잘 있는 거 봤으니까 이만 가볼 생각인데, 같이 나갈까?"

"아니. 나는 조금만 더 기다려 볼게. 의사 선생님이 그러시는데, 민혁 씨 당장 깨어나도 이상할 게 없대. 혹시 나 나가자마자 의식 돌아오면 너무 억울할 것 같아."

"으이구. 그 생각으로 매일 여기 붙어 있었구나. 그래. 영적 문제는 아닌 것 같다만, 나도 기도는 해 보마."

아랑 선녀가 돌아가고 나서 혜영이 병상 옆에 다소곳이 서서 민혁의 손을 잡았다. 전해지는 온기를 통해 민혁이 살아 있음을 느끼며, 대답이 없을 걸 알면서도 이름을 불러보았다.

"민혁 씨, 일어나 봐요. 너무 오래 자고 있어요."

첫 번째 시도 결과 역시 짐작이 맞았다는 것을 깨달을 수 있을 뿐이었다.

"오빠 일어나서 나랑 놀러 갈래?"

그런데 두 번째 시도에서는 다른 결과가 나타났다. 민혁이 손목을 꿈틀거리더니, 혜영의 손을 꼭 잡았다가 놓았다. 현실 세계에서 처음 염동력을 썼을 때만큼이나 신비로움을 느낀 혜영이 세 번째 시도에 들어갔다.

숨을 크게 들이쉰 혜영이 그간 쌓인 답답함을 분출하기라도 하듯 냅다 소리 질렀다.

"야! 강민혁, 당장 안 튀어나와?"

일부러 민혁의 가장 최근 활동을 이끌어 냈던 그 말을 그대로 썼다. 그에 대한 반응은 극적이었다. 민혁의 눈이 떠지고 입이 열렸다.

"어? 어. 혜영아. 내가 너 목졸라서 죽이려고 한 거 아니야. 내 몸이 내 의지랑은 아무 상관도 없이 움직였어. 진짜야. 믿어 줘."

그 말을 하는 민혁의 눈에서는 양옆으로 눈물이 줄줄 흘러내리고 있었다. 그 모습을 본 혜영이 털썩 주저앉아 누워 있는 민혁을 와락 끌어안고서 물기가 뚝뚝 묻어나는 목소리로 외쳤다.

"이 바보야! 그거 삼 일 전에 다 끝났어. 그때 나를 죽이려고 했던 건 기묘사였고, 오빠가 몸 안에서 안 도와줬으면 나 진짜 숨 못 쉬어서 죽을 수도 있었어. 나 다 알아. 오빠가 나를 살린 거야."

"진짜? 그게 내 마지막 기억이었어. 계속 내 손이 네 목을 틀어쥐고 있던 순간만 생각나서 너무 힘들었어. 그래서 너를 다시 볼 자신이 없었어."

"그래서 계속 안 일어나고 잠만 자고 있었다고? 삼 일씩이나?"

"되게 오래, 10년쯤 고통스러웠던 것 같은데 삼 일밖에 안 지났구나."

"나도 오빠 눈도 못 뜨고 누워만 있는 거 보고 일일여삼추(一日如三秋)였어! 그러니까 일어나서 나랑 얘기를 해야지 왜 혼자 그러고 있었어? 진짜 멍청하고 나쁘다."

민혁이 불만이 있는 듯 입술을 삐죽 내밀었다.

"멍청한 건 인정인데, 나쁜 건 아니지. 내가 얼마나 힘들었는데."

"나까지 힘들게 했으니까 나쁜 것도 맞지!"

"그렇네."

마음의 시간으로 10년 동안 떨어져 있던 두 연인이 서로를 바라보며 웃었다. 다음 순간, 혜영이 자신의 입술로 민혁의 입을 덮었다. 너무나 오랜만에 갖는 긴 입맞춤이 지나가고 나서, 혜영이 민혁에게 물었다.

"그 삼 일은 왜 안 깨어나고 있었는지 이제 알겠는데, 그 앞에 일주일은 어떻게 된 거야?"

"일주일?"

"응. 성모그룹 본사 사옥 회장실에서 곤봉에 머리 맞은 건 기억나지?"

"응. 딱 거기까지. 그다음에 무슨 일이 있었는데?"

"기묘사가 오빠 몸에 빙의했어. 그걸 일주일이나 못 벗어나고 있다가, 기묘사가 오빠 손을 이용해서 나를 죽이려고 했던 그 일이 벌어진 거야."

민혁의 입이 떡 벌어졌다.

"그러면 나 다 합쳐서 열흘이나 의식이 없었던 거야?"

"그렇지. 그러니까 내가 물어보잖아. 뒤에 삼 일은 알겠는데 앞에 칠 일은 뭐 하느라 빙의에서 못 빠져나오고 있었냐고? 나는 귀신 수십 위한테 한 번에 빙의 당했는데도 한 시간 만에 털고 나왔거든?"

"야, 그렇게 비교하는 건 너무 비겁하다."

정말 그 일주일 동안 민혁이 뭘 했는지 궁금해서 물어봤다가 들은 너무나 뜻밖의 평가에 혜영이 고개를 갸우뚱했다.

"비겁해? 뭐가?"

"내가 너 나보다 돈 안 많다고 구박하면 억울할 거잖아."

"당연하지. 오빠는 아빠가 구의정 회장님이시잖아."

"그러니까 네가 비겁하고 나는 억울하지. 너는 엄마가 아랑 선녀님이시잖아."

이번에는 혜영이 입술을 삐죽 내밀었다.

"그렇네. 그러면 오빠는 그 일주일 동안은 진짜 아무 기억이 없어?”

“응. 그때는 고통스러웠다거나, 무슨 느낌을 받았다거나 하는 것도 전혀 안 남아 있어. 그 직전에 내가 인생 최초로 정시 출근이라는 걸 했잖아. 그래서 너무 피곤한 바람에 푹 잔 게 아닐까?”

“그게 말이 돼? 진짜 평생 게으름뱅이 백수로 살 거야?”

“아, 아, 환자 때리지 마.”

“의사 선생님이 정신머리만 빼고 다 멀쩡하댔거든?”

36화. 제일 아름다운 풍경 (1)

혜영의 손바닥에 맞은 어깨가 무척이나 아픈 척 손으로 감싸 쥔 민혁이 몸을 일으켜 병상 뒤편에 등을 기대고 물었다.

"내일 회사 가보고 안 짤렸으면 꼬박꼬박 출근할게. 그건 그렇고, 나 지금 정리가 하나도 안 돼. 차근차근 알려줘 봐. 일단 내 머리에 곤봉 휘둘렀던 그 경호팀 팀장은 어떻게 됐어?"

만족스러운 대답을 줄 수 있어서 기쁜 혜영이 방긋 웃음을 지었다.

"오빠가 자는 동안에 많은 게 제자리로 돌아갔어. 그 경호팀장은 어제 구속영장 발부돼서 지금 구치소에 있어. 죄명도 무려 특수상해. 이거 웬만해서는 집행유예 안 나와. 오빠가 원하면 내가 합의금 받아 줄 수도 있어."

"맞은 내가 합의해 주면 아주 조금이라도 집행유예로 벌 안 받고 나올 가능성이 높아지는 거지?"

"그건 그렇지."

"그런 합의면 나는 할 이유가 없지. 내가 돈이 부족한 것도 아니잖아? 합의금으로 몇억 줄 것도 아니고."

"알았어. 합의는 안 하고, 형량 최대한 높게 받아 볼게."

이제 겨우 한 가지가 해결되었을 뿐 민혁은 여전히 자신이 잠들어 있는 동안 무슨 일이 있었는지 궁금한 게 많은 얼굴이었다.

"때린 사람은 그렇게 됐고, 때리라고 시킨 사람은? 그게 더 나쁜 거 아니야? 경호팀장이야 위에서 시키니까 일인 줄 알고 했을 거라고 이해는 해 볼 수 있겠는데, 나는 황태천 아저씨가 배신한 게 더 화가 나."

"그렇지. 시킨 사람을 교사범이라고 하는데, 교사범의 처벌은 실행범이랑 최소한 같거나 더 강해. 황태천 법무 이사도 같이 구속됐어. 이 아저씨는 더 심각한 게, 집행유예만 나와도 변호사 자격 정지야. 아마 감옥에 안 들어가 있었으면 오빠한테 싹싹 빌러 찾아왔을걸?"

"황태천 아저씨랑 세트 메뉴처럼 묶여 다니던 왕갑술 재무 이사는? 따지고 보면 내가 한 대 맞은 것보다 그 큰 회사를 말아먹으려고 했다는 게 더 큰 죄 아닌가?"

"그쪽은 시간이 조금 걸릴 거야. 일단 배임죄로 고발은 돼 있고, 성모그룹에서는 대기발령 받아서 업무에서 완전히 손 뗐어. 배임죄는 특수 상해처럼 범죄 입증이 한 번에 되는 게 아니라 수사를 더 지켜봐야 하는데, 성모그룹이 워낙 협조적으로 나오니까 그 사람도 곧 감옥 갈 거야."

"회사 풍경이 점점 아름다워지고 있네. 그런데 어떻게 이렇게 잘 알아?"

혜영이 자신감 넘치는 표정으로 어깨를 으쓱해 보였다.

"저 세 사람 경찰에 고발한 게 나야. 오랜만에 형사법 실력 발휘 제대로 했어. 물론 오빠가 그 번쩍거리는 목걸이로 찍어서 보내준 영상이 제일 큰 일 했고. 너무 명백한 범죄 증거가 있으니까 경찰도 빨리빨리 움직여 주더라."

"결국에는 너랑 나랑 같이 잡은 거네. 아까 내가 쓰러지고 난 다음에 기묘사가 내 몸에 빙의했다고 했잖아. 걔는 어떻게 됐어?"

이건 아주 긴 이야기였다. 혜영이 삼이 전 기묘사의 신당에 찾아갔다가 벌어진 일을 쭉 이야기해 주었다.

"그날 내가 나쁜 놈들 물리쳤지, 남자친구 구했지, 하루만큼은 변호사가 아니라 여전사 유혜영이었어."

"기묘사에 젠코 렌타까지 없앴어? 대단하다. 진짜 나라를 구했네. 그 뒷문으로 도망쳤다는 우헤이 신야라는 매국노 하나만 놓친 건가?"

"아니. 그때 경찰이 그 집 주변 에워싸고 있었어. 뒷문으로 나간다고 해서 도주가 될 리가 없었지. 바로 잡혀서 우헤이 신야도 지금 감옥에 있어. 죄명이 연쇄 살인 교사라 형량은 제일 세게 나올걸? 그 싸가지는 평생 감옥에서 못 나올 거야."

혜영의 확답에도 민혁은 뭔가 걱정이 되었는지 뚱한 얼굴로 다시 물었다.

"일본인이랍시고 막 자기 나라로 가겠다고 때 쓰지는 않겠지?"

"나 이 이야기 듣고 너무 황당했는데, 지금 KBC 탐사국에서 그 사람 열심히 취재 중이거든? 우혜이 신야, 일본에는 영주권만 있고 한국 국적이래. 우리나라 들어올 때마다 국민 건강 보험 공단 돈으로 건강 검진까지 받고 돌아갔대."

"기생충이야? 한국에 꽂을 수 있는 빨대는 다 꽂아 놨네."

"그렇지? 고등학교까지는 한국에서 나왔다고 했는데, 따지고 보면 그 교육도 세금으로 받은 거잖아. 앞으로 감옥에서 먹을 밥도 다 나랏돈으로 지을 건데. 저렇게 평생을 나라 등골 빨아먹으면서 사는 것도 신기해."

동의한다는 듯 고개를 끄덕인 민혁이 침대에서 자리를 털고 일어났다.

"혹시 내 옷 어디 있는지 알아? 환자복 입고 나가기는 창피한데."

"갑자기 어디 가는데? 내가 의사 선생님 모셔 올 테니까, 괜찮다고 확인받고 퇴원 수속도 밟아서서 천천히 나가자. 오빠 검사 결과는 다 정상이라서, 의식만 돌아오면 바로 퇴원해도 된댔어."

"최대한 빨리 확인해 보고 싶은 게 있어."

"뭔데? 나한테 심부름시켜."

"아니야. 내가 가야 돼. 양범이 형이 실종되기 전에 나한테 카드키로 회장실에 있는 금고 열어 보라고 했잖아. 나 그 안에 뭐가 들어 있는지 너무 궁금하거든? 지금 경호팀장이랑 황태천, 왕갑술 다 회사에서 쫓겨났다며. 지금 가면 나 막을 사람 없을 거야."

혜영이 좋은 생각은 아니라는 듯 고개를 가로저었다.

"그럴 필요가 있을까요?"

"그 안에 필요한 게 있는지 아닌지는 열어 보면 알겠지. 일단은 내가 너무 알고 싶어."

"강양범 회장님이 돌아오셨다면?"

"뭐? 형이 한국에 왔어?"

"응. 왕갑술 재 이사 대기 발령됐다고 했잖아. 그 조치를 누가 했겠어?"

민혁이 도로 침대에 앉으며 끄덕였다.

"그렇네. 양범이 형 아니면 회사에서 왕갑술 정도 되는 사람을 건들 수는 없지. 형 언제 돌아왔대? 어떻게 나한테는 연락 한 번이 없어? 내가 얼마나 열심히 찾았는데."

"어제 인천공항에서 취재진 뚫고 회사 도착하자마자 오빠한테 전화했는데, 안 받더래. 고민 많이 하시다가 나한테 전화해서 오빠한테 무슨 일 있냐고 물어보시더라고. 그래서 병원이랑 병실 호수 알려드렸어. 겸사겸사 왕갑술 재무 이사 이야기도 그때 들었고."

"그러고 보니까 내 핸드폰 아직도 성모그룹에 있겠네. 십 일이나 지났으면 배터리도 방전됐겠다. 그래서 양범이 형 지금은 어디 있대?"

* * *

드르륵-. 그 물음과 동시에 병실 문이 열리며 본디 양반가 자제는 아니었을 것 같은 강양범이 들어왔다.

"여기."

"형! 몸은 괜찮아?"

"병원복 입고 있는 네가 그걸 물어보니까 되게 이상하다. 솔직히 몸이 좋지는 않아. 급한 일만 없으면 나도 그 침대에 누워 있고 싶다."

"왜? 어디가 아픈데?"

"일본 갔다가 너랑 마지막으로 통화하던 그때 호텔 방으로 야쿠자들이 쳐들어왔어. 두 명이서 팔을 뒤에서 꺾고 남은 한 명이 축축한 수건을 입에 대는데, 마취제 같은 게 묻어 있었나 봐. 그대로 기절했다가 깨어나 보니까 웬 요양병원이더라고."

민혁이 걱정스러운 얼굴이 되어 이어 물었다.

"그 마취제 때문에 아직 아픈 거야?"

"그렇지는 않을 것 같고, 요양병원에서 내가 깨어 있으면 안 된다고 생각했는지 자꾸 수면제를 주더라? 내가 거부하니까 나중에는 밥에 섞어서까지 먹이는데, 그 약 부작용 때문인가, 아직도 속이 되게 쓰라려."

"여기도 병원인데 기왕 왔으니까, 약이라도 받아 가."

일견 맞는 소리처럼 들렸는데 양범이 손을 내저었다.

"여기 대학 병원이잖아. 당일 진료 예약 되는지도 모르겠고, 대기 시간은 또 얼마나 길 거야. 내가 성모그룹 회장이라고 새치기 같은 거 하고 싶지는 않아. 틈 날 때 회사 근처 병원 가볼게. 병원복 입고 있는 너도 건강 챙기고, 네 물건도. 여기."

양범이 가방에서 꺼내 내민 건 회장실에 들어가기 전 뺏겼던 민혁의 휴대폰이었다.

"어? 안 그래도 나 이거 가지러 가야 하나 생각 중이었는데, 고마워. 그런데 충전기는?"

"기껏 휴대폰 갖다줬더니 무슨 충전기까지 내놓으래?"

"성모 전자에서 충전기는 안 만드나?"

"그거랑 무슨 상관이 있어?"

"이거 봐. 안 켜지잖아."

푸핫-. 세상에서 가장 하찮은 일일 것만 같은 주제로 투닥거리는 형제를 보며 혜영이 그만 웃음을 참지 못했다. 잠시 후 세 사람은 병실 한 편에 마련되어 있는 원형 탁자에 둘러앉았고, 양범이 가방에서 노트북 컴퓨터와 외장하드를 꺼냈다.

"민혁아, 너 내가 준 카드키 갖고 회장실 가보라니까 결국 금고 못 열었더라?"

"갔어. 갔다가 내가 얼마나 험한 꼴을 당했는데. 지금 머리카락에 가려져서 흉터가 안 보여서 그렇지, 형네 회사 경호팀장한테 맞아서 기절까지 했거든?"

"알았어. 어쨌든 금고는 못 열었잖아. 그 안에 있던 게 이 외장하드인데, 뭐였는지 지금 보여줄게."

양범이 외장하드를 노트북 컴퓨터에 연결하는 동안 혜영이 걱정스럽게 물었다.

"저 잠깐 나가 있을까요? 아니면, 오늘은 형제분들끼리 대화 나누시고, 저랑 민혁 씨는 내일 다시 봐도 되고요."

민혁도 혜영이 왜 저런 반응인지 알 것 같다는 듯 고개를 끄덕이는데, 오히려 양범이 만류하고 나섰다.

"법률 사무소 일이 많이 바쁘세요?"

"그 일은 제가 잠 줄여서 해도 되는데요, 지금 보여주시려는 게 아무래도 회사 기밀 자료일 것 같아서요. 회사 외부인인 제가 그걸 봐도 될까요?"

"따지고 보면 민혁이도 회사 내부인은 아니죠. 저는 오히려 유혜영 변호사님이 꼭 봐주셨으면 좋겠어요. 제가 변호사님께 의뢰하려는 사건 증거 자료라서요."

혜영이 잠시 고민하다가 고개를 끄덕였다.

"네. 무슨 사건인지 몰라서 수임은 아직 확실히 말씀 못 드리겠지만, 일단 한번 볼게요. 지금부터 알게 되는 내용은 변호사의 의무에 따라 비밀로 유지하고요."

"감사합니다."

양범이 가져온 외장하드에는 각각 연도와 계열사의 이름이 적혀 있는 백 개가 넘는 폴더가 들어 있었다. 그리고 그중 하나만 열었을 뿐인데, 그 안에서는 또 수백 개의 엑셀 파일이 나타났다.

하나씩 열어 보기만 하는 데에도 하루는 꼬박 걸릴 것 같은 그 어마어마한 양의 자료를 본 민혁의 눈이 휘둥그레졌다.

"이게 다 뭐야?"

"지난 20년 동안 성모그룹 계열사에서 일본으로 부당하게 유출된 자금 정리해 놓은 파일들이야. 내가 회장직 취임하자마자 왕갑술 재무 이사 몰래 비밀 태스크 포스 꾸려서 이거 만드느라 아주 고생했다."

"이걸 왜 나한테 가져가라고 한 건데?"

"회사 경영진 중에는 확실히 젠코 렌타 끄나풀이 아니라고 장담할 수 있는 사람이 없었어. 원래 내가 해야 하는 일인데, 그날 밤에 일본에서 신변의 위험이 있을 것 같다는 직감이 오더라. 그래서 너라도 이 자료를 갖고 있으면 이 돈, 언젠가는 받아낼 수 있을 거라고 생각했어. 여기 계신 유혜영 변호사님도 도와주실 것 같았고."

"돈이 얼마길래 그래?"

"화로 10조 조금 넘어. 최소한 계열사 하나는 일본에 뺏겼다고 봐야지."

37화. 제일 아름다운 풍경 (2)

합의금도 필요 없다고 할 만큼 돈에는 늘 초연하던 민혁도 그 액수에는 입을 떡 벌릴 수밖에 없었다. 동시에 혜영의 얼굴에는 당황스러운 표정이 역력해졌다.

"이 사건은 제가 맡을 수 없을 것 같아요. 개인 법률 사무소에서 담당하기에는 규모가 너무 크기도 하고요, 외국이랑 엮여 있는 사건은 국제법뿐만 아니라 그 나라 법까지 잘 아시는 변호사분들이랑 진행하는 게 좋아요. 제안은 감사하지만, 제 역량이 부족합니다."

"유혜영 변호사님 단독으로 맡아 달라고 부탁드리는 건 아니에요. 저희 법무팀이 이미 움직이고 있고, 말씀하신 국제법, 일본법 외에도 민법, 상법 등 각 분야 전문 변호사님들로 드림팀을 꾸리는 중이에요. 이 팀의 일원으로서 참여해 주셨으면 합니다."

"쟁쟁하신 분들이 많이 모이실 것 같은데, 거기에서 제가 할 역할이 있을까요?"

양범이 확신을 담아 고개를 끄덕였다.

"네. 변호사님이 제 동생이랑 친하다고 해서 사건 의뢰 드리는 건 절대 아니고요, 이건 홍보팀이랑 이야기가 된 내용이에요. 한일 관계가 얽힌 사건이다 보니, 저희는 여론전이 꽤 중요할 거라고 판단하고 있습니다. 변호사님이 변호사단 대변인 역할을 해 주실 수 있을까요?"

"제가 언론 전문가는 아닌데요?"

"소송 사건이다 보니 대변인도 법률 전문가가 맞는 게 좋겠다는 게 저희 판단입니다. 유혜영 변호사님은 이미 공개적으로 저희 회사의 문제점을 지적하고, 비리를 저지른 경영진을 고발해서 감옥에까지 보내셨으니, 객관적이라는 이미지가 이미 확보되어서 가장 적합하다는 게 홍보팀 의견이었어요. 그리고 언론 쪽 전문성도 충분하시던데요?"

혜영이 의아한 표정으로 고개를 갸웃했다.

"네? 제가 그 분야로는 공부나 취직을 해 본 적이 없어요."

"꼭 학력이나 경력으로만 전문성이 드러나는 건 아니라고 생각해요. 변호사님이 성모 제과에서 있었던 독도 새우 크래커 사건이랑 제 실종 적극적으로 알리셨다고 보고 받았습니다. 저도 그 영상 직접 시청했고요. 어느 언론사에서도 하지 못한 일을 개인 채널로 훌륭하게 해 내셨더라고요."

"그건 저 혼자 한 건 아니었고요, 도와주신 저희 법률 사무소 직원 분이 계세요."

"그 직원분 계속 같이 일하시죠?"

"그렇죠."

혜영이 잠시 며칠 전 민아와 함께했던 저녁 식사를 떠올리며 미소를 머금는 동안, 양범이 준비해 두었던 다음 화제로 넘어갔다.

"사건 수임은 충분히 더 생각해 보시고 결정해 주셔도 괜찮습니다. 아주 오래 갈 사건이라는 것 저희도 각오하고 있고, 말씀드린 드림팀 꾸리는 데에만 해도 몇 달은 걸릴 것 같거든요. 다만, 생각하실 때 수임료도 고려해 주세요."

"네? 얼마 정도 생각하고 계시는데요?"

"착수금 10억 원과 성공 보수 1%입니다. 변호사단 전체가 아니라 유혜영 변호사님께 드리는 수임료입니다."

숫자가 나오자, 이과 출신 민혁의 머리가 재빠르게 굴러갔다.

"잠깐만, 떼인 돈이 10조 원이 넘는다고 하지 않았어? 우수리 떼고 10조만 쳐도, 그중에 1%면 1,000억 원인데? 혜영아, 이거 무조건 잡아. 이제 소고기는 내가 얻어먹어야겠다."

"10조 원을 다 받아 낼 수는 없을 거예요. 20년 치 기록이라고 하셨으니까, 그중에는 너무 오래돼서 사실관계 파악이 불가능해서 소송을 진행할 수 없는 건도 있을 테고요, 소송도 결국 싸움이니까 그중에는 지는 것도 있겠죠."

양범이 혜영의 말에 동의하며 고개를 끄덕였다.

"한일 양국에서 수백 건의 소송이 진행될 거라고 예상하고 있습니다. 최대한 한국에서 진행하겠지만, 어쩔 수 없이 일본 법원에서 받아야 하는 판결은 저희한테 불리할 수밖에 없겠죠. 그래도 조 단위로 움직이는 돈 중에 유혜영 변호사님께서 1%를 가져간다고 생각해 주시면 될 것 같습니다."

"제가 마음에 걸리는 건 성공 보수보다는 착수금이에요. 제가 그만큼 큰돈을 한 번에 받을 정도로 경력이 많이 쌓아지는 않았거든요. 전직 검사나 판사 출신도 아니고요."

"그 점은 법무팀에서도 조금 과하다는 의견을 받았습니다만, 꼭 앞으로 진행될 사건에 대한 보수라고만 생각하지 마시고, 지금까지 해 주신 일에 대한 저희 회사의 보답과 결례를 범했던 일에 대한 사과의 의미라고 받아들여 주시면 감사하겠습니다. 당장 아까 말씀드린 영상만 해도, 그게 없었더라면 저는 아직 도쿄 요양병원에 갇혀 있었을지도 모르죠."

덧붙여진 말 덕분에 무엇에 대한 보답인지는 이해했는데, 혜영이 어떤 일에 사과르 받아야 하는지는 당장 짐작되는 바가 없었다.

"성모그룹에서 저한테 결례를 범하신 게 있나요?"

"공식적으로 처리된 일은 아니라고 보고 받았습니다만, 성모 제과에서 고의 패소를 당해 달라는 조건으로 변호사님께 10억 원을 제안했다고 들었습니다. 해서는 안 되는 일이었죠. 제가 말씀드린 착수금은 그 금액 그대로 책정했다고 생각해 주셔도 괜찮습니다. 이번에는 꼭 이겨 주셨으면 좋겠습니다."

"네. 어떤 조건으로 수임 제안 주셨는지, 그 조건이 어떻게 결정됐는지, 충분히 이해했습니다. 조금 더 생각해 보고 저희 사무소 직원분들이랑도 상의해 보고 결정해서 말씀드릴게요."

* * *

그 뒤로, 일그러졌던 많은 것들이 제자로 돌아가는 아름다운 풍경 속에서 한 달여가 더 지나갔다. 출근하는 혜영을 자신의 차로 태워다 준 민혁이 사무소 문 앞에서 인사를 건넸다.

"오늘도 열심히 일해서 1,000억 꼭 벌자. 화이팅!"

"어휴, 그렇게 많이는 못 받는다니까? 오빠가 열심히 일해서 K 시큐리티 주가 팍팍 올려봐. 그게 천억 원 버는 훨씬 빠른 길이겠다."

"둘 다 열심히 일해서 2,000억 벌면 되겠다."

"그래. 우리 떼부자 되자."

민혁은 약속한 대로 오늘도 정시 출근을 위해 자신의 회사로 향했고, 사무소 안으로 들어온 혜영을 먼저 출근해 있던 석원이 맞이했다.

"좋은 아침입니다. 방금 같이 왔다가 가신 분 강민혁 씨였어요?"

"네. 새벽에 같이 납골당 갔다가 차 태워 준다고 여기까지 왔네요."

"두 분 이제 서로 반말하세요?"

순간 민혁에게 당장 튀어나오라고 처음 반말했던 때가 떠오른 혜영의 얼굴이 달아올랐다.

"어쩌다 보니까 그렇게 됐네요."

"예전에는 계속 변호인이랑 의뢰인 관계 같았는데, 이제 훨씬 편해 보이고 좋네요."

그 말에 혜영과 민혁이 나누던 존댓말에, 의도치 않게 된통 당한 적이 있던 민아가 옆자리에서 맞장구쳤다.

"맞아요. '혜영 씨', '민혁 씨' 하시길래 저도 처음에 얼마나 헷갈렸는데요."

민아가 볼을 부풀리는 동안 석원이 다시 물었다.

"그런데 이 아침부터 납골당은 왜 가셨어요? 누구 돌아가셨어요? 저도 부조 조금 할까요?"

"최근에 돌아가신 분은 아니고요, 석원 씨도 기억하실 거예요. 예전에 저희 사무소 연 지 얼마 안 됐을 때 의뢰인이었던 허수지님이요. 너무 억울하게 돌아가셨잖아요. 가족도 인연 끊고 살던 어머니 한 분밖에 없었고요. 저희라도 기억해야 할 것 같아서 다녀왔어요."

"저도 경찰 생활 겪으면서 변호사분들 적게 만나 본 건 아닌데, 유혜영 변호사님은 마음이 정말 따뜻하세요. 보통은 사건 떼고 나면 잊어버리시던데요."

혜영이 수지를 소멸시켰던 오징어 머리 모양 투구를 쓴 귀신을 끝내 잡지 못했다는 것을 떠올렸다. 흥신소 소장에게도 문의해 봤지만, 이미 일본으로 도망치는 데에 성공해서 자기 힘이 닿을 수 있는 영역이 아니라고 했다. 오늘 납골당에서도 민혁과 그 이야기를 나누다가 오던 길이었다.

"그럴 수는 없죠. 특히 허수지님은요. 저희 오늘도 힘차게 일 시작할까요?"

"사무실 들어가시기 전에요, 어제 저녁이랑 오늘 아침에 들어온 소식이 많아요. 좋은 소식, 나쁜 소식, 아직 판단이 안 서는 소식. 이렇게 세 가지 있는데, 뭐부터 들으실래요?"

"좋은 소식을 나중에 들어야 오늘 하루 기분이 낫지 않을까요? 나쁜 소식부터요."

"어제 강중혁 경위랑 통화했는데요, 고발하셨던 한석진 변호사 압수수색 영장 법원에서 기각됐대요."

"어쩌다가요? 한석진 변호사가 자기 입으로 검사 시절 인맥 동원해서 압력 행사했다고 말하는 동영상까지 제출했잖아요."

석원 역시 쉽게 이해는 되지 않는다는 표정이었다.

"그 말은 대기업 경영진들 앞에서 인맥을 자랑하려고 부린 허세였다는 한석진 측 주장을 법원에서 받아들였대요. 강중혁 경위 말로는, 압력이 있었으면 그 압력을 누가 받았는지가 나와야 하는데, 못 찾았다고 하더라고요. 법무부에서 절대 그런 일 없다고 잡아뗐대요."

"법 잘 아는 사람들이 또 법 갖고 장난쳤네요. 강중혁 경위님 포함해서 경찰 쪽이랑 소통 담당해 주셔서 감사해요. 특히 저 만신

창이 됐던 그날 신당에 석원 씨가 대신 안 나와주셨으면 저 경찰이랑 이야기하다가 쓰러졌을지도 몰라요."

"직원으로서 당연히 해야 하는 일인데요, 뭘. 이제 좋은 소식 들으실 차례에요."

"네. 말씀해 주세요."

"방금, 변호사님 오시기 불과 몇 분 전에 성모그룹에서 송금 완료했습니다. 저희 사무소 살림살이가 활짝 피었어요."

그 말에 더 활짝 핀 게 있었다. 혜영보다 더 유혜영 법률 사무소의 살림살이를 걱정하던 민아의 얼굴이었다.

"강양범 회장님 제안 받을까 말까 고민 많이 하시더니, 결정 정말 잘하셨어요."

"그 사건은 저보다 민아 씨 역할이 더 클 거예요. 성모그룹에서 저희 너튜브 채널도 적극적으로 활용해 주길 바라는 눈치고요. 잘 부탁드려요."

"부탁이야 항상 제가 잘 드려야죠. 제 롤모델이신데요. 저희 채널 순항 중입니다. 구독자 수도 두 배나 늘었어요."

혜영과 민아의 대화를 듣고 있던 석원이 슬쩍 끼어들었다.

"기왕 너튜브 얘기 나왔으니까 말인데요, 아까 이야기하던 좋은지 나쁜지 판단이 안 서는 소식은 민아 씨가 말씀드릴래요?"

"네. 댓글 창에 영상 내용이랑은 아무 상관 없는 꾸준글을 쓰는 사람이 있어요. 지금까지 올라온 거 다 합치면 복붙으로 100개도 넘을걸요? 내용도 제가 읽기에는 살짝 소름 돋는데, 변호사님이 직접 보시는 게 좋을 것 같다고 석원 씨랑 이야기하던 중이었어요. 캡쳐해 놓은 거 지금 보내드릴까요?"

"네."

지이잉-. 민아가 보낸 메시지가 도착했다. 그리고 그 내용은 혜영에게 그저 소름 돋는 정도가 아니었다. 휴대폰 화면 속 댓글을 보고 있는 혜영의 목에서 등골을 따라 식은땀 한 줄기가 흘러내렸다.

- 유장태 검사님의 시신을 찾고 싶으시다면 아래 이메일 주소로 연락 주십시오.

유장태. 혜영이 아홉 살일 때 돌아가셔서 올해가 딱 20주기가 되는 아버지의 성함이었다.

귀신 보는 변호사2

1판1쇄 2025년 9월 8일

저자 김주영(탄막)
발행인 이경화

발행처 디자인21
주소 04560 서울특별시 중구 퇴계로 293-1 3층
전화 02-2269-6561(대)
팩스 02-2269-6568
이메일 21publish@naver.com
블로그 https://blog.naver.com/publish21
인스타 https://www.instagram.com/21publish.co.kr
홈페이지 https://21publish.co.kr

등록번호 제1-1128호
등록일자 1991.2.12

ISBN 978-89-6131-190-8 03810

정가 15,000원